诸王的游戏

第2部 烈火

蒋柳 著
（天涯—D 小马连环）

人民东方出版传媒
東方出版社

图书在版编目（CIP）数据

诸王的游戏．第2部，烈火/蒋柳著．—北京：东方出版社，2014.4
ISBN 978-7-5060-7361-5

Ⅰ．①诸…　Ⅱ．①蒋…　Ⅲ．①长篇小说-中国-当代　Ⅳ．①I247.5

中国版本图书馆CIP数据核字（2014）第056898号

诸王的游戏　第2部　烈火
(ZHUWANG DE YOUXI DIERBU LIEHUO)
蒋　柳　著

责任编辑：鲁艳芳
出　　版：東方出版社
发　　行：人民东方出版传媒有限公司
地　　址：北京市东城区朝阳门内大街192号
邮政编码：100010
印　　刷：三河市金泰源印装厂
版　　次：2014年6月第1版
印　　次：2014年6月北京第1次印刷
开　　本：710毫米×1000毫米　1/16
印　　张：18.25
字　　数：278千字
书　　号：ISBN 978-7-5060-7361-5
定　　价：38.00元
发行电话：（010）65210059　65210060　65210062　65210063

目录

第四十七章　夜宴

【魏征】

猎鹰长啸，宣示它是这片天空的王者，雪白的长翼伸展开来，顺着风向巡视领地。

白雪覆盖着驿道，马车络绎不绝。鹰知道这些人的来处，亦知道他们的去向，它甚至也知道那面大旗上的金狼头，狼旗猎猎，它回以一声凌厉的鸣叫。

从车队的上空再次掠过，马车在泥泞的驿道上压出深深的车轨。骑马的武士则是危险的来源，他们腰间的弯刀、长剑不足以畏惧，但如躬龙的长弓会射出致命的黑箭。或许是天生的预感，猎鹰猛地扑翅，让自己的身体顺着北风上升，一声几乎被风声掩盖的弓弦声如古筝般被拉响，带着死亡气息的黑箭破空而来，堪堪在长翼下到达自己劲力的顶点，开始掉头坠下。

猎鹰还以愤怒的鸣叫，它对施箭的白衣骑士陌生，却依稀认得那张弓。它保持安全的高度盘旋数圈，终于决定离开这行北上的大军，转而向南飞去。

北风托着它的双翅，让回归之旅变得轻松，越过尚被皑皑白雪覆盖的田野、山林以及一道道或细或宽的河流，当四方的城池出现在视线时，它从高空切入，滑入这片熟悉的领地，扫过一条条宽阔的街道，它最后收拢翅膀、伸出爪子降落在了一处飞檐入天的大殿之角。

猎鹰低声咕噜着，眼睛却一动不动地盯着下面的大殿，它记得人们称它为显德殿。

“李艺，好个李艺!”太子来回踱步，长袖横扫，魏征看到他脖子上的青筋一根根暴露出来。“我让他的天节兵一个也不许动，他可倒好，全数跑到豳州去凑热闹!”魏征感到后颈有一点痒意，他怀疑是太子的怒吼将梁上的积灰震落到了他脖子上。

“或许李艺是有原因的。”魏征一说出口就后悔起来，自己干吗提醒他，这样一来，太子就真会思考一向忠诚的李艺为什么会去帮秦王。魏征想起了那面玉鱼符，杜如晦什么时候才能还给我？那样我才能再放回它原来的位置，太子的长袖犹在挥动，他可觉察到那里少了一件东西？

太子恍然大悟：“没错，李艺不会背叛我，要背叛早背叛了。可他为什么在这个节骨眼上不听我的招呼，领兵去了豳州呢?”太子停下脚步，直勾勾地望着魏征。不，太子不会知道，魏征告诉自己，可他不敢确定自己的眼神是否足够淡定。

“啊！我知道了!”太子突然击掌大叫。

“什么?”魏征心里难免一阵发慌。

“一定是我那位二弟搞的鬼，他一定伪造了我的命令，他是伪造了我的教令，或者是兵符？秦王府里鱼龙混杂，三教九流鸡鸣狗盗之徒到处都是，伪造个东西对他们来说，太容易了。”太子的愤怒找到了宣泄点：“没错，一定是这样的!”

“这倒有可能。”魏征附和。让秦王背负伪造犯的声名似乎有点不太道德，但也不能让他当着好人占尽便宜。

“好啊！好啊!”太子的愤怒已经瞬间变成了得意，也不知道他的情绪怎么变得这么快。魏征想着。太子冷笑，“等父亲一回来，我就告他一状，伪造兵符可是大罪!”太子的眼里闪着光，似乎他的二弟已经五花大绑地跪在面前。

就算秦王伪造兵符，陛下也不会追究的，陛下要的只是胜利，而不是其间的过程。魏征想到，却不敢说出来，好不容易太子找到自我安慰的办法，何必让他太过清醒。

太子又开始踱步起来，兴奋劲又莫名消失了，就像莫名来时一样。“父亲不会怪罪二弟的，他一向宠着二弟。”国之储君摇头，脸上满是不平：“二弟犯了多少错都没有关系，这一次他一定还会袒护着二弟。”

秦王大退突厥兵，长安外围的突厥兵马也退得无影无踪，全长安城都在欢庆当中，怕只有太子一个人如此愤怒。秦王的功就是太子的功，秦王的胜利就是太子的胜利，难道他还没看出来？秦王可以得到所有的恩宠，可他永远得不到他梦想的东西。凭这一点，自己的这位主公就该庆幸而不是嫉妒。

“殿下……”魏征试着开解对方，却被他的又一阵咆哮打断。

“李艺是上了二弟的当，那薛万彻呢？”

他终于想到这一点了，魏征没有接腔。

“薛万彻怎么还不回来，难道是在跟李靖把酒言欢、乐不思蜀了？”太子的拳头握了起来。“我让他到长安外面去练练兵，他直接冲到了李靖的兵营！要不是他，我就有机会大败突厥兵马了，又怎么会让退兵的功劳全让秦王府占了去！”

“这肯定是万彻无意碰上的，关中就这么大，领着兵出去转这就撞上了！”魏征解释。

“无意？他就是碰上了，不会假装没看见，然后转个弯？我看，他们幽人的脑子就不会转悠！”储君骂道。李艺也是幽将，东宫全指着幽将跟秦王抗衡，嘲笑幽人可不是个好主意。

“万彻为我们东宫办了一件好事。”魏征深吸一口气，上前说道。

“好事？”李建成不解地望着他。

“好事！”魏征点头，无比肯定地说道，李艺的事情太子自己混过去了，薛万彻的事情就必须给个说法。这是好事，魏征提醒自己，问题是自己要给出证据，因为太子的眼神迷惑却不痴呆。

“咳，咳。”魏征似乎想将自己的羞耻都咳走，接下来的解说就像早就打好了腹稿一样。

“万彻击退突厥大军，圣上自会知道，这样我们东宫的人也算出力不少，况且，万彻领的还是长林兵。”

“这跟长林兵有什么关系？”李建成明显搞不明白。

是啊，跟长林兵有什么关系，魏征脱口而出，还没有想好说辞，好在灵光一闪。魏征接口说道：“圣上对殿下招募长林兵颇有微词，现在长林兵立功，正好解除了圣上的疑惑，我们东宫募兵是为了大唐的太平，为了防御外敌。”

太子开始点头。要办一件事很难，可要为一件事寻找借口就是容易的，魏征仿佛一下找到了突破口。

“此是其一，还有其二。”

“还有其二？”

“正是，万彻帮助李靖退敌了，等于是救了对方一命，这位李靖虽然跟秦王私交不浅，也曾经在秦王府任过职，但他跟房玄龄、秦琼这些人不同，他跟秦王府保持着距离。看来，他并不想跟秦王府走得太近，现在我们东宫的军将救了他一命，他就欠了我们东宫一个人情。以他的个性，欠人情总是要还的，就算不还，也不会帮着秦王对付我们。我们错失了亲自击败突厥大军的机会，但我们却得到一颗人心，战功是死的，人却是活的。万彻帮我们消去了一个劲敌，得到了一个强有力的盟友。”

太子转来转去，他会相信的，因为连我自己都相信了这个说辞。果然，储君的头直点：“没错，李靖有兵，在圣上那里，他也说得上话，有他的支持再好不过了。”太子坐了下来，他的心情得到平复，“等万彻回来，我要设宴犒赏他。”

说到犒赏，魏征才想起自己今天匆匆入宫是为什么了。

“犒赏万彻是应该的，但也不用太急，万彻毕竟是我们东宫的人，眼下有一个人殿下要马上去犒赏一下。”

“谁？李靖？”李建成问。

“李靖也要慰劳，但也不是太急。”

“那是谁？玄成，你不要跟我打哑谜！”李建成的身子又立了起来，再不说话，他又要起身转圈了。

“是秦王。”

“秦王!?”太子霍然站了起来。

“是秦王，秦王马上就要回京了，殿下应该马上出京迎接，昆明池太近了，灞上距京二十里，距离正好。”

“你要我出京二十里相迎!”太子的表情表明他正怀疑自己的耳朵。可魏征用更为坚定的眼神告诉他这是真的，终于，储君再一次叫喊出声：“凭什么?!他打了胜仗吗？他斩下多少突厥人的头？我敢打赌他一个都没有，他不过跑到豳州认他的香火兄弟，然后又把我们大唐的府库送出去，这样就算打胜仗?”

“突厥大军确实退去了。”

“反正我不去，你要是想巴结我那位二弟，你去好了!”

“这不是巴结!”魏征上前一步，脸色已经变成酱紫色。他本就长得难看，这下更不是一副可以欣赏的面孔。魏征抬高声音压过太子：“你必须去，不但要去，还要在这里设宴慰劳对方!”

太子也意识到自己说了愚蠢的话，但他依然用倔强的眼神望着对方。他不会又委屈到想哭吧，魏征冒出这个念头。

“秦王破薛举时，圣上遣新降的反王之首李密到豳州去迎；秦王破刘武周时，圣上宴群臣，赐缯帛，开御府令人自取，圣上亲自渭桥相迎；秦王破洛阳王世充，圣上赐黄金甲，前后部鼓吹进京；现在秦王退突厥大军，难道你要让他寂寞入京?”

“又不是只有他打败过突厥，我当年也退过突厥大军，他怎么不来迎接我……”太子低语，充满委屈不满。

“那是自然。”

太子抬头望着魏征，脸像是刚吃了一巴掌般红：“玄成!”

“秦王功劳再大，他也是一臣，殿下你再无功劳，你也将为人君，为臣者效力于君，为君者赏罚于臣，这是王道。殿下替自己退兵，秦王自不必迎；秦王替殿下退兵，殿下不能不迎!”

太子的脸色终于缓和下来，他坐回了榻上。

“那我去迎就是。”

灞上，去京二十里。

阳光毫不掩饰它的热情，跟灞上拥挤的人群一样。

“长安人都这么无聊?”太子皱着眉头，军尉拦着人群，不让人挤上灞桥，人群便自灞桥排起长龙，弯弯曲曲，一眼望不到边。路边掉光树叶的柳树下临时搭建起不少的凉棚，棚内有食案，食案上摆着酒瓮以及食盒，外面设着供人坐着休息的胡床。魏征从中认出了不少熟悉的面孔，除了有钱的贵族公子，还有不少长安的京官，显然，他们不愿意错过巴结秦王的好时机。

“该找人把他们的名字抄下来，让御史参劾，不说夺他们的鱼符，也该降级罚俸!”太子愤愤不平。可不会有人因为前去迎接秦王凯旋归来就会受罚，太子本人都在这里。“秦王怎么还没到?”魏征说着，望向灞桥对面，依然未见任何迹象。骑着快马、高举报捷露布的令兵在一个时辰之前就过去了，引起了一阵欢呼，这之后便陷入了沉寂，秦王早该出现了。

“哼，我那位二弟向来喜欢排场，还记得那天他从洛阳回来吗？身着黄金甲，后面有铁骑一万，就是父亲也未必有他这样的排场。”储君的鼻子里哼着气，很快被冷空气凝成一团白雾，“他大概在列阵，准备也来个万骑入京，或者他嫌这里迎接的人太少，等长安人都出来相候他才肯现身!”

魏征从这句话里闻到了陈年酸菜的味道，这也难怪，太子一大早就被自己说服前来迎接，可现在已经快中午了。会不会秦王知道我们在这里迎，所以另走了他径？魏征想到，但马上否决了这个想法。不会的，秦王不会明知太子迎接还走另外一条道，更何况还有长安的百姓在此，他要是不来，只会被认为高傲无礼。

“再等等吧。”魏征在劝太子，却更像在说服自己。

“到了中午，我就回去!”李建成一屁股坐在胡床上:“你要愿意在这里请自便。”屁股刚坐下，却又像弹弓一样反弹起来，远处隐约传来了鼓吹声。

声音越来越大，魏征在其中听出了大鼓、金钲、长笛的声音。

得胜的秦王终于回来了?!魏征伸长了脖子。

“看吧，我这位二弟的排场总要做到十足的，自从圣上准他鼓吹开道以来，他何曾会不用?”太子露出鄙夷的表情。

不管怎样，总算来了。魏征耸耸肩，人群开始躁动，一支大军蜿蜒出现在灞水对岸，开始是猎猎的军旗，紧接着是如林的长枪，最后，身着铁甲的唐军骑士列阵而来。最先那个人是秦王?

魏征揉了揉眼睛。“不用揉了，肯定是我那位神勇的二弟。”太子讥笑，“黄金甲，大羽弓，高头大马，众将拥簇，除了天策上将谁还享有这样的排场。”

魏征没有理会这正泡在醋坛里的储君，他总感觉有些不对。等人群欢呼声起来时，他才知道哪里不对。

大军跨过灞桥，也不知道谁先吼了一嗓子，声音顿时像波涛一般停不下来。

“齐王千岁！”“齐王千岁！”

太子跟魏征面面相觑，几乎同时惊讶出声：“齐王？”这位大哥发出冷笑，却没有说出什么。

刚才他一直在嘲笑秦王，现在秦王不在，他开始嘲笑正受长安百姓欢呼的齐王了。当然，齐王不该得到这样的欢呼，他不过是陪衬，真正的战功属于秦王。但长安百姓不会理解，他们才不管谁是真正的主帅，谁是真正的英雄，把一只狗熊推到他们面前，他们都会喊千岁。魏征提起酒壶，提醒太子：“我们该出去迎了。”

齐王看到了太子的营帐，他策马过来，离帐百尺时翻身下马，大步走过来，金甲发出耀眼的光芒，他确实神气，走路也很有生气。魏征想着，他还尝试着往后寻找秦王的身影。他知道齐王就是再骄横，也不敢走在秦王的前面。

“四弟辛苦了！”太子迎了上去，手里捧着酒杯，话语却不像酒一样甜蜜：“四弟好威风，这‘千岁’声喊的，就连二弟在，也没有这般风光。”

他完全没有察觉这话里的嘲讽之味，齐王的回答印证了魏征的想法：“大哥，兄弟这回倒没有白去，要不是我催促二哥用兵，哪那么容易得胜。”

太子的脸白一块红一块，魏征从他的嘴边读出了“蠢货”两个字，在太子尚能控制自己之前，魏征连忙上前：“怎么不见秦王？”

“我哪知道！”齐王大咧咧说道，“今天早上就不见他了，不但他不见了，他那些心腹一股脑儿全不见了。”

秦王走了？魏征只觉得一阵晕眩，他又在玩什么花样？

“齐王千岁”的声音依然此起彼伏。

他能去哪里？

骑兵开始下马，享用长安百姓递上的美酒。有的则俯身接过酒杯，幸运儿除了酒杯之外，还有姑娘精心剪就的绢花。

魏征终于想到了一个地方。

齐王接过太子的酒一饮而尽，酒滴洒在黄金甲上发出金色的光芒，紧接着他得意地大笑起来。

蠢货！魏征真想替太子说出这两个字。连个秦王都看不住，他还在为能独享长安百姓的欢呼而骄傲！

为什么我们总跟不上秦王的节拍。魏征突然发出一声长叹，他听到太子在招呼自己的兄弟。

“四弟，我已经在东宫设下盛宴，专为你庆功！”

齐王是第一个来到显德殿的，发光的黄金战甲早已经除下，这一次他换了一身紫色的长袍，什么颜色出现在齐王身上魏征都不会觉得奇怪。镶有宝石的长剑松散地挂在腰间，后面还有数位带刀的护卫，那位齐王护军宇文宝同样在列。如果齐王需要一个保镖，何必把他提拔为护军？魏征难掩对这位大汉的厌恶，就算在瓦岗，他也从不与宇文宝寒暄，魏公李密不拒绝任何一个人来投靠，可魏征可以选择朋友，他与这位手染无辜鲜血的人保持着距离，对宇文宝讨好的微笑视而不见。

齐王领着他的护卫迈过显德门，防卫腰间的大刀让魏征很不舒服，他强忍着要将这些人拦下、没收他们兵器的想法。齐王的带刀护卫就连在太极宫都直来直往，何况在东宫。而背弓执刃的又何止齐王一人，秦王何尝不是，太子何尝不是。

秦王还没有出现。太阳已经偏西，显德殿内的乐声已经响起。但秦王终会出现。这一天的中午时分，秦王领着李靖从明德门进的长安，然后一直沿着朱雀大街前行。长安百姓很快就知道了就是这位行军总管在长安外围挡住了数万突厥大军，让长安免遭一场浩劫，围观的人群将数里长的朱雀街围得水泄不通。

秦王果然还是秦王，他永远知道怎么给人荣耀。这下李靖在长安的名声终于与他的战功匹配了，但秦王要是认为这样就可以彻底拉拢李靖就大错特错了。像李靖这样的人物，只会记住与他共患难的人，而非共享荣耀的人。李靖总会记起在最危难的时刻，是东宫的军将跟长林兵救了他。魏征无比庆幸自己当初派了薛万彻出去，而太子似乎仍没有转过弯，他为被秦王晾在灞上半天义愤填膺，再听说秦王跟李靖联手引得长安万人空巷时，他甩手砸了两个杯子、掰断了手中的玉筷，还使性不肯到殿门来迎接凯旋归来的将领。魏征已经懒得劝他，任由太子在殿内生气，自己跑到了显德门外。

“这么冷的天，魏公怎么站在外面？”一个声音将魏征唤过来。一转身，秦王那张微笑的脸就在面前。他现在认得我了，魏征想起仁智山外秦王看他时的冷漠表情。这倒不是什么值得兴奋的事。“大王。”魏征拱手施礼，眼光落在秦王腰间的剑上，剑身没有唐剑长，剑身厚重，剑鞘镂有精细的图案，这当然是突厥人的剑无疑，可这把剑真的像齐王在灞上所说是突利可汗赠送的信物吗？

大概是意识到魏征在打量这把剑，秦王握住剑柄，不经意地往后一拨，剑便藏在了身后。

“太子太客气了。”杜如晦从后面走上来，圆脸上笑容层砌。“秦王在豳州与突厥人议和，互赠礼物，秦王吩咐，别的东西只怕东宫都有，特地挑了两斤鱼胶送来。”说着，杜如晦递过来一个檀木盒子。

让不相干的相黏，相干的永不分离，突厥人是这样形容他们的鱼胶？秦王倒会挑礼物。可你该交给我的不止这些吧。魏征盯着秦府学士。杜如晦伸了伸手，示意他接过去。

“杜公，借一步说话。”魏征说道，不待他回话，便牵起杜如晦的衣袖走到一边。要是太子看到我跟秦府学士拉拉扯扯，只怕又要生出许多枝节。可眼下，又顾不了那么多。

“那个东西呢？”魏征急问。

“哪个东西？”杜如晦歪着脖子反问。魏征的脸顿时红了，要不是在显德宫外，我就要撸起袖子打人了。你是儒士，我魏征可不是，我当过道士、上过瓦岗，有一百种对付儒生的办法。魏征想着。

“哦，鱼符。”

“你小声点儿!”

杜如晦伸手到袖子里，一会儿，手伸了过来，猛地一松手，魏征连忙去接，却接了个空。

“见谅，忘拿了。”见魏征的怒火写在脸上，杜如晦连忙补充：“魏公莫恼，改天我就亲自送到府上。”

改天，改天是哪一天？魏征立在原地，呆了一般，眼睁睁看着杜如晦紧随秦府人流进入显德门。身材高大、脸色却有些发白、背挂铜锏的是秦叔宝；身子有两个人宽、走起路来步步有声的是尉迟敬德；程知节有一张凶脸，笑意却从未掉下来过；一脸谦和之气的房玄龄经过时，还朝魏征拱手，魏征急忙还礼；咳嗽着进去的是杜淹；而屈突通抬头挺胸，旁若无人般从魏征面前迈过去，尽管魏征连忙弯腰施礼，却只换来一个鼻音。让魏征意外的是，宇文士及也在这一行人里，他从突厥回来了，秦王用金帛换来了突厥人的退兵跟这个被扣押的使臣，魏征想到。宇文士及的小眼睛里透着精明，这双小眼睛用奇怪的眼神打量了魏征一会儿，拱拱手也随即进入。

自己和太子要跟这些人角逐?!魏征顿时生出一阵无力感，站在门外呆立了一会儿，魏征放弃了继续迎接其他人的念头，紧抬脚步向显德殿走去。

太阳终于消失在天际，夜色开始接管一切。

魏征一路小跑，人群挤在显德殿门口，魏征一边道歉一边挤了过去。他满头大汗来到门口，却再也挤不进去了，尉迟敬德的身体跟铁板一样，越过对方的肩头，魏征不由得发出一声叹息。太子站在殿门口，眼神愤愤，双肩耸起，与其说他是欢迎客人的主人，倒不如说他是一只警觉的猎豹，此刻正全神贯注地盯着突然闯入其领地的猛兽。

“二弟，恭喜你又得胜归来。”太子高声说道，身子横在中间，没有半点将得胜归来的人请进大殿的意思。

“还好。”秦王索性停在那里。“突厥人一走，我们总算可以过一个舒心的新年。”

“不知道二弟这次砍了多少突厥人的头颅回来？”

“头颅倒是一个也没有。”秦王摊手，“要胜利并不等于要斩多少敌人。我说得对吗，魏公？当年你跟太子在山东大战刘黑闼，不就是不战而胜吗？”

这句话太子无法反驳，魏征装作没听见。

“可惜，我倒没有认刘黑闼做什么香火兄弟。”太子冷笑，“没想到二弟你竟然有一位突厥的香火兄弟。”

“不过是权谋罢了，突厥能退兵，还要多谢这位香火兄弟呢。”秦王干脆承认，他知道坦诚是最好也是最后的武器，尤其当有缺点被人狠攻时。魏征想到。

“有了这位香火兄弟，突厥人忙着互相猜忌，而我们不同，齐王为我出兵，太子殿下更是为我运兵运粮，还派了天节军前来支援。”秦王继续说道。

秦王并不想在这里纠缠，他已经在给台阶，就此下了吧，魏征望向太子，要不是这么些人在这里，他都要乞求这位国之储君了。

“天节军……二弟，你不提我倒忘了，我从未下令调动天节军！”太子脱口而出，魏征哀叹一声。

“二弟，你偷了我的鱼符！”太子干脆摊牌，竟让他说出了事实，只是那位高明的偷儿倒不是秦王，而是站在身边的我。魏征感到耳腮发烫，尤其杜如晦竟然还意味深长地朝他看了一眼。

没用的，无根据的指控只会显得自己心虚，他已经输了这场嘴仗，魏征暗地叹气。言语是风，伤不了人。他还是这些兄弟中的老大，性格却像最沉不住气的老幺；而秦王却像言语的猎手，他用语言织成一张充满黏液的网，把看猎物在网里翻滚挣扎当做有趣的游戏。

北风刮过，在大殿前的广场上掀起一个小小的旋涡，空气突然变得怪异起来，太子用挑衅的目光盯着秦王。

“大哥，你这是给兄弟接风庆功，还是兴师问罪？”秦王哈哈大笑起来，不一会儿，殿前笑声一片。唯有太子呼哧呼哧像好斗的牤牛。“大哥，就算要问罪，也等我吃饱喝足了再说吧。”不等太子回答，秦王侧身走进大殿。

“二弟，不要以为这样就可以蒙混过去，等父亲回来，我一定会禀告！”

对着秦王的背影，太子无力地警告。

蠢蛋才会告这样的状，这不是自我招供挟制秦王、不调兵马吗？愚蠢的人总喜欢举起巨石砸别人，却往往忽略自己的臂力，最终石头先落在了自己的脚上。魏征想着，他终于站到了太子的身边。

如果真要告，倒不用等了，还未来得及想到劝解的词，魏征就发现来不及了。

一位黄衣侍者急奔而来，守卫纷纷让开，黄衣侍者的声音尖锐，将所有人从座位上唤了起来。

“圣上驾到！”

“我听说显德宫有酒喝，就急着赶回来了。”皇帝坐在最上端，不无调侃地说。“看来我来得及时，应该没有错过什么精彩的事情吧？”

除了两兄弟斗嘴皮之外，倒没有错过什么精彩的事情。魏征突然发现一个不妙的事情，太子红着脸，放下酒杯，开始起身，他不会真要当场告御状吧。魏征伏着身上前，扯了扯太子的袍角，对方一挥手。他醉了？魏征想着，但似乎不应该，他才喝多少？他不止这些酒量，连我都没有醉。

太子要借着酒意撒泼！魏征突然明白过来，他怎么净是这些小心思，魏征不知道是好气还是好笑，又用力扯了扯他的袍子。太子回头瞪了他一眼，挣脱开来。

好吧，要是你想要酒疯，我就敢卖傻。魏征举起酒杯，一饮而尽。紧跟着向上起立，你再往前一步，我就扑倒你，东宫的两个醉鬼当场出丑，这件事情明天就会传遍长安成为笑谈。魏征想着，却站不起来。

“魏公，请与我满饮三杯。”齐王堆着笑脸，紧挨他盘腿坐着，一只腿正好压在了他的袍上。

“待会儿再与齐王饮。”魏征干脆回绝，可齐王不动分毫，似笑非笑地看着他。

“圣上！”

有人高呼，魏征抬头，这不是太子的声音，这是秦王的！

秦王挡在了太子前面，高举酒杯："请容儿子与大哥请功一件！"

太子立在了原地，连齐王都张大了嘴，袍子感到了松意，魏征差点扑倒在地上。

"外人皆传言我们兄弟不和。"秦王说道，"我们兄弟百口难辩，前日一战，可以狠狠抽那些传谣者一个响亮的耳光了。"

他怎么总是这般言语恳切，如果全是装的，那也够让人叹为观止的。魏征都禁不住替太子冷笑起来。

"哦。"皇帝放下了酒杯，颇有兴趣。

"儿子在豳州与突厥对阵，兵处劣势，太子急令天节兵前来支援，正好赶上突厥欲大举进攻之时。太子援兵一到，突厥人见我大唐兄弟一心，自然不寒而栗，唯有主动求和退兵。"

这话太漂亮了，太子无话可辩，果然，太子红着脸孔，还想说什么，可皇帝已经击节叫好了。

"兄弟同心，其利断金。"皇帝抬高声音，"要是我大唐所有的臣民都像你们兄弟一样团结，就是有十个突厥又有何惧！"

要是都像这兄弟一样，天下只怕大乱了，魏征想着，可就连这样的思维都无法继续了，满殿上下已经响起如山般的呼声："吾皇万岁！吾皇万岁！"

太子与秦王碰杯尽饮算是回应，然后径直回到了座位，脸上挂着尴尬的笑意，可躯体却出卖了主人，太子双腿颤抖不已，愤怒无处发泄，秦王又一次占了上风。坐下后，太子猛地将酒杯注满，酒从酒杯溢出来，洒了一地，太子浑然不顾，一仰脖，酒杯已经空了。

"魏公不会眼睁睁看着太子被我二哥戏弄吧？"齐王靠了上来，酒气熏天。

"什么？"魏征回瞪了齐王一眼，没有忘记他刚还才故意压着自己的长袍，这大殿之下，还有人比这个人更唯恐天下不乱吗？

"你是东宫的洗马啊，你看看人家秦王的幕僚。"齐王朝对面努嘴。

秦王在得意地微笑，杜如晦在他旁边说着什么，秦王仰面大笑起来，这主意是杜如晦教他的？他难道忘了天节兵到底是怎么到的豳州，一股怒火在胸中燃烧，再没有什么可以浇灭它，除非对方沮丧的表情。

“接下来该要奏乐了吧？”魏征问道。

“没错。”

“奏什么乐？”

“九部乐的清乐，还是西凉伎？大哥不就爱听这些？”齐王回答，随即嘲笑，“你问这些干什么？你是东宫洗马，可不是东宫弄臣。”

没有理会这个年轻人的嘲笑，魏征咬牙说道：“还是上《秦王破阵乐》吧！”

“什么？”齐王愣了一会儿，马上恍然大悟，手握拳头轻击桌面：“是该上《秦王破阵乐》！”

箫的声音最先响起，悠长而恬静，一群舞伎从两边挥动云袖而来，琵琶的声音紧接而起，舞伎跳跃着。这是龟兹的舞步，魏征曾经在裴寂的府上见过。最近自己似乎跟裴寂走得太近了，魏征想到这里，不禁朝上看了一眼。裴寂跟皇帝坐在一张榻上，举朝上下，也只有他才有这样的荣耀。这种荣耀不容许别人置喙，魏征想起那个往事，民部尚书刘文静上书宣称帝座威严，臣子不可染指，结果怎么样，裴寂依然坐在那里，而刘文静已经成了长安刑场独柳树下的一个孤魂。

裴寂意外地朝这边招手，他是在叫齐王？魏征转过身去，齐王已经不在旁边，他在李靖的座位边找到了齐王，他倒比他的大哥知道酒是用来交朋友的，而不是把自己灌到不省人事。太子正一杯一杯地喝闷酒。裴寂又招了招手，他不会在招我吧？魏征终于肯定了这个想法。

他干吗要叫我？魏征有些疑惑，甚至发现自己有些不情愿，想了一会儿，魏征找到了这股莫名情绪的来源，听了太子那个故事后，他对裴寂的好感在渐渐消失。

裴寂又招招手。

魏征站起身来，绕过舞伎，乐声四起，笛音清脆跳跃，胡笳圆润柔和。“重峦俯渭水，碧嶂插遥天。出红扶岭日，入翠贮岩烟。”二十位歌者的声音从侧面传来。皇帝正倚着半边身子，跟旁边的李孝恭说话，魏征上前鞠躬，皇帝用眼光示意他过去。我就站着好了，有什么事非要在这时说，魏征站到了裴寂面前。左仆射招手要来了一张坐榻，一副全新的碗筷摆在了食案上。

“你这样站着像一面墙，我这眼前一黑，哪里还吃得下东西！”裴寂故意板着脸，魏征只好坐下，却打定主意不开口，他朝皇帝望去，看来这一天，天子兴致颇高，就一会儿的工夫，就已经与李孝恭饮了三杯。如果真要我开口，我倒想问问你是怎么把尹德妃送到了皇帝的床上。

“怎么？一向伶牙俐齿的东宫洗马都不会说话了？”裴寂又恢复了那副爱嘲弄的腔调，提起筷子夹起了一片炙肉放到魏征的碗内，炙肉烤之前用浓浓的酱汁拌过，散发出诱人的香气。“这块是鹿舌，魏洗马看来要补一补了，最近长安不是流行吃什么补什么吗？”

魏征也不拒绝，夹起便送到嘴里，浓香的酱汁跟烤脆的肉片很好地结合在一起，吃什么补什么，魏征倒听过这个说法，那位半医半道的孙思邈大概是首倡者，而这位孙思邈也是秦王府的座上宾，要是这个说法可靠，秦王倒是补过不少鹿舌，而我们的太子也需要补一补了，魏征瞄了一眼，发现储君已经不是一个人了，中郎将常何已经坐在他的身边。不管是谁，总比他一个人喝闷酒强。

魏征顺手举起案上的酒杯，将喉间的碎肉一起冲下腹。

“魏洗马，我叫你来可不是让你大吃大喝的。”裴寂竟然举起酒壶为他重新注满酒杯。

“宴席不吃不喝那要干什么？”魏征答道。我不该开口的。

“当然还有其他事。”裴寂的话里带着些许神秘，又像是调笑。

“什么？”

“你什么时候迎娶我那位侄女啊，她可是等你的花轿等得心急了。”裴寂投过来一个暧昧的笑容。

侄女？婚嫁？魏征突然想到在赌坊偶遇的事来，现在哪里是提亲的时候？魏征支吾着，眼睛却没有离开大殿的中间。

音乐变得尖锐起来，鼓点紧密，铙声短促，一群舞者披甲执戟冲了进来，甲是软甲，戟是蜡戟，但精巧的做工掩饰着它们的材质，银甲闪亮，戟刃发光。着甲舞者怒目圆睁，横冲直撞，将原本翩翩起舞的歌伎逐得四散。这是模拟刘武周进攻太原的场景，接下来，就是齐王弃城逃跑了，魏征寻找齐王的身影，发现他这会儿跟秦王碰杯，看来他毫不在意，魏征想起来，齐王对当年太原失守一事一直宣称是保存实力。

干咳的声音从旁边传来，魏征转过头，竟然发现裴寂的脸色不太自然。对了，他曾经率军战过刘武周，那是他唯一一次挂帅，结果却大败而归。这本是为秦王准备的，没想到却先伤到裴寂。魏征连忙举杯，却不知道说什么好，匆忙之中脱口而出："裴公有心了。"

该死，我怎么说这一句了，魏征恨不得把自己的舌头当成鹿舌咬碎嚼下去，或许我真该再吃一片鹿舌补一补了。

"这么说，你答应了？"裴公一扫尴尬，高兴地说道，"好！好！"

"裴公……我……"魏征连忙解释，声音却被一阵大鼓声淹没，当然，这是举世无双的秦王出征。等鼓声渐弱，裴寂的声音又起来。

"魏洗马答应那桩婚事了！"

看到裴寂转过身子，魏征猛然意识到对方是在跟皇帝说话。

"好啊！"皇帝兴高采烈："魏洗马，你捡了一个便宜，裴寂那位侄女贤惠端庄，多少长安公子排队想娶都娶不成，裴宫监亲自为你说媒，她才答应！"

这话怕是哄鬼开心吧，明明是三十多还嫁不出去的老处女，偏要说成是名门佳丽。魏征张嘴，却说不出来，皇帝总是对的。皇帝应该注意殿中的歌舞，而不是掺和这莫名其妙的婚事。场上的笛声变得悠长起来，鼓点时隐时现，场景变成了秦王在晋中与刘武周对垒。

"裴宫监，你看这婚事什么时候办好？"

"越快越好。"裴寂兴奋地说道，李孝恭已经起身："恭喜魏洗马喜得佳偶！"魏征懒得理会这位郡王，他似乎看到这三人忙着把一个半老徐娘推到他的怀里。我该说点什么，不然就真的成了老处女的夫君。

"好好，我看就新年吧，还可以借借秦王大捷的喜气，我为你赐婚赐宴！"魏征一阵昏眩，连日子都定了？裴寂甚至拉起了魏征的手，难不成我真的成为这个极臣的侄女婿了？

“陛下……”魏征咽了咽口水，终于说出话来。

“不用急着谢恩。到时，我还要让太子、秦王一起替朕去喝你的喜酒。”皇帝跟裴寂交换眼神跟喜悦：“以后好好为太子效力，为大唐效力，就是谢恩了。”

“不是，陛下……”魏征连忙说道，可这声音连他自己都没听到，大殿中间，近百披甲舞者跺脚跳动，变换阵形，秦王在做最后的攻击，大胜就在眼前。我为什么要安排演这《秦王破阵乐》，不怀好意的计谋最后真的只会坑了自己？

皇帝的目光终于被殿中的舞蹈吸引了过去。秦王的扮演者做骑马状，挥动手中的长剑，似乎指挥着千军万马，真正的秦王已经停箸收杯，面色凝重，他看出点什么了，或者是皇帝那渐渐消失的笑容提醒了他。

一阵急促的战鼓震天响，魏征怀疑大殿都要被掀起来，总算婚事没人提了，总算到了最关键的时刻，这场戏到底会不会起到它该有的作用？鼓点戛然而止，轻快的笛声代替了鼓声。

“二郎，你听，下面就要喊你万岁了。”皇帝突然朝着儿子喊道。

山呼声随之响起，一百名舞者的声音如雷鸣般充斥大殿：“秦王万岁！秦王万岁！”

对了，对了，魏征面涌喜悦，就是要这一句。

秦王站了起来，脸色已经变了，他编的舞蹈，就该知道在这一句前应加一句“吾皇万岁”，或许，他从未想过会在陛下面前上演吧。

秦王的杯子掉在地上，碎成一地，他不该这么惊讶，这反而显得他心虚。魏征想着，难道一向沉稳淡定的秦王也有惊慌的时刻？太子在冷笑，齐王更朝魏征眨眼睛，秦王不该如此，魏征疑惑着，他马上知道了理由。

秦王猛地张口，一股血水从他的嘴里喷薄而出，在面前的地毯上溅出一朵黑色的血花，腥臭之味掩盖了一切气息。惊呼声四起，秦王摇晃着身体，皇帝霍然起立，没有人想到去扶秦王一下，房玄龄终于明白过来，他朝前迈了一步。但晚了，咚的一声，秦王那具高大的身躯直直栽倒在地上。

第四十八章　濒死之王

【长孙无垢】

承乾殿一下变得宁静起来，外面喧哗声不断，不断有人进出，有人在擦拭地上的血迹，有人端来了热气腾腾的水，可在长孙无垢的世界里，就只剩下眼前这个人。

秦王微闭着双眼，牙关却紧咬着，额头不断渗出汗珠。王妃拿起丝巾，不厌其烦地将汗珠擦去。他的额头宽阔，鼻梁就像一支判官笔，嘴唇厚实，娴静时温情无比，愤怒时却有雷霆之力。第一次见到他时，他剑眉倒竖，只是平地一喝，就将那些长安恶少吓得连滚带爬逃走了。长孙安业，我那同父异母的兄长跑得特别快。“从今天起，无垢就是我的妹妹，你们要是再欺负她，我就把你们的头发全割掉。”李世民右手拿着一把短刀，左手提着一把不知从哪个倒霉蛋头上割下的一缕头发。在听到这一句时，长孙安业连忙摸了摸自己的头发，脚下绊在了一起，哎哟一声，在地上连滚两下，然后就地爬起，消失在坊间的小巷里。哥哥无忌在旁边哈哈大笑，尽管他的眼睛又黑又肿，活像一只大熊猫。

那是什么时候的事了？无垢想着，轻轻握了握秦王的手，手掌冰凉。对了，那还是十六年前的事情了，那时我才十岁，父亲也才去世，自己跟哥哥被长孙安业百般刁难。我向哥哥哭诉，担心总有一天会被赶出家门流落街头，哥哥总说不怕，他有一个朋友武艺高强，能够打倒比他们更强壮的人。

他只比我大一岁，却高我一个头，无垢依然记得李世民将她从地上扶起的样子。那时，整个天空似乎都明亮了。接下来的日子快乐而简单，每天下午，他都骑一匹马来，站在家门外大叫无忌、无垢，而我们翻过围墙，一同骑上那匹大马，朝长安外奔去。

有时我们会在曲江外的园林里摘食刚透红的桃子，更多的时候是拿着长弓狩猎，每当哥哥或者世民拉起弓弦时，我会大叫大跳得喘不过气，惊走尚不知危险的兔子或是野鸟。每次都空手而归，可快乐却不减一分。也许快乐就是无所求？现在我们求得太多了，这是上天对我们的惩戒。长孙无垢握紧了秦王的手。

救苦救难的观世音菩萨，如果他能醒过来，我什么也不要。王妃暗自祈祷。慈悲的菩萨一定能听到我的声音，她一向护佑我。五岁那年，一场大病让我昏迷过去，母亲在菩萨面前诵经三天三夜将我救了过来，从此母亲就给取了观音婢的小名，我是观世音菩萨的婢女，她不会听不到我的祈求。手上的丝巾已经被汗浸透，无垢又重新换了一块，轻轻替秦王擦去额角的汗珠。多少次我望着他的背影祈求菩萨，菩萨没有拒绝我，在我十三岁那年，他穿着鲜红的衣服挑开我的盖头。多少次我在佛堂祈求，菩萨没有拒绝我，她终于安全地将他送回我的身边。这一次，菩萨同样不会拒绝。

孙思邈道长摇头的身影不合时宜地出现，提醒她毒药没有菩萨那般的法力，却胜在更隐蔽。它们躲在黑暗角落，趁人不备夺走人们的心爱之人。

“娘娘。”孙思邈弯腰，递上一块新的湿巾。

“真的找不到解救的方子？”无垢没有接，盯着这位半医半道的人问道。

“这毒十分诡异。”孙思邈摇头，每次摇头长孙都感觉到内心被切割了一刀，“不是中原常见的毒药。”

“那解药呢？”

“难，我已经给秦王服了牛黄，但要是找不到解药的成分，就难以对症下药，况且秦王……”孙思邈停了一下，“贫道才疏学浅，还是请陛下派御医吧。”

“不用了。”无垢摇头，“要是道长您都无法找到解药，御医又去哪里找？”

说完这一句，无垢突然觉得胸闷，她大吸一口气，“大王的命就交给上天吧。”

孙思邈欲言又止，最后叹着气离开。无垢把目光放回秦王的脸上。我们的命一向很好，不是吗？再多的敌人也困不住你，再强的凶险也夺不走你，狂奔的野马伤不了你，无眼的飞箭也避开你。天命眷顾我们，这是你亲口说的。

秦王发出一阵无力而痛苦的呻吟。他在另一个战场与敌厮杀，他孤身一人，而他依然勇猛无敌，而我只需要祈求上天不要闭上它的眼睛，它会看着我们，因为它承诺过我们。

坤厚载物，德合无疆。牝马地类，行地无疆。新婚那天我归宁娘家，两匹金装大马突然出现在我的屋前，又莫名没了踪影，筮者给出了这样的批语。可要是你不在了，还如何德合无疆？又怎么行地无疆？

如果真有天命，你该睁开眼站起来。无垢将丈夫的手握在掌心：“如果可以，我愿与你均死，但现在，你不能死！”

“阿娘。”一个稚嫩的声音响起。无垢抬头，哥哥无忌手牵着承乾站在身边。无忌脸色忧虑，他望在妹子脸上的目光甚至要多于病中的秦王。

“大王不会有事的，那次我们一起去野外，他被毒蛇咬了，在病床上哼了两天，结果不出一旬，就完全好了，在战场上，他中了多少淬毒的箭，可哪一次他倒下来了？毒对他没有用，毒是弱者的武器，而弱者无法杀死他。”哥哥无忌低声说道。这是他第几次这样劝慰自己？无垢站了起来，牵过了李承乾的手。他知道我的脾性，却偏要把小孩也牵进来。这会儿，承乾该在睡觉，而不是站在这里。

“妹子，你要顾着自己的气疾。”无忌继续说着，“要是你也病倒了，这天策府真的要倒了。”

无垢摇头：“大王是天策府的支柱，唯一的支柱，只有大王才能为天策府上下数百口人撑出一片蓝天。”她抱着承乾坐下，“承乾，叫一叫你阿爷。”无垢说道，或许儿子的呼唤能叫醒他。

“阿爷！”承乾听话地叫道，“阿爷！”承乾的脸上写着失望，每次他的呼唤总能得到父亲响亮的回应，可这一次例外。承乾转过头，“阿娘，阿爷是被谁害的?”

“谁?”无垢一片茫然，脑海里闪过一个个人影，太子，齐王，或者还有天下的枭雄，谁能担保他们没有心腹潜伏在长安准备复仇。

“没有人害阿爷。”无垢抚摸着承乾的头，匆忙中被叫醒，他的发髻还乱着，他才六岁，哥哥为什么要把他叫到这里来！无垢带着埋怨望着哥哥。他不只是想把承乾叫来劝慰我，他或者准备让承乾见父亲最后一面，无垢突然想到这一点，突然愤怒起来。

“谁也没有害阿爷！”无垢大声重复，连承乾都带着惊慌望着她，这让她不自觉地放低了声音：“阿爷只是喝醉了，有些不舒服，睡一觉起来，他就好了。他不是答应你要带你去杏园打猎吗?阿爷答应过的事情什么时候没有做到?”

承乾似乎松了一口气，可他马上摇头问道：“他们不是这样说的，他们说阿爷是受了奸人的陷害，他们给阿爷下毒!”承乾的语气突然变得肯定起来，“阿娘，你告诉我是谁害了阿爷，承乾要拿大弓射他!”

无垢又狠狠地瞪了哥哥一眼，无忌却摊着双手，朝殿外努了努嘴，无垢这才惊觉外面的声音。

“秦府学士，军将都没有走，他们在外面守了大半夜了。”无忌上前小声说道。

“哥哥，你带承乾回去睡觉。”无垢站起来，语气坚定得毋庸置疑。站起身后，无垢觉得胸口像压着一块巨石般出不了气。她猛吸一口气，将这股不适压了下去。哥哥说得对，大王已经躺下了，我不能再病倒。

殿外灯火通明，人头攒动，叔宝在，他坐在台阶上一言不发；程知节也在，平时爱调笑的他如今神情漠然；连屈突通也在，他七十高龄了；尉迟敬德甚至穿起了铠甲；自己的舅舅高士廉也在，他当日卖掉了大宅子，购新小宅安置我们，又做主将我嫁给秦王。李家二郎气宇不凡，必成大器，他彼时说道，自己心里一万个愿意却不好说将出来。秦府车骑将军侯君集在，骠骑将军段志玄穿着黑甲，无垢想起来他是玄甲军第一骑将。右屯卫大将军张士贵背着大弓，天策府内，要说箭术能比得上秦王的，大概也就只有他了。无垢有些不安，他们大多数已经披甲，这是在长安，在西宫里，不是在前线。学士们呢？在角落里，无垢欣慰地发现他们也在，大学士褚亮文名最盛，而天策府的檄文布告却多由学士薛收写就，虞世南书法精妙，性情儒雅，此时的他却紧握双拳，神情愤怒。李守素、陆德明……他们都在。无垢一一看过，才发现杜如晦不在，他大概打探消息去了，秦王东宫赴宴吐血，满长安都在风雨之中，要想在其中找到真正的关卡并不容易。房玄龄也不在，就在前一会儿，我还听到他的声音。

无垢的气息渐渐平复下来，有这些幕僚军将在，天策府就是碰到再大的风浪也一定能渡过去。无垢的眼圈发润。我错了，天策府不是只有秦王一根支柱，在这里的每一个人和在外面的每一个为天策府奔波的人都是这弘义宫的支柱。

喧哗声突然消失了，所有人都把目光望向王妃，我该给他们一个微笑吗？这样他们才会有希望。无垢想着，勉强挤出了笑容，可这样的笑容无济于事，几乎所有的人都看出了这笑容后面的悲伤。

“懦夫！卑鄙！无耻！”尉迟敬德大声嚷道，“只有懦夫才用毒药！”

承乾大概就是听了敬德的话吧，无垢发出无力的叹息。

“尉迟将军，秦王不是中毒！”无垢提高了声调，这个连我自己都无法骗到，但我没有别的说辞。无垢继续，“他只是征战疲惫，又饮酒过度才损了身子，将息一段就好。”

喧哗声又起：“娘娘，大王绝不是劳累出来的病！那黑血，我瞧着都晕，娘娘是没见到太子那时的表情，他装得真像，可前一刻，他还在冷笑！我说太子怎么这么好心，专门设宴招待我们，原来是早就准备好了毒药。”尉迟敬德的话引起了不少共鸣，附和声小声响起。

“尉迟将军……”无垢都不知道怎么说下去。

“大王要是没事，那就好说，大王要是有什么不测，我这贱命也不想要了，拼死打到东宫，也要跟太子要个说法！”

无垢眼角湿润，若是大王真有什么不测，我也愿披甲执锐地去问个明白。

可大王还躺在那里生死未卜，天策府也未到拼死一搏的时候。

“我说过，”无垢强迫自己将语气变得冰冷，“大王不是中毒，我不想再听到有人说毒这个字，更不许你们在外面说！”

“娘娘！”尉迟敬德并不服气，程知节将他拉到一边。无垢松了一口气，谢天谢地。嘟囔着，尉迟敬德终于没有说出什么。要是这位忠诚的大汉还执意辩说，也许自己就要动用天策府的军杖。大王从未用过，我也不想用它。

人群陷入平静，我也许该回去了，说不定他此刻醒来了，我要在他睁开眼的第一时间看到他。无垢想着，却停下了脚步，她望见房玄龄从后面急步走来。

“娘娘，外面有客人求见。”房玄龄满头大汗，脸上还带着歉意，在将秦王抬进府时，他的第一句便是我们该看好秦王的。

客人？是太子？他不会来的。无垢否决了这个想法。齐王？更不可能了。难道是圣上，不会的，如果是圣上，就会直接宣驾了。大概是某个想表达慰问的官吏。他们倒还记着秦王也算有心了，可现在哪里是见客寒暄的时候。无垢望向了殿内，她似乎听到了一些声音，秦王醒过来了？

“玄龄，你去见一见吧，替我谢过客人。”无垢说着迈步。走出两步，才感觉学士并没有回应，她回过头，房玄龄依旧站在那里。

“抱歉。”无垢醒悟过来，“请前面带路。”

人群纷纷让开，尉迟敬德似乎想跟上来看看，但程知节跟秦叔宝拉住了他。转出承乾殿，又走过一条幽静的小道，这是去往弘义宫的后院，什么人要在那里会面？在一间小房子前，房玄龄停下了脚步，四下空荡，唯有月光洒在地面。

无垢推开了房门迈进去，里面一个人正静静地等她，帷帽下长长的丝巾遮住了她的脸，可遮不住妙曼的身形。这是一个美丽的女子，无垢想到。房玄龄在外面把房门拉上。客人取下帷帽，那张面孔出现时，一片银光将这个房间充满，仿佛她将月光都带了进来。

“齐王妃！”无垢低声唤道。

第四十九章　洛阳新王

【李世民】

四周是如此之黑，李世民看不到任何东西，但他知道自己不是在虚无里，因为声音从未间断过。

“二弟，就算你拥有一切，可有一样东西你永远都别想占有，哈哈哈……”这个声音里充满嘲笑，远在天边，近在耳边。大哥！李世民喊道，四处张望，扫动臂膀，却什么也碰不到。

“二哥，我不想死，我还想跟你们一起去狩猎……”

“玄霸？”李世民猛然回头，寻找这个声音的来源。“玄霸你在哪，二哥带你去。”他大声高呼，可回应他的是那个嘲笑的声音。“二弟，你去陪陪三弟吧，三弟一个人太寂寞。”

“是啊，二哥，你去陪三哥吧，三哥最喜欢你了。”一个声音加了进来，尖锐而短促，说完，这个声音咯咯笑起来。

“玄霸。”李世民有些愠怒，他茫然挥动着手，试图赶跑这两个讨厌的声音，可他们像是围着他盘旋，不时用言语嘲笑他、蛊惑他。玄霸的声音却再未响起。李世民往前迈步，试图甩开身边的声音，什么也看不见，似乎光线从未在世界上存在过，李世民突然记起来，少年时他曾经也这样过，母亲到代海寺念了一旬的佛经，他的眼睛才好起来，我的旧病复发了？李世民感到一阵悲哀，母亲去世了，再没有人替我向佛祖祷告了。

“阿娘！”李世民突然喊出声。

“他在喊阿娘呢。”那些声音笑着，“当然啦，阿娘最偏向他，他又要去告我们的状吧。”

胡说，我从未告过什么状。李世民愤怒地想，控制自己不去理会他们。

“阿娘！”他索性大喊起来。黑暗回应他以黑暗，唯有那两个声音不依不饶地嘲笑着：“看吧，我说过他其实不像外表那样强悍，他是个爱哭包，我们能对付他。”“爱哭包，哈哈哈。”“阿娘护着他，阿爷偏向他，他才能这么得意。”“就是，现在阿娘不在了，阿爷也不理他了，他的眼泪会淹掉长安的。”

“走开！”李世民愤怒对着黑暗吼道。暗地里却为自己羞愧，自己不该叫阿娘的，阿娘说过，活着如履薄冰，只有死了的人才能安详。阿娘去了，她得到了她所希望的安详，她不会希望回来的。回来看父亲宠妾成群？回来看我们兄弟明争暗斗？李世民觉得莫名沮丧，旁边的声音越发大起来，我该停下了，到处都是黑暗，此处跟彼处又有什么不同？李世民放慢了脚步，却奇怪那些嘲笑的声音渐渐小了，而一丝光亮突然闯进这片黑暗。

她就这样悄无声息地出现，紫色的高腰裙，肩上披着青色的长巾，长发从丝巾后面垂下，光线明亮，李世民看不清对方的脸，却能感到她在微笑，温暖而慈爱。

“阿娘……”李世民迈开脚步，开始是小跑，最后大步跑起来，她就站在那里，张开双臂，很快就将他拥在怀里。

“世民。”这个声音熟悉，李世民注视着对方的脸，有那么一刻，他怀疑自己看到了母亲的脸。可转眼间，那张脸又变了。“无垢?!”李世民轻声喊道，又失望又惊喜。

“世民，我们回家吧。”妻子牵起他的手，“你迷路了，现在该回家了。”

“回家?”

“是的，回家，我们回去，我们要回去，很多人在等我们。承乾在等他的父亲，无忌在等他的朋友，乔松、克明、敬德、叔宝、知节他们在等他们的秦王。你答应他们要创造一个更好的天下，答应他们要一起荣华富贵，你不会食言的，更何况你现在又多欠了一个人的债。”

“债?”李世民疑惑，又独自点头，“是的，我欠了好多人的债。”

他顺从地由妻子牵着手，光线亮得刺眼又瞬间变小变得温暖，那摇晃的橙黄灯光是宫灯发出来的，那暗红跳动的光是炭火。

“世民!”耳边这个喜悦的声音温情又真实，一如她紧握的手。

承乾殿外的人已经散去，虽然他们都要进来看一眼，确定秦王真的没事，可孙道长站在殿门口，一个也不放进来。最后还是秦王妃亲自出去，这才劝退了守在殿外大半夜的秦府府署。

殿内又只剩下我跟她了，李世民突然发现自己开始期待这样的宁静。妻子的手再次抚摸上额头，用一块丝巾为他擦去额头的汗，他伸手抓住那只手，握在手心。

“无垢。”李世民轻唤，王妃的脸色憔悴。十岁那年，我决心不让任何人欺负她；十三岁那年，我答应要给她幸福。可到了今天，守护我的人却是她。李世民张嘴想说些什么，可似乎又全不必说出口。

“我在。”无垢应道。“你要喝水?”

“不要。”

“那吃点东西。”

“不要。”

“我去给你换件衣服。”长孙无垢指着他的中衣，黑色的印迹还在。李世民没有松手，嘴角的笑留住了她。

什么也不用说，什么也不用做，此刻你的微笑就是最好的良药，李世民无比珍惜此刻，平日的车水马龙、常年的征战、从未停息的明争暗斗让自己忘了平静的味道。李世民懊悔为什么自己到现在才发现平静是最快乐的时刻。

可似乎这样的平静总是不容易得到，脚步声响起，房玄龄急步走来，他朝秦王妃点头，然后低下身子，轻声对李世民说道：“陛下来了。”

“你的身子没什么大事?”皇帝盯着秦王上下看了一遍，明显的，他松了一口气。

“儿子只是偶发暴疾，服了孙道长的药后已经好多了。”李世民答道。对于父亲来看他，他突然发现自己无法生出感激之情。父亲没有第一时间来看我，他只是知道我挺过来了才过来确定？

“这样就好，这样就好。”皇帝重复着这一句。他在心虚，他亲眼看到我在宴会上吐血，他没有做任何事，除了让人抬我回宫。李世民又看了父亲一眼，对方神情憔悴，双眼发红，他也是一宵未睡？想到这一点，李世民突然觉得自己太苛求了，他不只是自己的父亲，他还是一国的皇帝，正如我不只是他的儿子，我还是秦王府的支柱。

“外面还说你中毒了！”父亲说道，“我就不相信！东宫之内，我的眼皮之下，还有人敢对我的儿子用毒？”

父亲，您是不相信，还是不愿意相信？李世民没有说话。

“传言比毒药还能杀人，他们说的，我全不相信。”皇帝加重了语气，“就像他们一直说你，我从来都不相信。”

“说我？”李世民用狐疑的眼神看着父亲。

“是的，很多。当初你拿下洛阳，迟迟不归，别人说你顾望不还，散钱帛树私恩，我就不相信。”苍老的父亲示意他躺下。

这个别人大概就是齐王吧，又或者他只是其中的一人。李世民缓缓躺下，只是起了一下身就让他疲惫不堪，父亲是来看我，还是准备落井下石？李世民不敢保证自己的愤慨之气能很好地隐藏起来。

“领军在外，三人成虎，为父不会做那昏庸的魏王。”皇帝继续说道，“又有人告你密遣秦府军将张亮在洛阳招募私兵，意图不轨。”

“父亲！”

“你还是躺下，我这次来不是问罪，只是想跟自己的儿子聊聊。”皇帝摆摆手，“张亮现在就被关在大牢，你没有找我说情，我很欣慰，朝中自有纲纪，不会冤枉一个好人。这次，我也亲自到洛阳去了。”

信任只是装扮鲜花的荆条，不然他就不会去洛阳，李世民庆幸自己可以不用答话。

“我不是去查张亮案的，我只是突然想去洛阳看看，别人说我去查张亮，甚至直接说我查你秦王，这不是胡说嘛，哪有儿子在前线为国退敌，父亲在后面查儿子的。但人言可畏啊，像你这次回来，长安城又传开你结交了一个突厥的香火兄弟。”

李世民再也躺不安稳：“儿子是为了……”

“我知道，我知道。”天子似乎决定垄断这一次的对话：“用兵先用间，攻敌先攻心，要不是突厥人心自乱，这一次哪能退得这么轻松。可别人不会这么看，外面的人巴不得我们李家自己斗起来，所以，什么难听，什么能煽风起事，他们就说什么。”

皇帝的语气调侃，似乎绝不相信这些说辞，李世民却怀疑那一刻父亲向自己投来了不信任的眼神。不是外人说我吧，我的敌人就在家族之内，是四弟，还是大哥说的？李世民抑制着想问的冲动。

“对这些谣言，你要是反驳正中了他们的计，他们会制造更多的谣言来。回应他们最好的办法就是行动。”看到李世民不解的表情，皇帝挥挥手，似乎这个动作有助于他做出决定，“你去洛阳吧。”

“洛阳？”李世民惊讶。

“洛阳！”皇帝肯定，“去了洛阳，以东之地皆归于你，你可以建天子旌旗，一切如汉梁孝王故事！”

“儿子安敢如此造次！”李世民不敢相信自己的耳朵，连忙扶着睡榻坐起身。

“这是你应得的，当年太原起事，你是元谋，这些年四海征战，你又功劳最大，我想着给你一个天策府，让你位列诸王之上，可这又似乎仍不称你的功劳，也难平你的欲望。”

李世民连忙撑起身体：“儿子没有……”

“世民，我没有怪你的意思。”皇帝轻声说道，仿佛又成为人之父、家之长，而非一国之王，“欲望是人之常情，谁能没有呢？我自己当初就是敌不过内心的欲望，听了你们的话要化家为国。幸好上天护佑，不然，我李氏一门只怕早就化为齑粉了。”

“父亲太原起兵，不独为我李氏一族，也是为救天下苍生。”

皇帝摇头："现在想来，还是不应该走出那一步，化家为国，现在我们有国，却没有家了。"一股苍凉之气从李渊的身上散发出来。

"这些日子事情一天比一天多，一件比一件乱，杨文干的事情是太子谋逆？还是有人陷害？别人跟我说了，我听不进去，也不想听，我更害怕听到真相，是逆臣谋篡还是其他什么？他们说的这些，让我相信哪一个？"皇帝声音低沉，父亲老了，他真的老了，尽管父亲一向给人暮气沉沉的样子，但这一刻他真是老了。"他们都在想着我们李唐内斗，我一个字也不想。"

我该说些什么，李世民想着，却找不到可说的。

"你们待在一起，今天是你暴病，明天又将如何，我再不想受这样的惊吓，天下如此之大，四海如此之富，难道就不能让你们兄弟共处？"皇帝的脸上带着痛苦。"按功劳，兄弟当中你最高，但人世的法则又岂能只论功劳，祖宗礼法立长立嫡，岂可废弃？建成虽不如你，但他毕竟是你大哥，于我大唐又有功无过，我怎么忍心夺他的储君之位？"停了一会儿，皇帝似乎犹豫了一会儿，终于还是说了出来："你知道杨隋是怎么国破家亡的，我们不能重蹈这样的覆辙。"

这不公平！大哥不是杨勇，我亦不是杨广！虽然知道自己已经无望从父亲那里得到储君之位，可他依然不愿接受父亲亲口说出这样的决定。他想大声反驳，却无意间瞥见无垢正轻轻摇头。

他堵住我通往储君之位的道路，在我的面前关上帝王的大门。李世民无力想到，所以他想用一个洛阳来安抚我。洛阳，李世民想到了那高高的城墙与深达数丈、宽十余丈的护城河，要不是自己轻易擒获驰援洛阳的窦建德，让王世充失去了信心，又怎么能轻易拿下洛阳。一座坚固的城池，一座被视为有帝王之气的城池，不能不说父亲做出了公平的分配，但他不该这样，天底下绝没有也不该有两个势均力敌的天子。

李世民朝父亲望去，皇帝的眼神有那么一刻变得飘忽。"我也想清楚了，与其让你们兄弟在长安互不相容，不如让你去洛阳。"

"儿子不愿离开父亲的左右。"李世民说道，泪不自觉地流了下来。

"我何尝不想一家人在一起呢？"李渊轻拍李世民的肩膀，"但家大了，总该分的，好在长安跟洛阳并不远。”

皇帝长声叹气，他站了起来，准备结束这一场并不容易的对话：“洛阳的事就这样决定了，你病好之后，就可以搬去洛阳了。张亮我已经敕令释放，让他回洛阳了。”

皇帝转身离去，李世民挣扎着起来跪在榻上。长孙无垢一声不言，同样跪伏于地，来到殿门，皇帝停了一下，回过头来吩咐：“我已经给敕令你大哥，你素不能饮，从今天开始，就不要去东宫夜饮了。”

他送我洛阳只是想平息这起下毒事件，一如他将我关进临湖殿，只为了平息杨文干之叛。他不是来看我的，他只是来处理一件家事，仅此而已。想到这里，李世民没有愤怒，反生出对父亲的同情来。

第五十章　新妇

【魏征】

从家门出来，魏征踩着地上的竹屑，闻到硫磺的味道，他背负双手，脚步轻盈，时不时传来或大或小的声音，新年就快到了，魏征轻叹着。没有了辽东的苦役，没有了群雄争霸的搏杀，连突厥人都退去了。他们要再来，也至少得一年后。失散的亲人可以团聚，染尘的房子可以重新打扫，对于百姓来说，再没有比今年更好的新年了。可对于他们羡慕的皇族来说，这个新年却远不止他们所知道的荣华富贵。

秦工倒下的那一刻依旧停留在魏征的脑海里，腥味也似乎允斥着他的鼻子，魏征想了一会儿，才明白这气味可能是地上的碎竹发出来的。但那画面是真实的，秦王轰然倒在地上，像一根柱子突然倒塌，他也记得当秦王倒下时，裴寂瞪大着眼望着他，好像在他的脸上写着秦王突然倒地的原因，更可恨的是连太子也狐疑地看着他。

他们都认为我做了什么？魏征愤怒地想着，他还以愤怒的眼神，直到所有人都不敢再看他。陛下霍然起身，大步走到秦王的面前，低头看了一会儿，下令将秦王送回西宫后就匆匆转身离去，仿佛东宫成了不祥之地。齐王府的人走了，秦王的人走了，陛下的人也走了，刚还热闹的显德殿顿时只剩下东宫的人相互对视，却没人能说出一句话来。

薛万彻匆匆离去，不用问魏征也知道他去了长林营，这个时候，兵马总是要特别看住的。秦王要是真出事，秦王的那些狼虎猛将岂会善罢甘休。可真要出了事，不用秦王府的人动手，皇帝的离去同样如此，无非是调动防卫京邑的南衙四卫跟北门禁军，齐王也不愿待在东宫，齐王府兵也会度过紧张的一夜。大变关口，所有人想到的都是紧握手中的剑。

所有人离开了显德殿，只剩下太子跟东宫洗马。太子用困惑的眼神看着他的谋士，魏征记得自己还以同样的眼神，最后，两个异口同声大叫不是我。不是东宫的人，绝不是！两个相互猜测的人似乎同时达成了信任。

那一夜，魏征在东宫守了一夜。东宫的人进进出出，直到传来秦王复苏的消息，魏征才长出一口气，发现冬夜里自己竟然出了一身大汗。太子瘫倒在地上，连呼万幸，万幸什么?！魏征只记得自己大叫蹊跷，这一夜，长安有多少人未能入眠？有多少人像太子这样听闻秦王复苏暗自庆幸？似乎所有人都希望秦王没事，那秦王因何吐血倒地？要说这是毒杀，这也是一场没有凶手的毒杀。

等天亮之后，消息再次传来，一切似乎都变得明白了。魏征用力踢开脚前的废竹筒。竹筒滚动，声音清脆。洛阳……魏征自言自语，好一个秦王！他骗过了所有人，用一场高明的表演换来了洛阳。他早就盘算着那座辉煌不亚于长安的大城。圣上被他骗了，我被骗了，可裴寂不该同样被骗过，他置身事外，又是官场银狐般的人物，难道就没看出点破绽，任由陛下放秦王去洛阳。难道连裴寂也幼稚到以为秦王到了洛阳，就可以结束兄弟阋于墙？我马上就可以知道答案了，魏征扬腿踢开另一个竹筒。

“魏道友，你又顽皮了。”

魏征抬头，太史令傅奕微笑着望着他，脚下是那只滚动的竹筒。虽是从五品的太史局长官，却穿着一身道袍。

“傅公这是要去哪里?”魏征连忙上前施礼。

“魏道友倒不必问我去哪里。”傅奕笑容神秘，“我却知道魏公要去哪里。”

“知道我?”

“没错，魏道友这是要去裴相公的府上吧。”

京中道友奉他为首，难道他真的能掐会算？魏征下意识地摸了摸衣袖，那里放着的正是裴寂的请帖。

“玄成啊，你到了我这般年纪，也会懒得拔白头发了。”裴寂举着铜镜，左右端看着自己，终于叹着气，丢下铜镜跟镊子。“以前还不觉得，拔起白发来果断得很，以为拔掉了，就能遮挡住岁月的流逝，可现在你看看，白发比黑发多，举起镊子就眼花手抖了。”

你让我来不会就是想说你的白头发吧，魏征想着，又想到裴寂拔光白发的秃头模样，差点无法忍住笑。“裴公的白发寸寸都是为了大唐，为了圣上，太子殿下也不会忘记的。”魏征说道，他注意到左仆射眼圈发黑，他也是一夜未眠？

果然，他打了一个哈欠。“太子？”魏征很肯定这位极臣的嘴角流露出嘲笑，他大概仍认为秦王是被我们东宫下了毒吧？想要争辩，却传来一阵脚步声。

一位圆领绿袍的婢女从屏风后走出来，端着一碗正飘着奶香味的酪饮。

“这是刚酿好的羊酪，喝了正好解酒解乏。”裴寂示意魏征喝下去。

魏征捧过碗，瓷碗像奶酪一样白。别人说裴相公家里的奢华都奢华在低调之处，没有什么耀眼的装饰，可富贵之气却随时可见，就是面前的婢女穿着，也比寻常人家的千金小姐要贵气。想着，魏征不自觉地抬头望了她一眼，脸色素净，不是美艳的女子，独有清雅的韵味，魏征怀疑这个婢女在朝自己笑，他连忙还以尴尬的微笑。

“你倒是喝啊！盯着我家里的人看什么！”裴寂不怀好意的嘲笑让魏征的脸臊得像终南山猕猴的屁股，他慌乱端起羊酪一口气喝下去，却连忙吐了一半出来，羊酪滚烫，这下连婢女都笑起来。

“让你喝，也没让你一口气喝完。”裴寂幸灾乐祸般说道。

我不是来喝什么羊酪的，更不是来看人拔白头发的，看着婢女的身影消失在屏风后，魏征索性放下白碗：“陛下让秦王去洛阳?!”

“你知道了，过了大半天，你也该知道了。”裴寂收起了笑容。

“这是个错误，裴公！天下谁人不知秦王一直在苦心经营洛阳，秦王一至洛阳，若陛下还在，一切好说，若陛下万年之后，必起战端！”

“秦王经营洛阳？你有证据？”

“没有，”魏征承认，“可有的东西不需要证据，野心就是。”

“你们不是把人家张亮关在牢里一个多月，你们问出什么了？”裴寂道，“张亮已经回洛阳了，用不了多久，秦王也会去洛阳。”

“你们上当了！”魏征喊出声，“秦王巴不得去洛阳，所以他才假装中毒！”

“秦王府的人都没说秦王中毒，你说秦王中毒，难道你知道秦王中的什么毒？他自己给自己下毒？你有证据？”

“没有！”魏征没好气地回答，顺手捧起白碗，一口气将羊酪倒进嘴里，羊酪依旧烫舌，魏征强忍着将它咽下。

“说没有根据的话比咽这滚烫的羊酪还要愚蠢！”裴寂又扬起嘴角，“我以为你是一个谨慎的人。”

“我也以为裴相公是个明白的人。”魏征反唇相讥，挑衅地望着对方。

“让秦王去洛阳是陛下的决定！”很难说，裴寂此刻没有愠怒。

“那裴公应该劝阻陛下！”

“哈哈，魏洗马倒要教老夫怎么为事了，我看，魏洗马还是管好东宫的事吧。”裴寂嘲笑着。

“东宫？”

“你们的太子殿下竟然私会德妃！”裴寂压低了声音：“宫墙之内的流言蜚语能把人的骨头都蚀掉，这事要是让陛下知道了，你魏洗马只好去捡马粪了！”

魏征脸色苍白，他怎么知道？他当然知道，裴寂在长安有一千只眼，更何况……魏征想起了太子的那个故事。

如果要指责太子，那不如先问问自己。魏征想着，望着对方一副击中自己要害的样子，他脱口而出：“裴公还知道关心太子殿下跟德妃的事吗？”

“你这是什么意思？！”

他在心虚，魏征想到。我从未在舌头上赢过你，但这一次，你总算有小辫子被我抓住了。

“据我所知，德妃本是太子的旧人，有人却将他献给了陛下以邀功！”说完，魏征望着皇帝的心腹，他在颤抖，魏征看到这位大唐宰相肥厚的手在抖动。我说中了他的软肋，就算当年的刘文静不说，满朝文武谁不私下说两句他是靠着私交才得到的高官厚禄，可谁又知道，这位裴相公还背弃了托付?

“有趣！有趣!”裴寂大笑起来，这让魏征莫名其妙，又有些发虚。“你是听你们的太子殿下说的吧，我没想到，他还会把这件事情告诉你。”

“是的，他告诉我了。”

“好吧，让我猜猜看，他是怎么告诉你的，他说自己将德妃托付给我，而我又将德妃献给了陛下吧。”裴寂摇头晃脑，“我敢说，这就是他说的全部。”

“是的。”魏征不想否认。

“人的舌头是世界上最高明的裁缝，它总能去掉不想告诉别人的，这样看起来，他们既没有说谎，又掩盖了事实。”裴寂冷笑，“你的太子殿下说出了部分的真相，可部分的真相跟假象有什么区别?”

“假象?”

“当然!”裴寂脸色潮红，半因恼怒半为羞耻，“既然他提起了这段往事，就由我来补上一些缺口吧。他怎么形容他跟德妃？是一见倾心的爱人，还是相交已久的恋人。或者，她是对方从长安恶少手上抢过来的良家闺女，要不就是一场奇妙的偶遇?”

他知道的永远比我多，这是他永远在言语上压倒我的原因。魏征不愿搭腔，可这并不影响裴寂的演说：“我可以肯定，他没有告诉你德妃其实是流落长安街头的卖艺人，不是艺伎，但很接近，当然，她很漂亮，漂亮到同时被你们的太子跟宇文化及看上。”

“这下问题来了。”裴寂干脆站了起来，“太子当时还不是太子，宇文化及可是长安一霸。他怎么敢跟宇文化及抢人，他打不过人家，这才偷偷送到我这里。陛下在太原韬光养晦，他偏在外面惹是生非，宇文家的人可不是好惹的，我一个晋阳宫的宫监又怎么跟宇文家做对，唯一的办法就是送她入宫，只有隋帝才能镇住宇文述跟他那个野蛮的儿子。”

他倒是讲了一个更详细的故事，魏征依然发现了里面的破绽：“那你为什么又把她送给陛下?”

“我没有送给圣上!”裴寂否认。

“你没有?”

“我没有！”裴寂吸了一口气，似乎在回忆八年前的往事，“事实上，是德妃自己跑过来的。”

“她自己？”魏征益发困惑了。

“没错，我本来选的是别的宫女，可那天，那个宫女没来，来的是尹德妃，而那名本该成为当今嫔妃的女人莫名其妙地失踪了。到现在，都不知道她去了哪里，也许去了另一个世界也不一定。”

“你这个故事倒比太子殿下编得更离奇，更好听。”魏征讥笑着，可明白对方说的未必是假的，至少不全是，或许跟太子的一样，用真话跟假话相互缠绕编织出来的故事。

“真的也好，假的也好，关键是这些东西就该让它们永远过去，永远不要被人提起。”裴寂重新坐了回去，这一顿倾吐让他又回到了淡然的状态：“那样的事情再也不能发生了，大郎信任你，你就该劝住他。”

“陛下信任你，你也该劝陛下收回敕令，不能让秦王去洛阳。”魏征连忙接上。

“你在跟我谈条件？”裴寂眼光如电。

你说是，那就是吧。魏征干脆不回答。

裴寂摇头：“玄成啊，你难道真的认为秦王不能去洛阳？”

“当然，秦王去洛阳如猛虎归山，以后谁也制不住。”

一个奇怪的笑容浮现在裴寂的嘴角：“你太小看陛下了，秦王去洛阳，不是猛虎归山，而是虎落平阳！”

“虎落平阳？”魏征内心一震，他望向裴寂，这怎么可能？可这位左仆射似乎无意解说。

“我叫你来，不是为了秦王的事。”裴寂停了一下，笑容再现，只是不再有嘲弄味，“陛下昨天赐婚，你的婚礼该抓紧了，我已经请太史令傅奕看过了，你们八字相合，三月十五是个好日子。”

魏征哭笑不得：“裴公厚爱，可我连令侄面都没见，怎么连日子都订了。”

“怎么没见？你不但见过，我还确定你不止看了对方一眼。”

魏征猛然抬头，屏风后面绿影闪动，他努力回忆着接过羊酪时那个绰约的身影。

第五十一章　皇帝的安排

【李孝恭】

皇帝穿着窄袖圆领袍衫走进来，普通的长袍，普通的幞头帽，唯有长袍的黄色标志着他是一国之主。李孝恭连忙起身，李靖倒是一直站着，只有站着才能让周身血脉畅通，他是这样说的，不管怎样，他倒省得起身了。皇帝点头，示意他们坐下。

皇帝的气色好了一些，看来，他的睡眠不错。李孝恭想到，他做出了巧妙的安排，将秦王送到洛阳，似乎东宫也接受这样的安排。这样就能解决了？开始听到这个消息时，李孝恭刚在一个歌伎身上大醉。自己当时喊了什么，还是装作没听见？只是用手继续往歌伎最顺滑的地方摸去。他做了一个看似乎高明的决定，但他只是把问题推迟了。他没有解决，也许没有人真正可以解决。始皇帝嬴政不能，魏武帝也不能，若说原因，那罪魁祸首便是亲情。

由爱故生忧，由爱故生怖，若离于爱者，无忧亦无怖。佛经让人警惕感情对我们的伤害，劝解人放下爱，可世间有多少人可能真正放下。皇帝不能，眼前的这个人同样也不能。

李靖正襟危坐，他还记着塞外那个人。倔强的脸，还有她那凌厉的剑，这样的人又怎能不让他永记。

李孝恭想着，却发现李靖悄悄换了位子，他挑了下首坐下。现在他们都知道我是草包、你是英雄了，坐到我后面都挡不住你的光芒，长安人在津津乐道你的战绩，比起秦王在豳州的战斗，行军总管李靖在长安外围以三千步兵抵挡住十倍于己的兵马更具趣味跟故事性。

李孝恭竟然发现有些酸气上浮，我是怎么了？这不正是我需要的吗？当一个平庸的郡王，只有平庸才能保住性命，无敌的秦王吐血倒下的那一刻画面又出现在李孝恭的面前，李孝恭把身体往后靠了靠。

李靖的身形凸出来了，他本就是挡不住的人，无论其人还是其光彩，所有人都知道他会是一代名将，只是无人得知他能完成怎样的成就。后人会将他的名字跟白起、韩信并提。可是我呢，名将李靖的无能上级，李唐皇室的坐享其成者？要安全就得舍弃荣耀，尤其要在庙堂这样的黑暗丛林里生存，就不能走在光线充足的空地。想着，李孝恭又往后挪了挪。

皇帝果然将目光落在了李靖的身上，皇帝的目光充满暖意，他提防着所有手握兵权的大将，但李靖似乎是个意外，这位大将似乎已经通过了皇帝有关忠诚的考验。接下来，皇帝给怎样的嘉奖都不过分，但更重要的是皇帝要怎么用他。

看来，我跟他的搭档要拆散了，李孝恭莫名生出一股惆怅。他有独当一面、尽展其才的机会，再也不需要挂着我的名头行事，一个要到扬州养老的人也用不着配这样的大将。

皇帝兴高采烈地问起了江淮的陌刀兵，他一边点头赞许一边问起了步兵克制骑兵的战术。“骑兵也可以配这样的陌刀？”李孝恭听到皇帝如此问道，李靖则滔滔不绝。

这些与我无关了，我就要去扬州了。突厥离我越来越远，沙场也离我越来越远，兵马离我越来越远，荣耀离我越来越远，安全却离我越来越近。

用兵、突厥，李孝恭听到这些字眼，却完全无法组织起这些句子来。看来，皇帝准备通知我将一个人去扬州，而留下李靖对突厥用兵，这样也好，偷闲的人偷闲，征战的人征战，他一直期待挥鞭都斤山，一直希望将她接回中原，他在与过去搏斗。李孝恭有点同情地看着自己的副手，他正跟皇帝讲解着北疆战事，他做过功课了，皇帝频频点头。

他们什么时候说完？不知道我在这里干什么？李孝恭有些无聊。夹在中间，李孝恭感觉自己像空气一般，甚至比空气还轻，他觉得自己的身体一会儿浮起来，一会儿又一直下坠。

“孝恭！”李孝恭感觉上下眼皮像磁石的两极，却猛然听到皇帝的叫声。

“陛下，臣在！”李孝恭连忙站起来。

“我在这！”皇帝说道，声音却从后面传来。李孝恭眨眼，才发现慌乱之中，自己背对着皇帝。

“臣在！臣在！”李孝恭连忙转身。

“你啊，天资在我李家里也算上乘了，可就是不上进。”皇帝说道。

长进的人有一两个就够了，李孝恭想着，却低头谦卑地接受皇帝的批评。

“你从江南回来也快一个月了，最近在家中可看书？”皇帝突然问道。

看书？李孝恭想了一下，好像一本也没有看。新年时节，宾客如流水般来，又如流水般走，光是看不同的脸，就能从日出看到日落。

“臣最近俗务……”

“所以你一卷也没有看！”皇帝打断他的话，“人不读书，那跟混吃等死的圈猪有什么区别。”

这太过分了，李孝恭愤愤不平，猪不会替你打下半壁江山，可他低着头。

“你看李靖，年纪比你大，可用功比你勤，我刚听他讲六韬孙武，解析入理，你好歹也是大唐的将领，兵法之类的东西不可一日不看。”

我是唐朝大将，却是马上要交出兵权的大将。一个不领兵的大将看什么兵书？还不如大醉一场梦游太虚来得好。

“史册也该翻一翻，以史为鉴，可以知兴替；以史为镜，可以正其行。”皇帝翻起了案上的书卷，“我看，太史公书你可以看一看。”

“臣回去就看。”李孝恭答应着，这样的书秦王府倒很多，我家里要是能找到，除非把地皮翻过来。

“本纪世家，卷卷都有辛酸；豪杰列传，又岂是讲讲故事。孝恭啊，蒙恬传你可看过？”忠信守死不贰，斯亦足称也。这是帝王都希望得到的忠臣。李孝恭小声回答：“臣还没看过。”

“你该看看。”皇帝说：“你现在在京邑，宾客盈门，要你看书也看不进去，到了扬州你可以静下心来好好读读书，有读不懂的地方，你可以问问药师。”皇帝指着李靖。

李孝恭抬头望着李靖，李靖的脸上也写着疑惑。

“过些天你就启程吧，李世勣已经将江南余寇剿清。江南此后料不会有什么大事，但也不可就此大意。军务也要管起来，李靖依旧过去帮你。”

李孝恭看到李靖惊愕的表情，他抬起了身子，他不会笨到要求什么吧，李靖嘴角动了动，总算没有说出什么，只有失望写在脸上。梦想对于一个人来说，似天般大，可对皇帝来说，我们都是他棋盘上的棋子。君令不可违，纵然它跟梦想背道而驰。

“有你们帮我守着江南，我就可以高枕无忧了。”皇帝的话里带着倦意，似乎想结束这场对话。可对李孝恭来说，对话才刚开始，刚才的困意也一扫而光。

“请容臣迟些日子，京邑的亲朋太多，有些可以不去，但有些总要道个别。”

“这也是人之常情，太子秦王齐王那里，你也要多去走动，你们兄弟平日离多聚少。扬州又距离这里千里之遥，你这一去，只怕又有时日不能相见。”皇帝答道，却全然没有注意到自己的侄子在把他往一个言语的巨坑里引。

“太子还没去拜谒，秦王府臣倒是去过了。”

“秦王身子可好?”

“秦王身体已经康复，全不见半点病态，这病来得快，去得也快，秦王府也喜气洋洋，上上下下都对陛下感恩戴德，秦王还高兴地告诉我，一定不辜负陛下的期待，替我大唐守好半壁江山。”李孝恭连珠般说出这一切，他注意到皇帝的脸色渐渐变得阴沉。

“孝恭!”李靖在后面喊着，李孝恭没有停下，径自向前走着，转过一个弯，一条狭长的宫道出现在眼前。此地如此偏僻，连一个宫人都看不见，李孝恭终于放慢了脚步。

“孝恭，你何苦要说那句话。”李靖终于追了上来。

“哪句话？”李孝恭并不停步。

“秦王府的那句话。”李靖埋怨道，“你知道陛下疑心病重，你这一句话可能会让整个秦王府的人都去不了洛阳。”

“去不了就去不了。”李孝恭一脸轻松，“况且我又没有说谎，秦王府现在确实乐开了花，以为搬到洛阳，就海阔天空了。再说你急什么，你现在又不是秦王府的人，你现在是我的行军总管，以后也是我的行台兵部尚书。”

“我不是替秦王府的人说话。”李靖有些恼怒，“我在替你担忧，你何苦掺和到这里面来，你难道不知道这里的水有多深，水有多恶。”

李孝恭终于停了下来，他叹了口气，望着李靖：“不掺和？药师，不掺和不就是一种掺和吗？况且我们掺不掺和岂是自己说了算的。我们做臣子的只有听命。药师，你不是想打到都斤山去吗？结果呢？还不是要跟我去扬州。”

“去扬州也好过待在长安，至少我们不必陷到他们兄弟的争斗中去，你倒好，还故意往里面跳。”李靖的语气不像刚才那么肯定，里面多少带着沮丧。

“你以为扬州就是方外之地？”李孝恭愤慨，“当然，我也曾经这么想，可没想到，天下之大竟然找不到一处清静的地方。”

看着对方不解的样子，李孝恭露出嘲笑，你还在想着都斤山，想着对方汗帐里的那个人，所以才迟钝到听不出任何弦外之音。

“陛下既然这么关心你的陌刀兵，为什么不留你在这里对抗突厥，却让你跟着我去扬州？”李孝恭点醒对方。

李靖神情黯然：“是啊，我本以为……”

“药师啊，药师，帝王之心犹如大海，岂是我们想当然的。”李孝恭难掩愤怒。“陛下还让我不要废了军务，药师，你说说看，扬州还有什么军务？陛下把你留给我，难道就是为江南的小毛贼？”

“你是说……”李靖恍然大悟状，但他马上摇头，“你不要乱说！”

“乱说？”李孝恭冷笑：“陛下让我读太史公书蒙恬传，我读书少，你总读过蒙恬传吧。”

“陛下是让你学蒙恬的忠信二字。”李靖说道，语气却犹豫。

行军打仗我确不如你，但要说钩心斗角地在这黑暗丛林中存活，我似乎还胜你一筹。发现自己终于有胜过对方的一点，李孝恭却快乐不起来。

“忠信？你不会不知道蒙恬原是受命保护秦太子扶苏吧。忠信有什么用？蒙恬就是太忠信，所以让扶苏引颈待戮。陛下不要忠信的蒙恬，他要一个能完成任务的蒙恬。”李孝恭看天，天气阴沉，云正从四面聚集而来。“这下你知道陛下让我们去扬州不是养病了吧。”

李靖不语。

好吧，你不愿意说，我就一个人说出来。李孝恭突然止不住话语，不满冲开了言语的堤防。

陛下在把我们当枪使。“陛下要我们做蒙恬，守护太子！”李孝恭压低了声音，“要是日后秦王在洛阳搅事，我们还要对抗秦王，你的陌兵未必只用来对付突厥人的骑兵，玄甲骑兵说不定也会是你的对手。”

“守护太子……”李靖低声默念，“食君之禄者担君之忧，就算如此，我们也只好听命了。”

“这倒有趣!”李孝恭直勾勾看着对方：“你想跟秦王为敌吗？我倒是想看看，你跟他谁才是当世第一名将。”

“秦王未必会生事!”李靖犹在辩解，但语气绵软得连自己都说服不了。

“未必？你忘了秦王倒下的样子，你忘了那滩黑血，他们兄弟已经图穷，我们何苦做人家手里的匕首。”李孝恭脸色冰冷？“我不想跟秦王在战场上对阵，也不想掺和到他们兄弟当中来，这是他们兄弟的事。”咬咬牙，李孝恭接着说道：“他们兄弟自己了断，就在长安!”

“要是秦王知道你阻他去洛阳，只怕他不会善罢甘休。”李靖终于接受了李孝恭的说法。

“那我宁愿他以后回敬我，也不愿跟他在战场上厮杀！你愿意跟秦王对阵?!”

李靖没有回答，他站在原地，一声惊雷中断了这场对话。

“这是开春第一声雷吧。”李孝恭抬头看了看天：“这是春雷，是蛰龙的声音。”

第五十二章　春猎

【萧美娘】

残雪刚刚消融，草地上依旧可见积雪压过的痕迹，萧美娘避开泥泞前行，鞋仍旧无法避免被枯草落叶上的水露打湿。偶有咔嚓的树枝断裂声传来，数名卫士紧随其后，这多半是他们笨拙的双脚传出来的。萧美娘想到，难抑内心的失望。突厥人拿出了定襄，那不过是一座边城，直面唐朝的太原军府。许诺划归所有在突厥的汉人归政道管辖，可这仅仅是名分，有多少人愿意听我们的调遣？去年年底，萧美娘一度打算趁着新年，召各地的汉人头领前来定襄贺岁，可最终她放弃了这个打算。不是万人来朝的胜景不值得期待，而是门庭冷落的凄凉无法承受，就算名分也好，也不愿这个漂亮的外衣被人戳破。一座边城，一个名分，而没有军队。身后这些笨拙的士兵就称得上精兵了，萧后不禁想起夫君的骁卫，那才称得上真正的战士，唯独一样，他们缺少忠诚。

萧美娘想起那个黑暗的夜晚，那些大兵冲进迷楼，恐惧似乎再次回来，幸好路已经走到终点，义成公主的声音从上面传来。

突厥的可敦穿着白色锦袍，她的脸被初春的冷风吹得通红。义成迎了上来，她跑动的姿势就像淮南，萧美娘内心某处突然痛了一下。

“娘娘，您怎么来了？”义成握起她的手，两双冰凉的手无法相互温暖，萧后发现义成的手比自己的手更凉。

“可汗春猎，又在朔州，离定襄这么近，我怎么可以不来？”萧后看着义成，“阿甜，你又瘦了。”

义成摸着自己的脸，露出一个苦笑：“政道好吗？还有阿妍。”

“他们很好。”萧后拉着义成的手向前，仿若此间的主人，春风掠过高地，吹向上面的汗帐，最后将上空飘扬的狼旗抖得呼呼作响，“政道现在在读书，他很用功，有时也出去打猎。”美娘的脸上露出微笑，“他倒不像他那个怯懦的父亲，而像他的爷爷。”

义成匆匆一笑。她在怀疑我的说法？萧后有些不快，政道还是一个孩子，他当然无法同他的爷爷相比，或许这世间也没有任何一个人可以跟我的夫君相比，但至少他的孙子可以效仿。政道需要时间，也需要机遇，而这个机遇不仅仅是一座边城，一个名分。

或许是察觉到了萧后的不快，接下来的路上义成没有说话，直到汗帐旁边的侍卫掀开了汗帐的垂帘。

厚厚的帘布隔出温暖的空间，汗帐中正熊熊燃着炭火，整个空间温暖而舒适。可汗并不在里面，萧后一眼便发现了。

“可汗去召集会议了。”义成解释，引嫂子在帐中的大榻坐下，“他坚持要亲自下去看看。”

“什钵苾来了吗？”萧后想起来，但马上意识到答案，什钵苾要是来了，一定会绕道先去定襄看自己。

果然，义成摇摇头：“没有，摸末已经到了，可什钵苾太远了，他在幽北之地，况且这一个冬天并不容易过。”义成的声音低沉起来。

“是不容易过。”萧后发现自己难以掩藏语气里的冷嘲。又是大雪统治的一个严冬，无数的牧畜冻死在缺少粮草的围栏里。突厥人的帐篷倒不缺财物，唐朝人慷慨的奉送让他们喜笑颜开，可现在他们知道了，草原人最值钱的东西不是金银，不是丝帛，而是那些四条腿的牲畜。

“但他一定会来的。”义成似乎并未察觉对方的嘲弄之意，“可汗已经送去了金箭矢，或许他们现在就在路上，娘娘，淮南也会来的。”

相比政道，她更喜欢淮南，望着义成冒着喜悦火花的眼神，萧后想着。可淮南现在是突厥人的妻子，政道才是我们的希望。

“你太孤独了。”萧后说道。

“什么?”义成不解。

“我是说,”迟疑了一会儿，萧后决定继续说下去，“阿甜，你在塞外这么多年，难免会思念亲人，你要是想我们，可以随时来定襄。”

“我想去的，我甚至还想先去定襄找上你，我们再一起去幽北找淮南，但可汗在这里。”义成说道。

“狩猎是男人们的事。”

“但可汗说……”

“这不仅仅是狩猎是不是?”萧后盯住义成，将她眼角流淌的惊慌尽数捕获，“你们在防备唐朝是不是?”

义成终于点头承认：“可汗怕唐人乘弊来犯，所以借狩猎之名，召集族人设防。”

“突厥人什么时候开始防守起来?”萧后冷哼了一声，“在豳州我就说过，不要轻信唐人的话，不要拿他们的东西。现在知道后悔了吗?狼的猎物要靠夺，只有圈养的动物才靠给予。”

“你说的是我的子民。”义成冰冷回答，“他们是狼，不是宠物!”

她依旧倔强，萧后想着：“当然，是你的子民，但你也是隋朝的公主。”

接下来是一阵沉默，唯有火花在舞蹈，我不再受欢迎了，至少在她的心里如此，萧后不禁想着，试图寻找话题打破这难堪的寂静。最后，解救这个场面的声音来自帐外，颉利可汗标志性的大笑随着掀开的汗帘传了进来。

他比在豳州时瘦些，本来宽厚的肩膀薄了许多，大雪带走六畜，削弱人的躯体，所幸，眼前人的精神并未被带走。

“可汗，今天猎获一定很丰盛吧?”义成替丈夫取下外面的厚毛袍，萧后站起来问，笑容满面。

“还不错，两头鹿，三头野猪。”颉利表情欢快：“这大概是托娘娘的福。”

“哪是我的原因，这全是可敦的福气。”萧后握起义成的手。

可汗示意她们坐下，他自己则坐到了火堆旁边，伸出手借火红的炭火驱走寒气。

“我事先并不知道可汗要在这里春猎，不然，也一定早早来，为可汗驱赶猎物。”萧后坐下，眼睛望着可汗，他比去年刚成为可汗之时老去不少。权力会吸去人的精力，萧后想起了夫君。

“只是部落之间的小小游戏，你知道，我们草原人靠围猎来维系感情。”

也靠围猎来巩固权威，萧后在心中替他说出下半句，可这样的老招数未必管用了。她更在心中嘲笑，“这一定很热闹，我来的时候都听到了欢呼声，要不是急着来看义成，我都想跑去看看。”萧后望了义成一眼，“猎到了两头鹿?”

“是的，其中一头被我射中脖子，直接倒下。另外一头中箭后跑了半个山坡，才被摸末补了一箭。”

“这是吉兆啊！可汗，在我们中原，鹿代表着天下。”萧后恭维道，却不免伤神，现在亡窜于中原的鹿是隋之失鹿，李渊那个老匹夫将此鹿系在了掌心。

“哈哈哈……”可汗被逗得大笑，可笑声出卖了他的底气，他有逐鹿的野心，却没有逐鹿的决心。

“什钵苾呢？他猎到了什么?”萧后故意不去看义成惊讶的表情，“淮南也来了吧，她最喜欢打猎了。”

可汗的笑声停下了，义成为此瞪了萧后一眼。我可爱的小姑，我不是为了让你们快乐到此地的，我是要让你们重新成为狼。萧后不理不顾。

“他没来……”可汗的声音带着些许的恼怒。

“他会来的。”义成接过话，“这个冬天太可怕了，每个部落都有一大堆的事情处理，什钵苾所辖的部落又最多最杂。”

“是啊，是啊。”可汗开始不耐烦起来，“薛延陀、奚、白霫……这些人现在忘记狼的存在，要是什钵苾管不了他们，我们可以换头狼去，摸末就很适合。”

“摸末有他的分地要管理。”义成轻声说道。

“一场狩猎难以聚集族众。”萧后望着可汗，他意识到自己的草原帝国正处在分崩离析的地步吗？他现在不是要复我大隋，而是要挽救自己，“我的夫君告诉我，没有什么东西可以比一场战争更能聚集人群。”

颉利抬起头看她。

“猎食的群狼紧紧聚集在头狼之后。”萧后继续说道，“离开了猎场，狼就会互相争斗，为了配偶、食物或者一处干燥的洞穴。”

“娘娘!”义成抗议。

“娘娘说得没错。”可汗意外地点头同意，“我们突厥人向来用征伐来聚集族人，用战利品安抚难以羁驯的部落。没有征战，我们就是散沙。”

“那现在就是机会，趁集兵边境顺势南下，唐人一定来不及防备。”

“娘娘，我们试过了，去年我们刚在豳州无功而退。”义成反对。

“是啊，我跟你说实话，娘娘。”可汗亦无奈，“这次名为狩猎，实为防备。唐人比我们想得要强大。要是他们不趁灾年来进攻我们，我们就该庆幸了，哪里还有余力去进攻。”

“没有长城，没有坚垒，用骑兵来防守?”萧后说：“这可能不是一个高明的方法。突厥的狼骑也从不擅长防守，从来都是狼让羊徒于奔命，从没有狼防备羊的。”

“话是没错，但唐军已经有了戒心，他们的秦王……”

“他们的秦王从不是光明正大的将领，只会搞小阴谋，分化我们。”萧后抢过话，“唐朝倚靠着他们的秦王，但依我看，他们也将败在秦王身上。”

“你是说……”

“定襄离太原近，总能听到一些驿道上传递的消息。”萧后露出微笑，“他们的秦王回城之后，先是差点被毒死在庆功宴上，最近听说又要被发送到洛阳。”

“秦王去洛阳?”

“没错，天无二主，李渊那个老儿下的是昏棋，手掌兵马、坐拥洛阳的秦王又岂会善罢甘休!唐朝为乱不久了。”

可汗的脸上开始露出兴奋的表情：“这或者真是个机会，不求唐人内乱，只要秦王去了洛阳，唐朝就不足畏!”

“我们的人也未集。”义成小声提醒着。

“只要可汗愿意发兵南下。”萧后站了起来，向可汗保证，“我现在就去幽州，我会带来什钵苾跟他的诸落之兵!”

第五十三章 婚宴上的刺客

【魏征】

屋檐下的红色灯笼挂成长龙，喜字则将窗户占据，送来的人说是裴相公亲自写的。字不算好看，魏征嘀咕着，昨天夜里他自己也写了十来个喜字，天知道自己为什么要写这个。当早上自己将这些字抹着饭糊贴上窗户时，家里的仆人掩嘴偷笑。现在好了，他一张张撕下自己写的，将裴寂的喜字扔给仆人。

“你们将这些贴好！”魏征故意板着脸，结果换来众人更大的笑声。

“怎么看还是魏公写的好看。”仆人们恭维。

“这话你们现在说不算。”魏征回道，“到了明天你们当着新妇的面说，我给你们加月钱！”

仆人们吐着舌头，一哄而散：“我们才不想得罪新妇，谁想被撕嘴巴谁说去。”

她不会撕你们的嘴巴，魏征回想着那个绿身影，但你们也别想象以前那样偷懒了。院子里总是杂乱，仆人喜欢聚在门厅外聊天，魏征有时也会凑上去听坊间趣闻，这样的日子会结束？如果结束，倒也不算太坏。那个绿色的身影又浮现出来，在肯定这个答案后，喜悦从内心泛将上来，很快就像院内的红色一般无处不在。

红色充斥整个庭院，浸染每个房间。自己要娶新妇了，魏征想着，当初迈入道观为道，还以为自己要孤老一生。父母要是在世，他们该是何等高兴！他们离开得太早了，是我五岁时还是六岁？魏征已经记不起来了，连父母的模样都模糊了，只有母亲的笑容依然是温暖的，父亲的大手是结实有力的。魏征鼻子发酸，他强忍着，今天是好事，况且只听过新娘过门会流泪，哪听过新郎也掉眼泪的。

魏征四转闲逛，院里摆上食案，搭起了青庐，院子显得狭小起来，魏征想起这还是山东大捷之后太子赏赐的宅子。四间正房，十余间偏房，正房的前面有半亩大的院子，后面还有池子、假山，虽然比不上王侯将相的大宅，但也算是小康以上了。可裴寂似乎并不满意，魏征不由想起裴寂背负着双手，在他家里穿来穿去，并一边叹息的样子。最后裴寂宣称要给他另置一宅，魏征只用一句这是太子赏的就让对方哦哦点头，说还不错，以后再没提陪嫁宅子的事儿。

“请让一下。”一个仆人没好气地喊道。

他们越发没个样子了，新妇来了，看他们还敢这样？魏征被一个人挤了一下，连忙跳到一边，院子本来不小，可摆上食案这些东西后就变得拥挤起来，而在仆人们的眼里，似乎他这个大活人才是最占地方的东西。

“主家，小心！”粗犷的声音吓了魏征一跳，他连忙让开，六个大汉抬着三个大箱子经过，后面还跟着数十人，看来是换肩的。“这些东西要放哪里？”最先的人停下。

“这是……”魏征打量了一下，箱子有半人高。

“太子东宫的礼。”来人说道，“还有齐王的，主家，我们可是肩上有东西。”

魏征连忙前行，指引他们将箱子抬到一间偏房。箱子沉重，落地有声，太子跟齐王的，哪个是太子的，哪个是齐王的？魏征打量着，这才想起来，按理，是要给送礼的人喜钱。

果然，他们都站在门外，一个没走，魏征堆起笑容，从袖子里掏出半串铜钱。领头的那位壮得像一头牛，有宽下巴跟更宽的额头，接过铜钱，他们依然站在原地。

“你们这是……”魏征问道，难道我给得少了？

“主家不要客气，”宽额头的人回答道，顺手将钱塞进粗麻衣服里，然后像主人一样四下张望这座院子，“有什么要我们帮忙吗？”看到魏征诧异的表情，他补充道：“太子殿下吩咐的。”

“帮忙，我这里需要帮什么忙？”

“哪里忙帮哪里。”宽额头索性坐在了门口。

“主家为什么不拿酒来招待？”后面的人起哄，魏征哭笑不得，不过是一群闹新婚讨红包要喜酒的粗汉罢了，我平时怎么没注意到东宫还有这样的奴仆？

“到底有没有酒？”壮汉们继续起哄，“没酒我们可是要闹洞房的，魏洗马怕是没见过我们那里是怎么闹洞房的……”宽额头大声喊道：“魏洗马看看他，他老婆进洞房前就已经被剥光了。还有那个家伙，他结婚时往酒里掺水，结果被我们关在柜子里一夜，不过，新娘倒度过了难忘的一夜。”

哄笑声四起。那人颇为得意，他没有长安口音，长安口音不是居住者的标准，长安只有胜利者，一次动荡送走原有的居民，迎来新的主人。这位大汉的口音有些像他家乡山东的，但似乎又要更北一些。“酒自然是有的！你们是要到屋里喝，还是就在这里？”魏征回答，他的心情很好，粗鄙的笑话让他想起了瓦岗的岁月。

“有酒哪里都一样。”众人齐声回答，魏征转身吩咐仆从端出酒来。领头人已经坐下，这些人来得奇怪，魏征想着，最后，他放弃了跟自己大脑较量的打算，今天的事太多了，客人更多，他没有办法把精力放到一些杂役身上。

魏征朝门口走去，人来人往，大多半家仆是来送礼的。时近申时，他们的主人纷纷上门。李靖最先来，他笑容满面，自从薛万彻助他击退突厥后，他对我就格外热情。其实我什么都没干，薛万彻没来，魏征刚看到他的礼单，他离开长安去办差事了，薛府的家仆向他如此解释东宫同僚的缺席。魏征想王珪无法出席自己的婚礼，他数次要给自己做媒却被我谢绝了，要是他在这里多半会调侃我吧。李世勣来时亲自拿着礼物，他朝魏征拱手说这一天早该来了。魏征想起来，他在瓦岗时也曾经给自己做过媒。

更多的时候，来的人笑容很熟络，面孔却不熟悉，魏征只好含糊着回礼，他记不起一些宾客的名字。我倒是炙手可热了，这些来的人，有多少是来巴结裴相公的？但那些讨好的眼神提醒他，他们并非只为裴仆射而来，东宫的洗马、太子的辅师，向来是官场争先结交的对象。

太子是骑着马来的，他来得如此之早，倒出乎魏征的意料。跟他在后面的还有齐王，穿着窄袖长袍，腰挂宝剑，他英气得比我更像新郎。魏征连忙上前施礼，两人在门前下马，道了数声恭喜之后，由仆人迎了进来。

"该来的人都来了吧。"魏征望向天，太阳已经偏西，仆人已经来催过两次，要他赶紧换装，马蹄声又响起。

他怎么来了？魏征连忙走下台阶，秦王的到来让魏征措手不及，他突然想起，秦王府的礼单早就到了，自己没有注意看，或者秦王已经写明要登门观礼。秦王笑着道喜，秦叔宝的笑意带着调侃的温馨，魏征想到自己在瓦岗时还常穿道袍。紧接着是秦府学士杜如晦、房玄龄。杜如晦脸上那神秘的笑容尤其让魏征不舒服，似乎他的酒窝里就装着魏征的小秘密，随时会倒将出来，他应该感谢我，而不是用笑来威胁我，更应该把我的东西还给我。趁着拱手的机会，魏征靠近对方，低声索取："那个东西呢？"学士微笑，暗地里将一个东西塞过来，魏征感到一个东西滑进了自己的袖袋。在他伸手去掏之前，对方按住他的手，神秘低语："现在不要打开，在你最尴尬的时候打开。"最尴尬？我的玉鱼符！魏征瞪着眼前略有些圆胖的脸，却被尉迟敬德的笑声打断，这个粗俗的打铁匠大声嚷着，问魏征在哪里捡到这天上掉的媳妇，他也准备效法捡去。哪里捡到的？魏征脑海里不禁浮现裴公府上无数的姑娘在往下掉的画面。秦王开口让尉迟敬德不要取笑。魏征努力提醒着自己，面前这些人是自己的竞争对手，自己要打败他们，而不是跟他们搅到一起。魏征一一上前招呼，秦王却摇手说道："魏洗马不必多礼了，还是速速接驾吧。"

秦王的话音还在，坊间曲巷便传来吹鼓声，一行人抬着各式各样的箱子出现在街头，后面击鼓吹笛的是太乐队。走在最前面的一位着紫衣的宫人带着笑意高声唱礼，声音像是刻意地拉长："万岁赐礼！"

万岁赐礼，这下我要成为永兴坊的名人了，魏征连忙前迎，心里却突然想着那个宽下巴宽额头的粗汉。万岁赐礼……万岁赐礼！魏征差点喊出声，他不是什么役仆，他是李大伟，幽州军将李大伟！

“李大伟怎么在这里？”魏征莫名愤怒，他盯着太子，他忘了，这么快就忘了，他差点被刺杀在仁智宫里，如果裴公说得不虚，他差点丢掉储君之位，到蜀地当个藩王。他竟然还敢再一次将幽兵引进长安来，还送到我的家里，就在我迎娶新妇之时！

太子却一副无辜的样子：“李大伟？”这副第一次听到这个名字的表情让魏征差点相信他，但想到太子讲的那个有关德妃的故事，魏征决定不再上当，他擅长讲故事，也擅长伪装。

“就是李艺的军将李大伟。”魏征压低了声音，埋怨却压制不住。他想起秦王也见过这位幽州军汉，要是秦王知道我们又领州兵入京，这好不容易才得到的局面只怕要毁于一旦。

“这个李大伟？”太子还是一脸糊涂的样子。“他在这里？他不是早就回幽州了？”

“好啦，魏公就不要再追问大哥了，李大伟现在是我的人？”齐王插口道。这下，太子跟魏征齐齐望向了他。

“你的人?!”

“没错，你们也不必这么惊讶吧，李大伟已经脱了军籍，到长安来又没差事，我看在故人的面上让他在我齐王府打打杂。”齐王轻描淡写。

打打杂？这样的军汉打打杂，你当我是长安街上光着屁股用一颗糖就可以哄得满城跑的小孩？魏征发现太子竟然点头，言语之下带着遗憾：“他可以来找我的。”

李大伟出现在这里一定是有原因的，魏征瞪着齐王。那些人健壮有力，全是幽州的军汉，他们不会仅仅是来给我帮忙抬桌子打扫庭院的。这种人只适合干一件事情，当魏征想到答案时，他暗自吃惊，幽州刺客，千里一诺，取人首级，事了而遁。魏征想起那些传说，幽州的军人在战乱平息后常操刀替人寻仇，可齐王怎么敢做这样的事情？太子知道吗？魏征看了看储君，太子正在发愣。齐王在冷笑，以他的性格，做这样的事并不奇怪，长安甚至有人把他跟薛举相提并论，好杀残忍，连奶自己的乳母都杀。

外面已经奏乐，喜悦的宴乐跟现在的气氛实在不相搭，又实在应景。宴无好宴，可这是我的宴，不是他齐王的。“你想刺杀秦王?”魏征逼近齐王，低声吼道。

“刺杀秦王!”太子吓了一跳，他连忙向外望了一眼，而齐王将嘲笑挂在嘴角。

“魏洗马，你以为我是你?”

“我没有!”意识到齐王是在说秦王东宫夜宴吐血事件，魏征更加愤怒。过去了这么久，还有人怀疑我。

“我更不会。”齐王不急不慢，声音轻松，“魏洗马，我只是让他们来帮你打理一下婚礼，你倒好，把我的人当成刺客了。好吧，就算我有这个打算，魏洗马，你告诉我，我怎么刺杀我的二哥？你去看看，我二哥身边是谁?”

魏征往外望去，秦王已经入座，身边是秦叔宝跟尉迟敬德，这都是以一当十的人，可喝醉后就不一样了。魏征注意到李大伟那伙人不见了，他们一定还在我的府内，在某个隐蔽的地方，等候着他们期待的时机。

“李大伟他们赤手空拳，打得过秦王府那些人？我二哥的人可是刀剑不离手的，又或者你以为我会弄个鱼肠剑?”齐王嘲讽，“可秦王不是秦始皇，李大伟也不是荆轲!”

太子终于听明白了，他连忙摇手：“玄成，你过虑了，四弟不会干这样的事。我们再怎么争，终究是兄弟。”

他说得没错，就算秦王府的人喝酒，李大伟他们也休想空手占到便宜，他们会去拿我的厨具？菜刀杀不了人，没听说过刺客挥舞菜刀取人性命的。但他们不会平白无故地来到这里，他们一定会动手，他们一定会拿到凶器。问题是怎么拿到……魏征的目光终于落到了那些大箱子上。

魏征冷笑，他甚至认定自己察觉到了齐王脸上的慌乱。

“齐王，你也太客气了。”魏征走向那些箱子，“我结个婚，你就送如此厚礼。”魏征的手放在扣上，齐王死瞪着他，太子似乎也明白了，他一边惊慌地看着外面，乐器齐鸣，有人歌舞，宾客们已经相互敬起酒来。

“凶器就在这里是不是？齐王殿下?”魏征猛地掀开了箱子，齐王面无表情。上好的锦缎，颜色鲜红："哈，齐王，你真有心，还真在上面放了好东西。"魏征掀开那件大红的缎子，缎下是淡绿如新柳的锦缎，上面绣着两只戏水的鸳鸯，可在魏征看来，它们头凑在一起，正低声嘲笑着自己。

"一定在下面，一定在下面。"魏征自言自语，不停地掀开一匹又一匹的锦缎，直到青色的箱底露出来。

齐王横手在胸前，冷眼如梭。太子在用眼神哀求他。

不对，一定有兵器的，魏征把目光放到了另外两口箱子上，是的，他们不需要三口箱子装兵器，一个箱子就够用了。外面有人叫好，魏征瞥见有人在杂耍。一个无臂杂耍者用脚踢着数个铃铛，三个还是四个，铃铛声有节奏地响着，从不落地。谁请来的？魏征一阵心烦，他掀开了第二口箱子。稻草间摆着各式各样的瓷器，夫妻吵架时用来摔在地上以壮声势再好不过，也可用来刺杀，那需要高超的准头跟超好的运气。

还有第三口！魏征最后盯住了那口檀木做的箱子，它最大，也最重，魏征想起李大伟抬进来时，抬杠都压弯了。里面有多少把刀？

"我劝你还是不要打开的好。"齐王开口。

果然在这里了吗？魏征的心怦怦跳："主人家当着宾客的面打开礼箱是有些失礼，但魏某生于寒门，看到这么丰厚的贺礼就忍不住想看看。"嘭的一声，箱门被打开，里面的东西晃眼，发着金属的光芒。齐王在叹气，魏征感到一阵晕眩，里面整齐摆着一件件厨具和餐具，有的发着金色的光，有的镀着白银，光亮得能照出人影，可要说最具杀伤力的大概是那口又重又大的铜锅。

"我说了不要看的，我齐王比不得二哥大哥，更比不上圣上，只能送出这些不值钱的东西，这下我齐王府的面子要丢光了。"齐王揶揄着。太子用同情的眼光看着自己的洗马。

"这不可能?!"魏征翻动着箱里的锅铲，"不然，李大伟为什么在这里……"

"为什么？当然是为了帮忙！你还要去迎亲，你以为裴公的侄女好迎吗？他们家那些妇人都不是好打发的主，何况半路上还有障车的，谁来帮你？你有父母还是有兄弟？"齐王的语气里似乎没有了讽刺的味道，"魏公，你太紧张了，我能理解，新郎嘛，大家都说新娘会紧张，但我说新郎同样会，在这方面我比你有经验。”

太子点头表示同意。

“深吸一口气，把那些幻想丢掉，好好当你的新郎官。”齐王望向外面，“时间已经不早了，你要想今天晚上洞房的话，现在就得出发迎接你的新娘。”

香车出了坊门，魏征骑在马上，尽量挺直腰。衣服生硬，大红婚袍的领子经过特别浆洗，像铠甲一样。魏征想着，迎亲对他来说也不亚于一场征战。更何况在他的院里，有着不可告人的阴谋正在谋划实施。

没有兵器，赤手空拳，他们只是来帮忙，太子的话响起。

魏征接受了劝说，换上了婚袍，早有人备好了接亲的马车，新郎则骑没有任何鞍具的青马，鞍具被取下放在门口，等待这个家庭的女主人从上面跨过去。魏征骑上马时，李大伟他们再次出现在门口，大声嚷着接新妇去，魏征要开口拒绝，但他马上改变了主意，与其让他们留在自己的院子里，不如让他们跟随在自己身边。

“新妇爱哭脸，婆婆的舌头像剪刀；新妇快哭吧，家嫂的脸像马脸；新妇快哭吧，家翁的眼神冷如雪；新妇想哭泣，可她依然画好娥眉，因为新郎他实在俊俏。”李大伟他们扯着嗓子高唱，跟鼓吹班的笙音完全不搭调，偏偏香车上那只用来行雁礼的大鹅像跟李大伟在一个伶人班里待过一样，李大伟唱一句，它仰天呱呱一声。魏征分不清到底哪一个声音更让他心烦意乱。有小孩在后面跟着跑，“日昏昏，抢新娘；给了糖，没人拦；没有糖，抓新娘。”李大伟哈哈大笑，掏出糖果袋子，挥手一扬，糖便像雨点一样落下。小孩纷纷散开，撅起小屁股捡地上的糖果，马车才能跑得快一些。可用不了一刻，捡到的没捡到的又会重新围上来，幸好李大伟袋中的糖似乎永远都撒不完。

当黄昏的阳光将长安映得像黄金城一样时，魏征下马步行，进了坊门，右转再右转，裴寂的宅子就在前面。要在以前，不必这么麻烦，魏征听说裴寂的宅门原是正对大街开的，那是极品大臣皇公才能享受的待遇，自从刘文静一案后，他把原先的大门封死，在坊内重新开门。可今天，就是到了坊内也别想轻易走进裴寂的宅内。

大门紧闭，门上的铜钉反射着戏弄的光芒。要不是里面不断传出嬉笑声，以及宅前槐树的新叶间挂满红绸，魏征要怀疑自己走错了地方。

李大伟大步从后面走来，腰间的袋子空空，长安那些顽劣的小孩怎么这么容易就把他放过了？

看到魏征望着紧闭的大门手足无措的样子，李大伟笑得如同刚才尾随的长安顽童一般。

“魏公不会以为新妇等我们一来就会乖乖地跳上马车吧，魏公，你看他。”李大伟指着后面一个汉子，“就是他，蛤蟆。”魏征很容易就明白过来李大伟为什么叫他蛤蟆，肚大如斗，脚短得像只有一节，脑袋却像直接忽略了脖子直接安在了肩膀上。

“他因为抠门没给足礼钱，结果在岳父门前待了大半夜。”哄笑声顿起。蛤蟆脸色酱红，眼睛鼓出，不服气地说：“你别胡说，我一看岳父家门关着，掉头就走，结果刚走半里，我老婆就哭着喊着从后面追了过来。”

“有本事你把这话跟你婆娘再说一遍，下个月的酒钱是我的。”李大伟大声回应。众人起着哄，那人啐了一口唾沫，没再理会。

李大伟心满意足，终于肯朝向大门：“贼来须打，客来须看！快开门，女婿来接新妇啦！”

吱呀一声，偏门开了，从里面探出一张肥嘟嘟的脸，魏征没有见过，只怀疑这张大胖脸是否会卡在门上。

“哪来的穷措大，新娘在化妆呢！”她朝外面打量，目光从魏征脸上扫了一眼，留下一个恶作剧般的笑容，砰的一声又将门关上。

“看吧，我说过新娘的娘家门是不容易进的。”李大伟说着，“魏公，接下来就看你的了。”

“看我？”魏征疑惑。

“对啊，你们读圣贤书的应该都会啊。”看到魏征依旧一头雾水，李大伟急了，他吼了一声：“催妆诗！”

催妆诗？魏征要冒汗了，我不会吟诗，更不会吟什么催妆诗，我只听人说起过，自己却从未做过。要是祖君彦在就好了，他一眨眼就能做一马车诗来。

李大伟领着数十个手下围过来，满怀期待地看着他，那只礼鹅嘎嘎的声音更像是在嘲笑。

我敢说，你们没有一个人娶老婆吟过什么诗，魏征有些气恼，可谁让自己娶的是裴寂的侄女呢，要是娶个庶民做老婆，要是不开门，我就将那只大鹅扔过墙头。

“催……妆……”魏征结结巴巴，早知道该多读点诗而不是经书，或者向进京赴考的贡生请教两首也是好的。

“好了，原来魏公跟我们一样，只能硬冲进去抢了。”李大伟的声音听上去并不像说的那么遗憾，“大家只好帮个忙吧。”

“好啊……”“要我说干脆把魏公托过墙去。”魏征一阵发晕，从没有听说新郎爬墙迎接新娘的。一边起着哄，这些人一边围着墙散开。

“好大的宅子，早知道把幽州的兄弟全带过来。”李大伟左右张望。

幽州的兄弟？三百？魏征倒宁愿此刻真的有三百幽骑在这里，只要没有披坚执锐，只要他们真的只是来帮我叩门。

“新妇子，催出来！新妇子，催出来！”军汉的声音粗犷有力，连槐树上的新叶都在颤抖，那或者是风吹的。彩色的丝绸飘动，唯有门纹丝不动。“新妇子，催出来！新妇子，催出来！”声音渐渐低下去，直到李大伟自己都停了下来。

偏门又开了，还是那张胖胖的脸，还是那个不可一世的声音：“我们家四娘说了，没有诗是绝不完妆的！”

她行四，虽然父母去得早，但上面必有阿兄阿姐，所以才这般任性？难道她嫁的是数行东拼西凑的句子么？魏征愤愤然。

“魏公，看来我们嗓门大也没用，你还是得吟诗啊，太子就没有让你平时多读书？”李大伟把身子靠在车边，鹅大叫了一声，赞同着这个嘴上功夫似乎比手上功夫更厉害的壮汉。门里有人偷听，因为魏征听到了一阵放肆的大笑。

好吧，现在连幽州军汉都能嘲笑我了，他们骂我田舍汉倒是一点也没错，我可能还不如那些农夫，农夫说不定还会吟两首乡间诗词。魏征肯定自己的脸色红过那飞舞的红绸。

“大家坐下吧，看来真要在这里过夜了，魏公想一夜总能想到一两首的。”李大伟嚷道。众人垂头丧气，那些叹息声在魏征听来是最刺耳的嘲笑，再没有比这更尴尬的时刻了。魏征想着，尴尬……“在你最尴尬的时候用它。”杜如晦那张小圆脸浮现出来，我差点忘了。魏征连忙掏向袖袋，数张麻纸摊开在魏征的手上，上面的字从来没有这么亲切过。

他知道我不会吟诗，魏征闪过这个羞耻的念头，但现在是挽救尊严而不是替尊严默哀的时候。

李大伟围了上来：“魏公，原来你早就写好了啊，害得我们费这么大的嗓门。”

“咳咳，当然……”魏征支吾着，反正脸已经是红的，再红一点也没关系。他开始念第一张上面的诗：

裴府千金贵，下嫁魏寒门。
兄嫂怜赐花，父母千言语。
夕阳铺金道，春风扫香车。
望楼颈欲断，东方已晓白。

“好诗！”李大伟大声叫好。

“你懂？”魏征反问。

李大伟挠头，现在轮到他尴尬了：“听着就好……”

诗是好诗，可门依旧紧闭，只是里面的笑声消失了，取代的是怎么也听不清楚的叽咕声，哪怕你们只有幽州军汉一般的文识，也该给我开门了。

等了一会儿，门没有被打开的迹象，魏征只好摊开第二张：

新郎妒境台，望君已多时。
何须满面妆，留眉与青庐。

“这个好！这个好！”李大伟连声称赞。

“你又懂?”魏征白了他一眼，他没忘记刚才这个粗汉是怎么调侃自己的。他紧望大门，裴门贵妇不懂，裴寂不会不懂吧，这样的诗还叩不开门?

我还有！魏征打开第三张，高声念着：

又愿娥眉细细描，又急何时下凤楼。

月老尚且怜门人，何不白露共君回。

“门该开了吧。”李大伟啧啧说道。门却像钉死了一般毫无动静，魏征索性打开第四张，这是最后一张。

“吟诗至此……”魏征停住了，这不是一首诗，最后的夕阳照亮了这行字：

吟诗至此，门犹不开，此姻无缘，君可归矣。

好吧，太子、秦王、齐王、李世勣……他们都在等着看新妇，而我却要成为长安第一个铩羽而归的新郎了。

“走，回家！”魏征扔下催妆诗，礼鹅大叫。没人收你，回去你只好上食案了，魏征不怀好意地朝鹅盯了一眼。

“魏公慢一步！”李大伟喊道，吱呀的声音传来，裴府的大门洞开，在数十个贵妇的簇拥下，一身青绿细钗装的新娘出现在门口，团扇遮住了脸。幸福来得太突然，魏征简直分不清这个黄昏是金色还是绿色。

来时是一辆马车、一匹马、数十名大汉，走时却从街头排到了街尾。李大伟很热情地招呼那帮兄弟挑嫁妆，这让裴家贵妇们的脸上笑开了花。要想看一户人家到底有多殷实，看他嫁女就是了。小户人家的陪嫁像壁虎的断尾，明明很短，却要拼命摆动引人注意；大户人家的陪嫁就像马鞭，尽量伸长，啪啪作响；而王公贵族的陪嫁则像横在长街的彩虹。

裴寂不该如此，这与我的家境不相符。车轮转动，那位开门的贵妇人前引路，她比拉车的马都要占地方。香车里的人也跟我不相匹配，魏征想着，可我没有拒绝，取走对方最珍贵的东西，却拒绝嫁礼就显得太虚伪了。

就算内心不安，也接受这一次吧，可将来拿什么偿还裴寂，他就是这样善于送出，以对方无法拒绝的方式。他当年也是这样送出尹德妃的？魏征突然意识到这样的联想对香车内的人太不尊重。他抬头望望前方，努力将这些想法驱出脑海。太阳已经下山，不时有人上前，喊着恭喜恭喜，却占据着道路不肯让开，这多半是女家的亲戚，但也有不少混进来的。唯一开路的方式是交纳馈赠，或是一坛酒，或是一方肉，甚至是一串铜钱。

迎接的队伍走得很慢，但出了坊门后，就快了许多，宵禁的时候已到，路上没有行人。到了永兴坊内只怕会更慢，那里王公贵族云集，连宫中都来了赏赐，只怕人人都会来永兴坊凑热闹。

永兴坊坊门打开时，魏征的猜测得到了证实，坊路两边到处是举烛的人。来了、来了的声音不绝于耳，人群朝香车这边挤，车子很快就寸步难行，他们倒不是只想看新娘，数不清的手举着起哄："抛赏！抛赏！"

"魏公，只有请孔方兄开道了。"李大伟说道。

我哪来的孔方兄，魏征不好意思这样回答，虽然这是实情，但香车就在身后。"随便与些吧。"魏征说道。

"随便可不行！"李大伟拿出一个包袱，包袱沉甸甸的，里面发出铜钱碰撞的声音。"齐王给的。专为魏公开道！"李大伟说道。

一把把铜钱扔出去，坠地之声清脆，如果那是我的，我一辈子的俸禄都扔在这里了。最无奈它们还不是我的，况且，这是一个笨拙的方法，扔钱无法驱散热闹的人群，只能聚集人群。未及魏征阻拦，铜钱已如雨下。那一包能支撑多久，一炷香？接下来呢？人群越来越多，儿童、妇女，甚至挑夫走贩，现在不要说香车了，就是挑嫁妆的人也休想迈动一步。

"弟兄们，该来点粗的了，再不然，魏公今天晚上就别想洞房了。"

应声四起，壮汉放下嫁妆，纷纷上前替香车驱开了一条狭窄但足以通过的道路，齐王倒想得比太子周全，出钱又出人，没有这数十名大汉，自己怎么迎回亲？

可他们真是来帮忙的？魏征嘀咕着，依旧不能肯定。幽人已经回来，复又挑上嫁妆，接下来的响声淹没在鼓声中，但魏征依然听见了，那是金属划过地面的声音，一个人倒在地上，李大伟飞起一脚，照那人的屁股猛踢："东西都挑不好！"魏征望过去，一片光亮稍闪即逝，掩盖在锦布之下。来人爬起来，盖好掉在地上的箱子，那片光亮隐藏在厚重的箱子下，但魏征看明白了，那是刀面反射的烛光！裴寂不会送刀剑嫁妆，远处的几个身影吸引了魏征的注意，他们同样挑着箱子，行色匆匆，跟所有人的方向相反，别人挤向香车，他们消失在里巷的黑暗中。

调包?！原来如此，魏征倒吸了一口凉气，他们早就安排在这里调包，他们用这样的方式将凶器送进我的婚宴，他们就是来刺杀的！得到兵器的李大伟他们行走飞快，大声吆喝开一条道路，迅速走到了迎亲队伍的最前面。魏征提起缰绳，却差点摔下来。这是一匹无鞍的马，速度甚至不如步行，更何况那个肥胖的裴门贵妇还挡在了前面：

"女婿急什么，新娘子的车谁来领?"

晚风吹动车帘，绿影在车里若隐若现。我不会让我的婚礼变成一场刺杀！魏征猛夹马腹。

"我说了，不要急！"贵妇人横眉竖眼，脸上的横肉因不满而上下抖动，一双如巨藕般的手抓住了缰绳。

不要命的幽州军汉、蛮横的贵妇，自己这一天都碰齐了，魏征感到头发晕，不禁埋怨起傅奕来，他这位太史令是怎么看的日子，今天真的是迎娶的黄道吉日?

新娘下了马车，宅里子的婢妇一拥而出，烛光照亮了宅门。婢妇们手持毡席，新娘从毡席上迈进宅门，脚不沾尘；再跨过象征平安的马鞍之后，新妇总算脚不沾尘地进了门。可脚不沾尘还不是最重要的，怎么让我的婚礼不沾血才是重要的。魏征想到，他挥动双手，却丝毫不管用。自从发现魏征要一个人骑马先行后，那位胖妇便盯住了他，下马之后，还叫了两个人死死扶住新郎。天知道这些贵妇人养尊处优，饭来张口、衣来伸手，哪来的这么大力气，被她们死死钳住后，竟然不能动弹分毫。这是看新郎还是押解犯人?

"我还有事！"魏征没好气地说道。

“知道有事，也没见过这么急着拜堂入洞房的。”胖妇人白了他一眼，“要洞房，也得我们给你铺好床啊！”

“魏公，我们这位大娘是有福之人，她可是连生了四个儿子，让她给你铺床，保管你们夫妇明年此时就能抱上娃娃。”抓住他右手的妇人脸型瘦长，嘴唇薄得像一条线，很难想象这样尖锐的声音是从那张薄嘴里冒出来的。但她所言恐怕是真的，四个儿子，从这个所谓大娘的肥臀不难看出，就算再生四个儿子出来，魏征也不会感到奇怪。

可现在不是洞房的问题，魏征想要大喊，是杀人的事！是弑王的事！魏征没有喊出声，他被挟进了家门，新娘大概已经进入青庐。宾客们纷纷起身，向他拱手道贺，他看到了太子，太子笑容真诚，这让他更着急；秦王面露微笑，杜如晦的笑意就奇怪得多。你们别笑了，再等一会儿刀就会架到你们脖子上。唯独不见了齐王，李大伟他们也早就不见了。他们有了凶器，说不定正在我宅子的某处谋划着什么。

魏征四下张望，脚步却不由自己，他被一帮贵妇拥持着进了新房，床自己着人打扫过，铺盖都是新的，还需要铺什么？

人称大娘的胖妇人一把掀起床铺：“人都说魏公节俭，果然没错，可娶新妇用这样的铺盖怎么行？”胖妇人啧啧说道，被子被直接扔到地上。

这是平定山东后皇帝亲自赐下的东西，我就不信，你们裴家的东西会更好！魏征哭笑不得，只得任她摆布。嫁妆箱被打开，如金缎般的锦被被铺开，魏征只看见一个硕大的屁股在眼前晃动，细小的声音传来，“一铺被，夫妻和睦到天明；二铺被，落地生花子孙足；三铺被，白头到老不相弃。”

这些都是费话，马上就要血溅青庐，再福贵的人帮忙铺床也没用！

“我要出去！”魏征喊道，他迈开双脚，可妇人警惕，马上把他拉住：“女婿不要走，铺床的事情，女婿不可不看！”

是啊，不可不看，就是为了让我看到你们的嫁妆是如此丰厚，除了锦被，各种新奇的摆设被拿了出来，布置在新房的各个角落。可马上你们就会惊慌失措，尤其是你，如此之胖，只怕跑不动，被人推倒、被人践踏也不是没可能的事。

“再不放手，我要喊了！”魏征威胁。

“喊……哈哈哈……”妇人们一阵哄笑：“大娘，听，女婿说要喊了。”

“喊吧。”大娘扭动腰肢，取出一个铜水盆放到案上，“喊我们这些嫂嫂占你便宜行不？”这句话引起一阵爆笑。

“有人……”要不是这些人脸上的笑容太单纯了，魏征都要认为她们是齐王的同谋了。

“有人？有什么人？”

有人要刺杀秦王！你吃的大补之物都补了你的屁股了吗？魏征想着，却没有喊出口，秦王就在外面，自己一喊，说不定婚场变成战场，况且，自己怎么说得清？魏征突然想到，李大伟进来时宣称自己是东宫的，要是出了事，一查他们原是李艺的兵，而李艺众所周知是太子的心腹，而凶器更妙，是从裴寂家里挑出来的，裴寂跟太子的关系更不用言说。妙啊，魏征暗叹，而我，则是东宫洗马，鲜血喷溅之时，天下都会认为是太子刺杀了秦王！

魏征浑身疲软无力，他眼睁睁看着自己的婚礼像一辆失控的马车驶向断崖，却无力拉住它。不能喊，还被这帮妇人挟持住。魏征几乎要绝望，而一个声音挽救了他。

“玄成，让我看看你的新房。”太子推门进来，“裴相公出手果然大方！”扫了一眼，太子说道。

青庐内烛星跳跃，人头攒动。新娘端坐在前面，侍娘从后面伸出一面团扇遮住她的脸，青绿的衣裳没有隐藏住新娘曼妙的身躯，深绿的婚袍外罩浅绿的丝披，袖口用金丝红线绣出花纹，富贵而不俗气。金做的细钗共有四个，发冠上垂下金黄两色编织的绦穗，谁都期待着看新娘的模样。在这一天的早上，魏征同样如此，可突然闯进来的幽兵让他心烦意乱。他抬头望去，没有了那帮人的身影。他们在擦刀还是在磨剑？

太子正坐在上首，父母早亡，长安又没有同族长辈，只好请太子当一回长者。他面带笑容，他刚才听明白了我的话？魏征怀疑着。就在新房里，趁太子进来，他扑将上去，凑耳轻声说了一句：幽兵有刀，小心齐王。太子就被家妇们赶了出去，而铺好床后，他直接被带到了青庐。

青庐不小，里面坐了许多宾客；青庐不大，更多的宾客进不来。魏征终于看到了齐王，他朝着太子怒瞪，对方却视而不见；秦王也在，可他的秦府大将一个也不在，唯有房玄龄、杜如晦两个人在，他们手无缚鸡之力，这是最好的时机！魏征突然明白过来。

伏兵在哪里？魏征扫视，耳边响起傧相的声音。

红花不须绿叶遮，妆罢总需问夫婿。
且将罗扇权撤去，万千娇容从人看。

又是诗，这是什么诗？先是催妆诗，这大概是移扇诗？魏征差点忘了自己是今天的主角，自己的目光应该停留在新娘子身上，而不是寻找什么大汉。新娘站了起来，前移两步，那面团扇终于撤去。她的脸色白润而有光泽，双唇厚实，鼻梁并不高但有小巧的美，眼睛也不算大但很有神。她第一眼望向了魏征，随即低下了头，红晕飞上脸颊。

我的新娘，我也想望着你，可你知道再过一会儿这里就会有一场厮杀，你的婚礼将以一场屠杀结束。魏征想着，又望着太子，太子乐呵呵的，仿佛新郎是他，你到底有没有听明白我的话?！魏征恨不得现在就大声问他。

“一双同牢盘，将来上二官。”傧相拖着长腔，侍婢端上一盘羊肉。一只羊身上割下的肉，夫妻吃毕，同心同牢。魏征记得这样的婚礼，宇文士及娶皇帝侄女的时候他去观过礼，只是那时没想到自己也会成为新郎。新娘羞脸夹起一块羊肉伸过来。魏征连忙张嘴，头却低得不够，羊肉未到嘴边，筷子已经松开。惊呼声四起，没咬到同牢肉可不是好兆头，魏征猛地低头终于及时咬住，于是，担心变成了一阵阵大笑，连新娘都忍不住。她的牙齿很白很整齐，魏征想着，他拿起筷子将一块羊肉夹到新娘的嘴里。

齐王在等机会，他们一定有一个暗号，魏征想到，摔杯子？又或者是拍掌？不对，齐王不会发出这个暗号，他做了这么多功课，不但要在这里刺杀秦王，还要将主谋算到太子身上。那这个暗号自然由太子发出？或者，由我！魏征想到这点，这太荒唐了，太子怎么会？我更不会发出这个暗号！

红烛摇动，似乎有风进来，魏征环视一眼，青庐外有人影闪烁，那是齐王的伏兵？

“合卺同尝甘旨，互饮相交心思。”傧相继续念着，这回捧上来的是两个银杯，里面注满乳酒。魏征连忙拿起一杯，这样烦琐的礼节足够一个婚场新丁全神贯注地应付，可自己还要去找什么刺客。而且就算找到又怎么样，自己可以大喊保护太子，然后在凶手扑向秦王之前拿下对方？这样，倒可以说成他是来刺杀太子，可想了想李大伟的身板，魏征未免丧气。

魏征仰脖，猛然想起，这杯酒自己只能喝一半，他悄无声息地吐回半杯，红着脸与新娘交换另一杯。杯见底，新娘抬眼望他，手中的杯子微微扬起。哦，对了，掷盏礼，魏征曾见宇文士及掷过，结果他跟他的新娘抛出的杯面全部朝上，而侍女悄悄一拨，将其中一个杯子拨倒，一仰一合，这才是阴阳调和的大吉。魏征将手中的银杯掷出，脱手那一刻，魏征恨不得手能变长，将杯子收回来，覆水难收，掷出的杯子也收不回来。

掷杯！魏征一阵绝望，我亲手发出了信号。他猛然望向了庐门而不是地上，齐王也霍然站了起来，跟他一样，死死盯着庐外。咣当！杯子在地上发出清脆的声音。

“一阴一阳！大吉大利！”傧相大声向宾客报告着这个吉兆，宾客们纷纷拱手道贺，可魏征已经顾不上了，庐门猛然被掀开，李大伟冲了进来，手舞足蹈。

“大吉大利，早生贵子！”李大伟大喊着，只是手上拿的不是大刀而是酒杯！他在青庐内摇晃着，像一根被风吹动的木桩，未及，扑通一声栽在了地上，嘴里依然念念有词。哄笑声四起，齐王的脸色青得可怕，魏征猛然回头看太子，太子朝他举杯，似乎还眨了眨眼睛。

第五十四章 移木去枝

【李世民】

春风从一切空隙钻进来，将承乾殿内积累一冬的腐气冲走。春天，是播种希望的季节，在春之伊始，皇帝亲临承乾殿的那个早晨，李世民曾经做过这样的预想。

“陛下的许诺看来又是一场空。”杜如晦站在他的身后，低声说道。

殿外有鸟的叫声，李世民透过高高的窗台看出去，无法得知声音从哪棵树上传来，新发的绿叶掩盖了鸟的身影。冬天过去了，它们在搭建新的巢穴。而我困在这里，永远无法得到自己的窝。皇帝的承诺又落空了，李世民并不奇怪，甚至也没有一丝愤怒，承诺的目标是为了拉拢与利用，从来就不是为了兑现。他回应杜如晦：“这不是第一次。”

李世民放弃了寻找鸟巢的想法，他望向右边，那里有一片碧绿的池子，池边的柳树刚发出新芽，李世民记起洛阳宫内也有这样一个池子。

“还记得我们拿下洛阳时吗？”李世民问道，“圣上不是许洛阳一应土地图籍，自攻取之日，由我们处分。”

“记得，进城后，玄龄去寻访洛阳名士，我则去宫库将典籍收下来。”

“这两样倒没人跟我们抢，他们要的都是好东西。我们刚论功行赏，将土地赐出去，德妃的父亲却拿着圣上的敕令来索要土地。”

“大王该给他的……”

“没错，是该给他，谁让他宫中有人呢？”李世民轻哼一声，“我太幼稚，竟以为战功可以挑战一个女人，这是个可怕的错觉。”

杜如晦点头，当皇帝得知自己的敕令没有得到执行时，大发天子之怒：“我手敕不如汝教邪！”皇帝指着秦王呵斥，杜如晦就在旁边。

“你看，诺言的许下从来不是为了兑现，而是为了鞭策，所以，它许下的时候最有效力，然后递减。等过了一段时间，我们希求兑付的焦迫感占了上风，如果幸运地得到兑付，这快乐也绝超不过许诺之时。”

天子金口玉言，一言九鼎，说这个话的人倒应该看看当今天子。皇帝只兑付他认可的诺言，其他则选择遗忘。

“我们要学会忘记诺言。”杜如晦说道。

“没错，尤其是碰到一个喜欢用诺言来解决问题的陛下。”李世民的话里开始带着调侃的意味，“克明，你没经历过，当初义军南下时，圣上几乎给每一个碰到的人都许以散官之职。结果，长安的城门就像后院的篱门一样容易被打开。”

“陛下近年已经惜官了。”杜如晦回应。

“拥有的越多越惜售。”李世民说道，许以对方不属于自己的东西，想不大方都不容易。可到了京城就不一样了，“陛下现在喜欢用金钱代替官位来行赏，当然，也有例外，比如，陛下最近就送出了一个康州刺史的官职。”

“康州刺史？”杜如晦疑惑，可等他看到外面时，也不禁笑出声来，程知节跟尉迟敬德正一前一后朝大殿走来，伴随脚步声的，还有他们那粗大的嗓门。

“不干了！不干了！”程知节大踏步走进来，一身麻布做的长袍随着他的身体抖动，李世民倒见他穿过一次，从洛阳来长安投唐时，他就穿着这件长袍，据他自己说，当年他领着自己的盐贩兄弟上瓦岗时也穿着这样的衣服。

“这就来向大王请辞，我从哪来，还回哪去，穿什么来还穿什么回去。”程知节大大咧咧，满是怨气。尉迟敬德则乐呵呵地跟着进来：“咬金，这说什么话，好好的官不当，难道回去当你的盐奴？”

李世民没有说话，反而坐了下来。

“你要想去，我就让给你！”程知节瞪了尉迟敬德一眼，他在秦王的下首坐下。“大王，朝廷放我去什么康州当刺史，我打听了一下，从长安去康州，先是坐马车走上数百里，然后换船走一千里，我可坐不惯船，不信你问叔宝，在瓦岗时，他们劫隋朝皇帝佬儿的御船，我从来不去。”程知节一屁股坐在了榻上：“就算我没从船上掉下去，还得接着骑两千里的马，有的地方据说连马都走不了，要请那些蛮夷背过去，大王，我这身板，哪里有人背得动？”

“康州是远了点……”李世民说道，话里却没有半点同情之意。

“只是远了点？那是什么人去的地方？我打听过了，离这里有三千里，杀人也就流放这么远了。”程知节愤愤不平，“我没犯罪，为什么把我流放到康州去。”

“你贩的盐不该治你的罪？”尉迟敬德插嘴，结果换来了程知节的白眼。

“你是去当刺史，不是流放。”李世民说道。

瞪着大眼睛，程知节仿佛不相信自己的耳朵：“大王，那算什么刺史？蚊大如斗，蛇鼠专门钻被窝。要让我去那里，我干脆回山东老家！”

“知节，不可说气话。”杜如晦劝道，嘴角却挂着幸灾乐祸的微笑。

“就是，再远的地方也是大唐疆土，再大的蚊子也叮不穿你的厚皮！”说完，尉迟敬德自个儿哈哈大笑起来。

“你打铁的皮厚，你去！”程知节有些气急败坏。

“我倒愿意去那里。”李世民突然接口，“图个清静，就算有恶虫也比这长安要安全。”

这句话将本还热闹的大殿变得寂静起来，没有人接话，唯听见程知节愤愤不平的喘息之气。

曾经志在长安、志在太极殿的我竟然乞求去三千里之外的康州，连李世民都惊讶自己的这个想法。

“大王，”程知节降低了声调，“我去哪里无所谓，山东也好，康州也好，都是我们的埋骨地，可大王要看清楚，宫里将我赶到康州是想剪除大王的左膀右臂，今天是我，明天就可能是敬德、叔宝他们。等我们全离开秦王府，大王拿什么容身?”停了一会儿，程知节下定决心：“我就是死也不离开长安！大王也该拿个主意了。”

主意，有什么主意？人生在世，谁不愿随心所欲，但人生而不自由，为人臣子，受人节制，君要臣去，臣安能不去？

“君意不可逆，君令更不可抗……”李世民低声说道。

程知节发出不满的呼哧声，他的屁股在榻上挪了两下，似乎打算永远就坐在这里。

“知节要真不去赴任倒不是没有办法。”杜如晦开口。

“学士有办法?”程知节马上有了精神。

“想当官有一千种办法可想，不想当就只有一种：躲。康州这么远，走去要一年半载，要是迷个路，就更难说了，而且路上多是偏僻之地，碰上个劫匪把官牒弄丢了也不是没可能。”杜如晦说道，“你出了长安，谁人知道你去没去康州?”

“大王?”程知节望向了李世民。

“这样也好。”李世民点头，秦王府这棵大树要是砍掉枝杈移到洛阳，那不过是一根将死之木。我不会让秦王府的人各奔东西，李世民继续说道：“你出了长安，换身衣服，就现在这身就挺好，转身潜回来，就在府里先待着吧。”

“我也要在秦王府躲一躲。”尉迟敬德突然开口，吸引了所有奇怪的目光。

“难道你也被派了好差事，是哪里？要也是岭南，我们可以做个伴了。”程知节心情愉快。

尉迟敬德粗黑的脸上显出红晕：“太子到过我家。”

“太子?!”三人几乎同时出口。

“昨日的事了。”深吸一口气，尉迟敬德决定说出来：“太子来时，吓了我一跳，我跟他平日素无来往，可他像跟是我老朋友般，直接过来了，还带了一些东西。”

“什么东西?”程知节问道。

“一车金银器。”尉迟敬德回答。

“打铁的要发财啦。”程知节大笑。

外放、收买，父亲跟大哥路径不同，却是殊途同归，恨不得把我这秦王府的一砖一瓦都卸下来搬走。李世民想着，恨意与冷笑并存，他们想得也未免太简单了。有的人是收买不走的，有的人是驱赶不走的，若是秦王府的人能被驱走、被收买，他们倒可以直接忽视我。

“知节不要开玩笑，敬德岂是贪财之人！不但敬德不是，秦王府任何一个人都不会。”杜如晦说道。

“我没有收。”尉迟敬德停了一会儿，脸色凝重，“敬德原是贫苦人家，又碰到这乱世，要不是秦王殿下，只怕早死上数回了。敬德这一生只有杀身以谢殿下，绝无二心于殿下。”

“敬德。”李世民没有接着说下去。

“太子这一招也太不高明了，秦府军将跟大王都有过命的交情，莫说一车金银，就是金山银山也收买不走。”杜如晦嘲笑起太子来。

李世民却苦笑，人总是迷信金钱的力量，自己又何尝不是如此。要是克明知道我今天早上跟玄龄交代的事，只怕他也要嘲笑我了。李世民扪心自问，但他不必再隐瞒了，房玄龄的身影出现在殿门前。

“不成？”李世民望着房玄龄，这位瀛洲使者摇摇头，满头大汗。

“我就知道不成的。”李世民有些沮丧，倒不是因为这个失败的回应，而是想到自己竟然跟大哥一样，妄图用金钱去收买人心。

“玄龄？”杜如晦用疑惑的眼神望着对方，房玄龄欲言又止。

“我让玄龄给新上任的玄武门守将常何送去了一袋金刀子。”李世民干脆说出来。他语带自嘲：“我跟我的大哥一样，也想玩金钱游戏，结果同样是自讨没趣！”

“常何守玄武门了？”程知节问道。

“是的，常何是新任的左右监门卫长官。”房玄龄点头。“此职颇为关键，可这个常何不为所动，没说两句，就把我打发了。”

“常何这个人确把钱财看得轻。”程知节点头同意，“当年他在瓦岗身边就聚集了一帮人。”

“他也太不识抬举了。”尉迟敬德激动起来，“守个门又怎样？”

“打铁的又开始神气了。”程知节偷笑，“我倒想看看，你跟这个常何玩玩你那套抢枪夺枪的小把戏。”

“敬德!”李世民突然想到了什么。“要是太子再送礼过来，你还是收了吧。”

“大王?”

“不是为了那些礼。”李世民说道，“太子还好说，顶多翻脸，我那位四弟就说不准了，指不定会干出什么事来。你们还记得魏洗马婚礼上那个醉汉吗?”

程知节大步走出殿门，他要急着回去准备那一趟虚假的赴任。尉迟敬德跟他并肩出去，一路嚷着也要搬到秦王府来住，住柴房也行。

李世民望着他们，直到他们的背影消失。

“陛下让我们搬到洛阳的敕令还是没下来?”房玄龄坐下，这时他才有空捧起案上的杯子喝水。

“圣上又跟我开了一个玩笑。”李世民苦笑，多亏自己从来没有收拾行李。

“移木先去枝。”杜如晦说，“外任军将、太子拉拢，只怕陛下正式的敕令下来时，秦王府已经没有人了。”

“这样倒好，搬家就方便了，我跟无垢领着孩子，只需要一辆马车就可以上路。”李世民哂笑。

“要不托人进宫说说看，宇文士及在陛上那里还说得上话，要是能请动封伦就更好了。”房玄龄说，“这个事情越早成行越好。”

“不用了。”李世民摇头，“眼下已经是三月，圣上要真让我们去，我们早去了。我这位父亲向来一天一个主意，况且还有人在陛下那里吹风。”

“太子?”杜如晦问。

“不是，是我那位皇兄，我听说赵郡王去扬州前向陛下辞行，他特地告诉我的父亲大人，我们秦王府正欢天喜地准备搬到洛阳去。”李世民嘲笑，“陛下一向多疑，只用这一句，我们秦王府就是等到黄河断流也未必能成行。”

杜如晦狐疑：“赵郡王什么时候当起了太子的马前卒?”

“他倒不是帮太子。”思索了一会儿，房玄龄说道：“他去扬州节制江南斗壁，要是大王去了洛阳，一旦有事，他难免牵扯其中。他这是先布棋局，好求脱身事外。”

“没有人能脱身事外！”李世民略有恨意，“我这位堂兄足智多谋，可他就吃亏在小聪明上。不过，这样也好，我现在也不想去洛阳。”

“不想去了？”房玄龄大为意外。

“不想去了！”李世民肯定地回答。

“可我们以前所做的一切，不就是为了能去洛阳？屈老将军、张亮在洛阳苦心经营，就是为了让我们有个容身之地。”房玄龄有些坐不住，“洛阳河山拱戴，形胜甲于天下，它甚至比长安更好……”

“没错，洛阳是个好地方，我听傅太史说那里还有龙气。”李世民接过房玄龄的话。

“不去洛阳也好！”杜如晦随即说道，“有龙气的地方能成就帝王，可也能埋葬英雄。”

“可是……”房玄龄试图争辩。

“转身走开当然更容易，可我要是去了洛阳就是输了。”李世民压低声音，带着倔强的表情，“较量永远都是一个痛苦的过程，只有忍耐的人才是最后的赢家。”

房玄龄的眼睛亮了：“大王的意思是……”

“所有人都知道我们秦王府巴不得搬到洛阳去，可我们不要去，我们要在长安，就在长安决出胜负！”李世民声音低沉，却字字万钧。

“所以你让我去见常何？”

“是的，要在长安，我们就不得不重新布局。”李世民点头，“北门是重中之重，我们不得不在这里多下点工夫。”

“敬君弘已经调到北门，出任屯营将军。”房玄龄说道，“君弘手里有八百龙牙禁卫兵，他掌控的兵力比常何要多。”

敬君弘，李世民轻念着这个名字，他跟秦王府大部分的草莽军将不同，他出身名门，在隋朝就是内史侍郎，曾经驻守京师，可等太原义军一到，他望风而降，这是一个没有经受住考验的人。

“光是君弘还不够，北门必须要全部掌控在我们手里。”李世民说道。

这太困难了，房玄龄面露难色，“可常何……我该再去找找他。他不要金子，但说不定对官职感兴趣。”

“那倒不着急。”李世民摇摇头，“一开始我们就错了，要结交一个人，不能我们有什么就给什么，而是对方缺什么我们给什么。”

“如果对方什么也不缺呢？”房玄龄问。

杜如晦替秦王回答：“那就找找对方害怕什么，欲望跟恐惧，总有一样我们能用上。”

春风不急不慢地在殿内游走，轻叩窗棂，摇动幕帐，将这些对话吹散在空气中。过了这个春天，再过一个夏天，等到叶黄秋风起时，一切或许就有转机了。李世民想到。

第五十五章　幽州刺客

【李大伟】

银盆般的月亮挂在半空，将长安的大街照得发亮。

今天算错了日子，该挑一个风急月暗的晚上，李大伟暗自嘀咕，在槐树跟墙的影子下潜行。天气清凉，汗水却止不住。我们干不了这行，我们只能在战场上面对面厮杀，而不是在夜色下潜行，去偷袭一个毫不知情的人，我们也不是合格的杀手，至少我身边的人不是。

不时有当当的声音传来，那是跛脚腰间的短剑发出的声音，它要么是碰到了树干，要么是撞上了墙角，又或者是跟蛤蟆挤到了一起，蛤蟆的声音跟他的脑袋一样尖，完全不管他们要去干什么。

我怎么选了这两个人？李大伟开始怀疑起自己的选择来。跛脚跟他是十多年的兄弟，他原本不叫跛脚，只因在战场上为救自己而被敌人在腿上砍了一刀，从此走路就不利索。但他手上功夫一点也不含糊，招数也很致命。我跑不快，所以我要先砍倒对方，李大伟问他下手为什么这么狠时，他这样平静地回答。虽然他比任何一个幽兵都善战，可在一次检兵式上，他被踢出了军队。

我必须去，我有老婆、孩子要养，听说李大伟要来长安赚大钱时，他敲开了李大伟的家门。李大伟一句话都没说就带上了他，为了这，蛤蟆还挺有意见。

蛤蟆什么都好，就是太贪钱，好像多了一个人，他自己就少拿了一份。他更不应该认为跛脚只是来捡份子。但蛤蟆胆子大，又吃得苦，还把跛脚马上的行李放到了自己的马上。“你腿不好，东西太多上下马不方便。”他板着脸，如是说。跛脚白了他一眼，默默地拿回了自己的行李，重重地放在自己的坐骑后面，虽然如此，一路上，他们似乎常在一起聊天。

“干完这一次，我们拿完钱就回幽州!”蛤蟆在后面嘀咕，好像钱就在前面摆着等着他捡似的。长安遍地是黄金，据说长安街的排水渠里都能捡到金叶子、珠宝。可不是每个人都能触摸到它。齐王就在他的面前挥动着钱袋，里面的金刀片清脆作响，李大伟伸手去拿，对方却缩了回去。“事成之后，它们才是你们的。”李大伟讨厌齐王那不可一世的表情，却喜欢他手上的金子。

“杀掉秦王，每人赏金刀十片!”齐王说道。杀一个人，就可以得到一世都花不完的钱，李大伟不在乎杀的是谁。

我本可以得手的，要是那次得手，就不会冒这次的险。

“杀掉秦王，婚礼大乱，你们完全可以趁乱逃走。”齐王诱惑着他，让他忘了所有的风险，领着五十名弟兄混了进去。可最后他全忘了，李大伟只记得太子过来打招呼，还亲自开酒给他们喝。

不要拒绝别人的美酒，不要接受别人的馈赠，这是幽人的歌词，李大伟只喝了两杯，别人说他倒在了青庐里，其他兄弟则倒在了酒案边。

那个黄毛小子大怒，百片金刀自然泡汤了。但齐王盛怒之后，又提供了一项活计，并警告这是他们最后的机会，如果再不行就滚回幽州去，他那张脸还是一样讨厌，可金片的声音也还是一样诱人。

没有酒就不会出错，距上一次酒液滋润喉咙已经过去一天了，可没有酒就没有胆，李大伟吧唧了一下嘴，喉咙干裂。

转过一个巷口，李大伟停了下来，这就是目标的家宅，在车上，齐王隔着厚厚的车帘亲自给他指出。墙不高，连钩绳都不用，一个跃步就可以跳过去。李大伟望了一眼，腰却被蛤蟆捅了一下。

“门开着呢。”

跛脚拖着脚上前，叮叮当当，在夜里尤其刺耳。“确实开着。”跛脚说着，满是疑惑。

不仅偏门，连正门都开着，黑色的门洞像张开的大嘴，等着吞噬一切敢经过它的东西。

“你跟跛脚在门口！”李大伟一把抓住要冲进去的蛤蟆，这不是战场，不是凭胆量便可以横行。

李大伟将手放在了刀柄上，迈向大门，走上台阶，他回过头来：“不管里面发生了什么动静，你们都不要进去，要是一刻后我还没回来，你们就直接回去，叫上兄弟们到城门口等着，门一开就出城回幽州。”

“骆驼！”跛脚叫他的名字。李大伟没有理他，抬头挺胸迈进了大门。

这不过是另一个战场，唯一要做的是注意你的敌人，挥出自己的刀，李大伟提醒自己，手握在刀柄上。门后的阴影透着凉意，如果有伏兵该隐匿在那里。跨过高高的门槛，一切寂静。

院子不小，可东西不多，连一棵大树都没有，借着月光，李大伟一眼就将院落收在眼底。没有一个人，可寂静让人恐惧，走到院中，李大伟怀疑自己是不是走进了一座无人的空宅。他听说大乱之后，长安到处都有富贵人家遗弃的房子，这也许就是其中的一座，它主人的骸骨或许正躺在某个荒郊野外。李大伟心想，可一阵如雷的鼾声否定了他的猜测。

鼾声从正厢房里传来，厢房的门同样大开。睡榻上依稀可见有一个隆起的身影，鼾声从这个身体里不断传出。

直觉告诉他，这就是这次刺杀的目标，砍下他的头就行，金刀片美妙的声音适时响起，它比鼾声让人愉悦。

轻蹑脚步，李大伟朝正房走去，这不过是一场夜袭，爬上敌人的城墙，砍倒睡梦中的士兵，我擅长这样的活。他鼓励自己，可微微颤抖的身体在出卖他，慌乱像雨水浸过落地的绢布一样浸染他的大脑。

总算，他站到了睡榻前，手在刀柄上。出鞘、劈斩、还鞘，只有三个动作。不但他自己，不但门外的跛脚跟蛤蟆，所有五十名兄弟都可以领到属于自己的金子，可以买数十亩田、一个院子、一头牛。没娶媳妇的可以娶媳妇，有父母的可以供养父母，妻儿不再挨饿。李大伟手上加力。

刀仍未出鞘。

对方身形巨大，朝内而卧，他一无所察，鼾声依旧。这个人杀过许多人，他手上的鲜血比我更多，此刻就是他偿还的时候。

被子起伏，李大伟的刀拔不出来。我不能出手，我是幽兵，靠战功累积财富，靠战功安身立命，而不是杀一个睡梦中的人，这不是对方的城楼，他也不是偷懒的士兵，他全无武装，只在家中安睡。

李大伟发现自己陷入了无名的困境，他僵直站在那里，直到一个声音从那个山般的身体里传出：

“你要是不愿意拔刀，那就坐下来喝两杯吧。”

气氛压抑，一行人像一个人，没有人开口。

“我们现在是去齐王府吃大肉喝美酒，干吗愁眉苦脸？”李大伟说着，回应寥寥。

他们还在抱怨，他们只看到自己没有机会拿到齐王的金刀子，却没看到这长安街上，这高墙宅第里到处是朝上竖立的刀尖，将每一个走错的人刺得千疮百孔。相比之下，幽州的街道狭窄而充满马粪味，旅馆里的老板娘的腰有一头水牛的肚子那么大，可那里才是我们该待的地方。李大伟开始怀念幽州驿馆那掺着不知是水还是马尿的劣质酒来。

“你为什么不动手？”蛤蟆在后面跟上，腮帮子鼓着，活像被人踩了一脚的虎蛙。

“我们干不了这一行。”李大伟解释。

李大伟没有再回答，他甚至低下了头，出幽州时许诺大家的金银成了泡影，而这一切都是因为自己没有拔刀。蛤蟆抓住他的衣袖：“你还好意思告诉我们，去齐王那儿吃一顿好的，然后打道回府。我们是来要饭的？”

“算了……”跛脚在后面劝道。

“算了？！你老婆还在等着养呢，你儿子不要吃饭？不止你，还有兄弟们，哪一个人不是指望着赚点钱回去养家。”蛤蟆喋喋不休，“他说要拿人头替兄弟们换金子，结果一身酒气出来。”

“我们想别的办法，会有办法的。我们可以回幽州，或者到泾州找燕郡王，当兵没什么不好，有军粮可以吃。”李大伟解释。

“你有军粮可以吃，跛脚去哪里吃，他的脚已经跛了，你不要忘了，他是为谁跛的?!”

“我说！算了!”跛脚大吼，脖子上青筋凸显。

蛤蟆吐着舌头，终于不说话了，只是眼睛鼓在外面，依旧愤愤不平。

这段经历会成为我一生的笑话，这里的所有人被老婆骂没用时，都会搬出这一段：“老婆，要是骆驼这个家伙拎着人头出来，而不是拎着酒壶出来，我们就能住大房子，你也可以养两个奴婢给你洗衣服了。”李大伟苦笑，接下的路程谁都不愿意开口说话，直到齐王府。

齐王府的大门正对着大街，门上的铜钉有眼珠那么大，一枚枚黄得发亮的铜钉像一只只眼盯着路人，李大伟感到一阵不舒适。

“要吃就快一点进门呀!”蛤蟆从后面越过他，登上台阶。

偏门开着，“把刀取下!”一个人从门后转出来，鼻子高挺，白色的脸上有淡灰色的斑迹。

鲜卑恶奴，李大伟暗自嘀咕，却不敢骂出声来，他见过这位，当齐王在他面前晃动金袋时，他就站在齐王的身后，一只手永远握在刀柄上。齐王护军宇文宝……他当真是齐王府的第一高手？李大伟想着，他看了看这个军汉，他肩膀宽得将偏门完全挡住，他比自己还高半个头。齐王该派他去尉迟敬德的府上，这样倒可以看看昨天那位号称可以夺天下之兵刃于白手的打铁匠能否夺下宇文宝腰间的长剑。

“这不是幽州，这是齐王府，你们拿着刀进来是赴宴还是寻仇?”宇文宝语气冰冷，脸板得像大门一样，脸上的斑点也像铜钉一般。蛤蟆被挡在外面，瞪大眼睛不服气地看着对方。

“宇文护军真会开玩笑。”李大伟大笑出声，“我们当然是来赴宴。”侧着身子，李大伟想挤过去，可宇文宝往前一步，这下就算是刀片也塞不进去了。

“算了，骆驼，我们不吃了。”跛脚阴沉着脸，在后面说道。

我也不想吃，可必须要吃。齐王送来请帖，也带来威胁，不去则永远出不了长安的城门。来人低声笑语，仿若不怀好意的猫。

“吃！怎么不吃，怎么能拂了齐王的好意。”李大伟取下腰间的刀，往门边一扔，咣当作响。

酒香四溢，曲乐与舞袖为伴，紫色的殿幕高高垂下，益发显出齐王府的富贵。齐王频频举杯，时时询问幽州风情，李大伟则将边地的趣闻一一奉上。齐王腰佩短剑，双腿搭在榻上，常常被逗得哈哈大笑。他甚至像个孩子，李大伟想着。

这真的是一次送别宴，李大伟甚至想到，可他不该威胁。想到有关齐王的传闻，也许威胁是他常用的手段，就像被惯坏的孩子，但他的本性或许不坏。只是他身后的宇文宝冷眼站立，不过一只看门狗，李大伟想到，将酒跟诅咒一起咽下。

故事已经讲了一大半，蛤蟆把自己灌得像醉虾，跛脚一声不吭，连酒杯都不曾举，剩下的兄弟大多脸上现出红晕。

“此间酒可好？”齐王的脸色同样绯红，他举着杯子，问道。

“好酒，今日以前李某从未饮过！”

“此间歌舞如何？”

“李某恨不得将眼睛挖出来仔细看。”李大伟回应，齐王笑得后仰。

“李都尉可愿长饮此酒？”齐王突然停下，眼睛直瞪着他。

“李某命薄，饮一次已经折寿，不敢长饮。”李大伟回答，殿上的空气突然奇怪起来，许多人都放下了筷子，盯着这两人。

“李都尉可愿长赏此舞？”齐王再问，脸上的笑意仍在，可味道变得无比诡异。

“李某福浅，看多了只怕双眼要盲。”李大伟淡淡回答。

“你在拒绝我？！”齐王突然不笑，脸上冷得像幽州冬日的寒风。

“骆驼……”跛脚在旁边小声提醒。这是我们最后的机会？效力齐王，再接下一项刺杀任务？他倒是宽宏大量，竟然愿意给失败两次的刺客以机会。

“是的。”李大伟回答。就像一窗门，将冷风与机会一同关在门外。

大殿无声，云袖无声，李大伟盯着宇文宝的手，手在柄上，手上青筋毕现。杀死上门的宾客，这就是齐王的待客之道？

“唉……”齐王终于长叹一口气。“看来李都尉看不起我齐宫的酒，李都尉还是想喝东宫的酒，甚至那个打铁匠的酸酒也比我齐王府的酒好喝吧。”风从殿门吹过，带来凉意，春风里竟也隐着肃杀之气，它吹动殿帐，拨动发梢，厚厚的殿帐摇摆，大脚若隐若现，金戈声传出。

“伏兵！”李大伟惊讶，这个声音却不是他发出来的，跛脚大叫，顺手掀翻了食案，手摸向腰际。笨蛋，我们把兵器留在了门外，李大伟悲叹。殿帐被拉开，无数人冲了进来，弓箭已经搭在弦上。

“齐王！”李大伟大吼，“是我李大伟一个人的事，我错了，你让他们走，他们还有妻儿老小。”

“你没有妻儿老小？”齐王玩弄着手里的玉杯，幽幽问道。

“让他们走，他们什么都不懂。”李大伟继续大吼，却绝望地看到齐王微微点头。

弓弦声起，鼓乐未停。弦声冷酷，鼓乐嘲弄，宴无好宴，自古如此。惨叫声此起彼伏。我们可以杀将出去，如果手上有刀，如果仍未醉倒。蛤蟆跳动，呀呀大喊，愤怒的眼球都要迸将出来，他扔出一个酒壶，正砸中一个弓手的眼睛，却被旁边刺来的长枪刺中腹部，他怒吼着，将枪折断。

不要，他们是跟我来赚养家活命的钱，不是来送命的。

“齐王！”李大伟怒吼着。愤怒让他忘了反应，眼角之处，有人拉起了弓弦，他没有理会，他怒视齐王。弦音响起，我害死了兄弟，李大伟心如死灰，直到蛤蟆扑到他的身上。蛤蟆张着嘴，似乎要说什么，可他说不出来，箭矢从他喉间刺出，眼睛永远定格在圆睁的状态。

一个幽兵被砍倒，数把长枪齐下。

跛脚用一根筷子插在了一位齐王府兵的脖子上。他翻滚着，躲避着长枪飞箭。

放下蛤蟆，李大伟大踏步前进，如果要死，先让我取你的项上人头，宇文宝未动，刀未出鞘，很好，你们认为没有刀的幽将是待宰的羔羊？我的一双手就可以拧断你的脖子。李大伟不记得自己这双手曾经拧断过多少人的脖子，在攻打洺水城时，他曾经一夜拧下过七个，或者是八个？

“骆驼！”跛脚在后面大叫，李大伟没有回头，他也中箭了？或者被枪刺穿了身体？我们已经逃不掉了，但死之前，总要拿点什么，齐王的命正好。李大伟迈出一步，刺痛从背后蔓延至满身，以致他大喊出声。刀尖从背后穿到前胸。跛脚在我的后面，没有人可以靠近我的背，除非跛脚已经死了。李大伟回头，看到跛脚那双恐惧的大脸，无情的短刀握在他的手上。

“跛脚？”李大伟不敢相信，他低声叫道。兄弟的眼里满是慌乱，或者还有歉意？跛脚跳开，他的脚是为救我而坏的，李大伟悲哀地想到。

跛脚倒退着，离他三尺，靠近齐王。而一个东西从齐王的手里飞过来，跛脚伸手，将它抓在手里，里面的声音清脆，金刀子的声音真是好听，好听的东西总是要人命。李大伟又想。血不断涌出，染红了衣袍，也残忍地一点点夺走他的意识。

“骆驼……”跛脚语无伦次：“我不能死，我不想死，我儿子，你干儿子，才两岁……”贪婪与恐惧在他的眼里浮现并翻滚。

没有愤怒，唯有悲伤，连绝望都消失无踪，唯剩下无尽的同情。他摇了摇头说出了最后一句话：“跛脚啊，你还是这么蠢……”视线模糊，是泪还是血？宇文宝的长剑从跛脚的后背刺出，在胸前绽出一朵血花。剑身扭动，一如跛脚扭曲的脸。

第五十六章　魏征之怒

【魏征】

这个曲巷从来没有这么热闹过，魏征努力挤过去，手上的礼包都变了形。路人投来古怪的眼神，魏征意识到是自己身上的官服引起了注意，这里不是官员涉足的地方。从东宫回家，魏征没有换衣服，取了早就备好的礼包直接朝这里而来。

我有两三个月没来了，新年来过之后便再没有来过。事情太多，自己结婚时没有来，只是送了请帖过来，结果老妇婉拒出席婚礼。“老妪待罪之人，不敢把这身晦气带到婚礼上去。”送信人转告她的推辞。尽管交往得并不多，但魏征总是想着老妇人俯腰忙碌的身影。如果自己的母亲还活着，也该有这般年纪了。自己活着，母亲却早逝；而她活着，儿子却被处斩。到底谁更不幸一点？

人群窃窃私语，“杀人、好惨……”魏征听到这样的低语，他加快了脚步。有人伸长脖子往巷里张望。臭气熏天，不知道这臭气是来自脚下的污水还是身边的人群。魏征已经可以看到那排矮小的房屋了，但这些聚集的人群让他不安，或许他们的低语更让他心乱。

杀人？魏征见过太多的屠杀，他见过变成血河的洛水，见过雪地里冻得僵硬的士兵，但这里是长安，天子脚下，谁会拔刀杀人？依旧看不到人群有变少或者变多的迹象，前面没有多少人家了，魏征有种不祥的感觉，他加快了脚步，甚至心慌地拨开挡在前面的人。

挤到前面，不祥的感觉得到了证实，人群最终聚集在可达忠的家门口。魏征闻到血的腥味，脚下泥泞，低头，细细的血线向矮房子里缓缓延伸。魏征不得不面对最后一道阻拦，坊里的两名武侯大声吆喝，喝退了那些好奇心重的坊民。魏征身上的官衣帮助了他，对方迟疑了一会儿，武侯让开了道路。

洗衣服的木盆倒扣在地上，地面上的水有一半来自这里，水成了红色，红色却不是来自这里。挂衣服的麻绳断开，一半挂在墙上的木杈上，一半掉落在泥地里，红色又小巧的小孩肚兜满是污泥。可达忠？魏征听到自己的心里喊出了声，他朝门口走去，迟疑又心慌。

门口一个身体倒扑在地上，浅绿色的衣衫破了一个大洞，血仍从背上的伤口流出，魏征曾经在战场上看过这样的伤口，干净利落，最快的时间流尽伤者的血。街上的血就来自她的身体？她不是可达忠的奶奶，从身形判断，她是来帮忙照顾可达忠的农妇。魏征记起那个朴实的微笑。

来不及翻开这个身体证实自己的猜测，魏征迈进房内，他终于看到了最不愿看到的景象。里面的东西并不零乱，杀人者没有多余的动作，被杀者也没有多余的反抗，老妪扑在摇床上，身体朝下，她在保护什么？屋里静得可怕。背上朝左偏上的位置依然是个可怕的伤口，用一把刀或者是剑造成的伤口。横着刺进去，扭动，竖着拔出来，这样的刺杀，要么因为血海深仇，要么是出于冷血的刺客。

身体颤抖，魏征迈动脚步，感觉脚在抖动不已，我不是养尊处优的长安官吏，我是瓦岗的寇、流浪的道士、使诈的谋士，死亡对我来说是常事。魏征的手握紧又松开，剩下的数步似乎比从开化坊走到门前还要远。

他轻轻移动老妪的身体，她已经死了，冰冷且凝重，她舍命保护的人可还在？最后一丝希望破灭了，没有声音，可达忠的脸出现在下面，苍白而惊恐，他可会知道死亡的降临？脖子处一抹血线，脖后一滩黑色的血狰狞出死神的面孔。

他扶在床榻上，呼吸短促，地上的闪光吸引了他的目光。控制着越发抖动的身体，他弯腰拾起这个东西。那是一个两寸长的鱼符，黄铜鱼身反射着金属的光芒，鱼嘴处的圆洞沾着血迹，鱼身微微隆起，数条鱼纹错落有致，血在其中延伸。魏征摸到后面的字迹，他翻转鱼身，这一片平整，上面阳刻着大小两行字。小字不易辨认，但天策府三个大字触目惊心。

秦王?!

一阵昏眩袭来，像有一块巨石从天而降，压迫得魏征难以喘息，破旧的木屋顶开始旋转，血污横流的地面开始左右摇晃，魏征再也支撑不住，腥味从内心泛起，再也压抑不住，魏征张大嘴，黑血喷薄而去，他一头栽倒在地上。

血流成河……这就是血河。人像倒栽在水田的秧苗，随着江波上下浮动，一具又一具，割破喉咙，刺穿胸膛，斩去头颅，内脏在水面漂浮。

这已经过去了，魏征告诉自己，他在洛水边游走，这是哪一战？是瓦岗大战还是被王世充逆袭的一战？无论哪一战，都过去了。魏征想着，摇晃着头，试图摆脱眼前的景象，却感觉自己就像水面上的一具浮尸。血水冲刷着他的身体，他的血液注入河流，没有痛楚也没有希望，就像漂浮于冥河的亡灵。河流注入黄河，浮尸却越聚越多，朝东而下，朝地狱而下。

上天用黄河滋润山东，也用黄河惩戒山东，荡荡汪洋漫过堤岸、淹过麦田、冲走房屋、卷走人群，尸河里多了被水泡肿的死者。肚子隆起，里面除了发臭的河水没有半粒麦子，没有洪水的地方饿殍遍地。远处有船的号角声，那里面倒有满仓的粮食，可那是送往辽东的军粮。

长白山前知世郎，纯着红罗绵背裆。
长槊侵天半，轮刀耀日光。
上山吃獐鹿，下山吃牛羊。
忽闻官军至，提刀向前荡。
譬如辽东死，斩头何所伤。

有人长歌，似远似近。这是王薄的声音，魏征左右张望，想寻找那个有一口白牙、浑身亮铜色的知世郎王薄，他是瓦岗的活宝，每次庆功宴他都要且歌且饮。可他早死了，降唐后被任为齐州总管的他死在了仇家的刀下。魏征想着，水漫过他的腰际、他的脖子，直到他发现自己可以在水里呼吸。也许，死人不需要呼吸，魏征想着，他像浮木般漂在水里。这汪洋何时停止泛滥？

错了，全错了，魏征喊着，却听不到自己的声音。这全过去了，这是十年前的水灾。没有这场洪水，隋朝的皇帝能否扫荡辽东？没有这场洪水，现在长安太极殿坐着的是否依然是姓杨的皇帝，而不是姓李？这场洪水像最后的稻草压垮了强盛的帝国，这股横冲直撞的洪流冲垮着隋朝的一切，无论是在它的淫威下哭泣的山东，还是远离它的关中。

可这些都已经过去了，我亲眼看着一切平复、洪水消退。在淤泥上，百姓又重新种上了庄稼，城头的硝烟熄灭，人群在残砖断瓦上寻找可以重建家园的东西，驿道上的人影渐多，他们重回故里，寻找失去的一切。魏征从洪水里爬出来，他蹒跚前行，长袍浸透了泥浆，举步维艰。

一团黑色的影子吸引了他的注意，上面有黑影蠕动，他缓缓靠近，终于看清那是一具扑倒的腐尸，而蠕动的黑影是密密麻麻布满其身的乌鸦，漆黑的尖嘴像一把把尖刀啄开皮肤、扯出血肉。

“喝，喝。”魏征沙哑着声音，试图驱赶这群冷血的食腐者，乌鸦却不为所动，唯有一只停下了进食，抬起头来，冷酷的眼睛盯着他，仿若看着一个较新鲜的尸体，而嘴角叼着数缕血肉，血肉的下方赫然挂着一颗苍白的眼球。

魏征低下头，费力地捡起一块石头，用尽全力扔了过去。乌鸦一哄而散，露出了被食者的身体。他脸上千疮百孔，可为什么这么熟悉，魏征往前两步，惊恐得无法自已。

“太子殿下！”他失声叫道。

“夫君？！”随着一个惊喜的声音，魏征努力睁开眼，头痛似裂，新婚妻子的脸渐渐浮现，她的眼睛像母亲一样狭长上扬。魏征紧握她的手，仿佛行将失去，手温暖而柔软。

“四娘……”魏征轻声唤着，一切变得清楚起来。我在自己的家里，睡在自己的榻上，握着自己的妻子，魏征却仍有不安全感，他想起梦中的浮尸，想起老妪流血的背，想起可达忠苍白的小脸。

“你昏睡了两天两夜。”妻子替他擦去额头的汗，“武侯把你抬回来时吓了我一跳，好在大夫看过说你不会有什么大事。”停了一会儿，她问：“她们是被杀死的？”

魏征点头，出去之前，他跟妻子讲起可达忠的故事，妻子塞给他一贯钱，说是给可达忠买东西吃。

“是谁这么狠毒？”妻子眼睛发红。他没见过可达忠那张苍白的小脸以及那对空洞的眼睛，不然，她会哭出声来。魏征往身上摸：“鱼符呢？!”

“夫君，在这里。”妻子从袖口掏出那片小铜符递过来，鱼符干净：“你回来时手里死死抓住这个，我费了好大的劲才拿出来，又用水洗了洗。”

血迹没有了，但血腥的味道永远都在。魏征仔细看着上面的字。“天策府……”他轻声念道。

妻子惊讶：“是秦王杀的？”

当然不是秦王，秦王无须亲自动手，他手下自有人替他做这些勾当。但魏征不愿意纠正妻子的这个错误，“是秦王。”他说道。

“秦王为什么要杀一个老迈的妇人跟一个无辜的孩子？”

还有一个农妇，是三条人命，秦王府所欠无数条人命中的三条。还要算上可达志的，魏征想起那个面容严肃的军汉，动机似乎并不难找，只要关联上庆州杨文干兵变的一切都可以解释得通。秦王府收买了可达志，妄告东宫。老妪一定是知道些什么，可孩子是无辜的，也不会泄露他们的阴谋。魏征的内心一阵绞痛。

“这只能问他们秦王府的人了。”魏征恨恨说道。他无法告诉妻子真相，妻子面容苍白，两天两夜，她未曾好好休息，不必再告诉她这些而让她惊吓。

“我们可以上告陛下。”妻子愤然说道。

“拿什么告？”魏征反问，充满无奈。

“鱼符就是证据。”妻子的语气并不像她说的那样肯定。

“没用的，圣上明知杨文干事件是秦王主使的，可他依然没有追究对方。现在，死了三个人，三个无足轻重的人。”魏征摇头。“人生而不平等，皇帝岂会为了三个贱民的死而去问罪功高天下的秦王!”

一阵怒气冲上来，卡在胸口，魏征连连咳嗽，妻子轻抚他的背。

“秦王……”魏征想着那张脸，表情平静，现在看来却冷酷；言语谦和，现在看来是狡诈。太子斗不过这样凶残的兄弟。魏征记起梦中那个被啄食的尸体，“他不会放手的，他一定会夺太子的储君之位，谁也无法阻挡他，他会杀掉一切挡在他前面的人。”

“夫君……”魏征感到对方的手在加力，妻子瞪着惊恐的眼神。诸王虽是兄弟，却形同幽黑森林中素不相识的野兽，他们无法感知对方的善意，即使对方有。他们只会感到对方的威胁，并做出唯一的反应：消灭对方。可这些，自己不该告诉她，她这些天受到的惊吓已经够多了，魏征感到歉意。

“如果秦王要对东宫下手，他会第一个先除掉你……”妻子如听到弓弦的大雁，手紧紧握住夫君，“这太危险了，你可以辞去东宫洗马的官职，让我叔父为你另谋一份差事，或者我们可以回山东老家。”

走？这不失为明哲保身的方法，可我走了，太子还能依靠谁？魏征摇头：“我不能离开，我不能让秦王当上储君。”

“这是他们兄弟的事。”妻子坚持。

“这不是他们兄弟的事。”魏征回想起那个可怕的梦，那些浮肿的尸体，“这是天下人的事，秦王要是登基，天下迟早大乱。”

妻子困惑不解。

“四年前，我曾经给秦王府投过匿名信。”魏征像在解释又像在回忆，“建议他赦免山东反将之罪，则刘黑闼将不战而亡，可他不听，他要大动兵马，横扫一切。他相信武力甚于相信仁慈的力量。”

妻子没有说话，倾听着丈夫的秘密。

“你明白吗，秦王就是隋朝晋王的翻版，好大喜功、推崇武力，也同样野心勃勃。要是秦王登基，他会攻打突厥，攻打高句丽，甚至更远的地方，他会修长城，也同样会修建富丽的宫殿，百姓则成为他欲望的垫脚石。”血色的洛水，也许这一次会是血色渭河，饱食人肉的乌鸦……魏征不寒而栗，上天已经示警。“我们得阻止他!”

“如果夫君要做，那一定是对的，四娘一定会支持夫君。”妻子突然坚定起来，“有夫君在太子身边，秦王绝不会成为第二个隋炀帝。”

谈何容易？魏征在内心叹息，爪牙众多的秦王、优柔寡断的天子、敌我难测的齐王，偏偏太子还是个软心肠。

若是失败，不止太子，只怕依附太子的这些人全都要受灭门之祸。李艺、薛万彻，然后……自然还有我。噩梦再次浮现，倒在地上被乌鸦啄食眼睛的人为何跟四娘如此之像。

“你拿笔墨来。”魏征突然说道。

“夫君要告发秦王？”四娘站起身。

摇着头，魏征说道：“我与你一封放妻书。”

“放妻书！……”四娘愣在那里，转眼间眼睛泛红，“我又做错什么？要拿这一张放妻书。”

“四娘。”魏征连忙解释：“我写好，你留着，太子顺利登基这就是废纸。要是秦王得逞，少不得我魏征要被判个逆谋之罪，满门获罪，你拿出此书，就可以避祸，他日也好改嫁。”

“你倒想得周全。”看到魏征一本正经地解释，四娘破涕为笑，“要是你连太子都保不住，莫说你休了我，我先给你一张放夫书。”

怔了一会儿，魏征哈哈大笑，以致又咳嗽起来。四娘替他捶着背，也许还带着嗔怒，力道都大了许多。

气息总算平复下来，魏征站了起来，开始取架上的衣服。

“夫君刚好，这要去哪里？”

“为了不被你休掉，我总得想点法子。”魏征答道。

第五十七章　尹德妃的陷阱

【李世民】

李世民从来没有见过这么狼狈的房玄龄，袍子被撕开一个破洞，像张开的大嘴发出无声的大笑，破洞周围数个脚印清晰可见，这些倒还在其次，左颧骨又红又肿，让房玄龄本就消瘦的脸活像湖边的怪石。

杜如晦的情况要更糟一些，至少看上去如此，他脸上数道血痕触目惊心，不知道的还以为是被北曲撒泼的干娘抓的。“那些家奴简直就是恶妇。”杜如晦气愤填膺，房玄龄却苦笑不已。

李世民望向孙思邈。

“没什么大碍，只是些皮外伤，上些药过两天就好。”孙道长收起药箱。

李世民仔细看了看自己的两位学士，虽然样子难看，但确实不像伤到了筋骨，看上去倒像是两位学士跟家里的婆娘吵了架。可这又是绝无可能的事情，房玄龄的妻子为人剽悍，但房玄龄不会跟他的妻子争吵，因为房夫人瞎了一只眼，那是房玄龄病重时，房夫人用头上的细钗刺瞎的，以示永不改嫁之意。杜夫人则品性温良。

“好在没什么事。”李世民松了一口气，在听说两位学士在街上被人殴打时，他连忙跑到了学士府。长安城里还有人敢对秦王府的学士挥拳？李世民不敢相信自己的耳朵，但这也不是完全没有可能，既然有刺客敢闯到尉迟敬德的家中，自然会有人在路上袭击两位儒士。是太子还是齐王的人？一路上，李世民想着这样的可能。要真是这两位，就太让人失望了，他们的手段已经拙劣到如此地步?!

“想不到我们秦王府的人也有人敢打!”程知节的嗓门响起来时，他走进了大厅。没有了铠甲在身，宽松的大袍显示他过着悠闲的生活。

“这么严重?!”程知节看了看两位学士，“谁下的手？我程咬金把他的家掀过来。”用上原本的名字，程知节仿佛又找回了草莽的性子。他已经在这里住了一个月，也就是关了一个月了，他天天叫着要出去转转，可一个原本该出现在康州的刺史怎么可以突然出现在长安的大街上？秦王府太小了，也不能永远藏着这个大活人。李世民心想，这个事情还是让敬德去查？不行，他的性子太急了，李世民否决了这个想法：“等会儿让叔宝去查查看，总不成打伤了人就这样算了。”

“是我们骑马太快了。”房玄龄摆手，“再说也不用查了，我知道今天我们撞上的人是谁。”

“谁?”众人惊讶着问道，连杜如晦都吃惊地望着对方：“你知道?”

“我现在才想起来，我早该想起来的。”房玄龄语气里意外地充满着悔意：“克明，我们上当了!”

“上当?”这下所有人都迷糊了。

“没错，你想一下事情哪有这么巧，这么宽的街，我们骑的马又不快，他们的马车从宅门出来时直撞过来，没等我们解释，马车里的人就跳出来说我们冲撞了他的车子，并指挥家奴动手。”房玄龄皱着眉。

“那老头确实霸道。”杜如晦恼怒，“要不是你拦着我，我还要给他两拳。”

一场偶遇的冲突？李世民无法相信。房玄龄更是连连摇头：“不该打，一打就上了他们的当。你的拳能有多少力气，只一下，他就躺在地上不肯起身。”

讹诈？李世民早就听过长安有些恶人专往马上撞，时称撞马徒，碰到之后就倒地不起，接着马上就会冒出一大堆亲戚，抓住马主要求扭送官府，不拿出上百贯休想了事。

“他们要讹诈钱财?”程知节大笑，“他们胆子不小，竟然讹到秦王府来了。”

“要真是想讹诈钱财就好了。”房玄龄苦笑，后面的一句话让所有人大吃一惊，“那个老头不是什么撞马徒，他是尹德妃的父亲尹阿鼠。”

尹阿鼠?！李世民倒吸一口凉气，他只见过这位国舅爷一面，德妃的父亲长得堂堂正正，只有那双眼睛跟他的名字相当，骨碌得像转动的车轮。在洛阳，他拿着皇帝的敕令来要土地，自己冷着脸拒绝了他，他的眼睛上下转动，有怒火在其间闪烁，脸上却堆起笑容，夸自己大公无私。在父亲面前，他可不会这样说，他惯会放冷箭，自己从洛阳回来时，就被父亲叫去怒斥了一顿。天知道他说了些什么。李世民记得当时房玄龄也在，但他进来之时，尹阿鼠正从殿里出去，不过是擦肩而过的一面。

“难怪我看着宅子上尹府两个字眼熟。”杜如晦追悔莫及。

“你没见过这位尹国舅，自然不认识他。”李世民说道。

在尹阿鼠的门前跟他发生肢体上的冲突，李世民有不好的预感，这位国舅爷到底想干什么？洛阳一事之后，他告了一状，双方已经扯平。难道他还要再找回点什么？妻子的脚步声打断了李世民的思绪。她脚步匆匆，进来时，所有的人都站了起来，王妃示意两位受伤的学士坐下。

“听说学士受了伤，正好我那里有点药。”无垢手里捧着药匣，又转向旁边的孙思邈，“我知道孙道长那里有好药，但这些药放在我那里也没用处，就拿来给道长看看有没有用得上的。”

“我的药箱还恰好缺点药。”孙思邈笑着接过药匣。房玄龄苍白的脸上现出尴尬，或者那仅仅是对方指尖的馈赠，他连忙起身道谢。杜如晦脸上的歉意更重：“我替秦王惹下大乱子了。”

“打就打了，有什么大不了的。那个尹阿鼠仗着自己的女儿得宠，平日里就是长安一霸，据说还自号大阿父。”无垢轻言轻语，“杜学士这一打，多少人拍手称快呢。”

“娘娘知道了?”房玄龄、杜如晦同时出口。

“知道了，宫里传来的消息，德妃在宫里已经哭开了。”无垢点点头，补充道，“除了圣上，宫里还有谁肯信她的故事?”

偏偏是父亲信她，他们足以掀起一阵风浪。李世民心想，这一次他们还用上了苦肉计，只不过以杜如晦的拳力，只怕他也没吃多少苦头，明知是不对，但秦王突然希望他碰上的是尉迟敬德，或者是秦叔宝。

“两位学士不要自责，小人难防。”无垢安慰两人，“我已经叫人做了补身子的汤，你们在府中吃了再回去。”王妃语气坚定，不容拒绝。

“无垢。”李世民说道：“你备点礼去尹府看看我们那位受害人。”王妃张口想说什么，但房杜向她投来求助的目光，她终于点头听从夫君的安排。

“我大概是时候进宫了。”李世民站了起来，“他们颇费心机演了这场苦肉戏，总该叫我们付出点什么。”

在阁门外李世民看到了宇文士及，这位皇帝的近臣胡须发黄，并不浓密，眼睛像两粒鱼丸。他朝李世民眨了一下眼睛，然后轻摇一下头。

“圣上正在大怒。”当李世民经过他时，他压低声音说道。大怒是意料当中的事，问题是大怒之后的惩罚，他总不至于将我再关到临湖殿吧，又或者迁罪于我的两位学士。父亲没有那么笨，他不会为了一个妃子而得罪天下的士人。

对宇文士及的善意提醒，李世民还以微笑。封伦则小心地从里面走出来，看到李世民时，颇为惊讶：“大王该晚点来，我刚在圣上那里替你说了话。”他边说边擦额上的汗，或者脸上的唾沫，好像他刚替李世民挨了皇帝的怒斥。有的人只是假装在帮你。李世民想着，谁也不知道这位封阁老刚才在里面替他在父亲的怒火上是倒了一杯水还是倒了一碗油。

“多谢阁老。”李世民道谢，他提步迈进了大殿。里面静得可以听到人的心跳声，那是我的心跳，李世民可以听到它不安地跳动。

“天策府上将、秦王、尚书令、左右十二卫大将军、雍州牧……”父亲背负着双手，面朝殿内，却猜觉到儿子的到来，他没有回头，站在原地，一词一句地念着这些职务。

“儿子叩见父亲。”李世民慢慢跪下。父亲没有叫他起来，他干脆挺直了身子。

“位列三公之上，统管天下兵马，我大唐要论权势，你秦王自称第二，没有人敢论第一。”父亲言语讥讽，他依然留给儿子一个冰冷的背影。他挺得比平常要直，他今天要做一个强硬的父亲，惩戒叛逆的儿子。李世民心想，他说不出是委屈，还是悲哀。他不是第一次受罚，受罚的原因也各种各样，小到幼年时拉不开父亲给的弓，大到父亲认为他在谋逆。可今天这样的受罚却是第一次，为了一个妃子，他的心里可还有阿娘？李世民愤愤不平地想到，母亲才走了多久，他一定记不起来了。

“儿子要说有权势，也是来自父亲。”李世民静静回答。

皇帝终于转过了身子，神情严峻，嘴角残留嘲笑：“别的不敢说你一定比建成、元吉强，但说漂亮话你肯定比他们强。”

大哥软弱，四弟莽撞，要是你真的了解我们兄弟，就不会是今天这样。李世民跪在原地，神情倔强：“大哥比我慈悲，四弟比我敢为。”他说道。

“敢为？”皇帝冷笑：“元吉不如你敢为，你现在都敢指使自己的学士上街打人了。”

“这是误会。”

“误会？尹公额上的血包也是误会？”

血包？要说秦王府任何一个人能一拳将对方打出血包，李世民相信，但杜如晦除外，他怎么可能？这位学士体弱多病，一拳下去也就相当于给对方捶了下多余的赘肉。那个肉包怕是自己打上去的，李世民却不敢说出来。“房学士跟杜学士也受伤了。”他解释。

“奇了怪了，尹公一个年近六十的老人能将你两位年轻力壮的学士打伤？”皇帝反驳。

房玄龄可不力壮，杜如晦更是有病在身。而他也不是一个老头，更何况他那些如虎似狼的家奴。皇帝不是不知道，可他偏偏视而不见。你无法跟一个选择性失明的人理论，正如你无法叫醒一个装睡的人。

“我会让他们登府道歉。”李世民决定让步，“还有适当的赔偿。”

“赔偿？”这句话似乎激怒了皇帝。“世民，你什么时候学会用金钱来解决问题了。我想起来了，你一向如此，你用金钱结交朋友，你用金钱胁迫裴公，你用金钱拉拢人心，现在你又要用金钱掩盖恶行。金钱自有它的作用，但它并不是畅通无阻的。”

“这只是误会，这不是恶行。”父亲的强词夺理激怒了他，他禁不住辩驳。

“误会?”皇帝愤怒得像一只好斗的公鸡，“你学士府的人骑着大马在长安城内横冲直撞，惊了别人的马车，还要动手打人，这不是恶行?”皇帝的脸色呈现酱红色，胡子跳跃：“别人说你秦王府的人借着你的势横行长安，我还不相信，现在看来，外人所言非虚，你连对我嫔妃的家人都敢如此，何况长安的平民百姓!”

不必争论，自己进来时就打定了主意，可自己就是控制不住，父亲在挑衅！李世民突然意识到。他故意不听我的解释，表现得蛮横无理，就是要激怒我，让我反驳他，这样，他的愤怒才顺理成章，这样，他才能心安理得地开出他的惩罚。李世民适时地沉默，准备聆听最终的审判。

“这件事情往小了说，不过是我们的家事。”皇帝开始放低语调。李世民并没有觉得事情有好转的迹象，恰恰相反，这样的话总是坏事情的开场。

“但这也是朝中的事，是治国的大事。该给你那些骄横的秦王府署提个醒了。”皇帝深吸一口气，开出了最终的惩罚：“房杜二人也不必留在秦府教坏我的儿子了，此二人今后不得踏入秦府半步，违令者处斩!”

他斩断了我的左膀右臂。“此人深识机宜，足堪委任。每为我儿陈事，必会人心，千里之外，犹对面语耳。”当初洛阳大战，房玄龄来往京师替他向皇帝禀告战况，父亲当着众大臣的面如此称赞对方。“有克明辅助，我儿取世充必如拾芥。”听闻洛阳被围指日可下，皇帝更兴奋地称杜如晦的字。可今天，这两位却变成了乱朝纲、坏法纪的骄横府署。

“臣奉敕!”李世民叩头。

李世民不记得自己是怎么走出大殿的。宇文士及还在外面，似乎要跟他说些什么，但李世民拱手告别，封伦上来拍拍他的肩，叹着气走开了。他也不记得自己是怎么回到家的，仿佛腿另有个大脑指挥着。

或许可以让他们两人假装离开，然后再乔装进来，就像程知节一样。李世民想着，但父亲违令者处斩的说辞犹在耳边，他们会盯着秦王府所有的门，现在有多少人盯着我的府门？

进门的时候，李世民左右端看，有赶着马车路过的车夫，有穿着青色低品官服的官吏，也有戴着帔帛、跟着奴从的贵妇人……他们当中谁是来监视秦王府的？

玄龄、克明总会有办法的。在踏进门这一刻，李世民犹抱着这样的看法，可他的内兄长孙无忌带着忧虑告诉他，他的两位肱股谋士已经离府而去。

“离开了？”李世民又问了一次，不用长孙无忌回答，他也知道答案，他们一定是收到了消息，怕自己为难，所以提前走了。

失意席卷而来，眼前的大殿似乎都要塌下来。

秦王府之所以成为秦王府，是因为这里面的人。这里的每一个人都像这座大殿的支柱，自己是，学士是，军将是。有这些人支撑，秦王府才不会倒下。但现在最重要的两根支柱被抽走了，他们甚至都没有向我辞行，李世民突然有些愠怒。

他们害怕了？他们厌倦了？或者他们认为我将是最终的失败者？最后这个想法最难以让人接受。这意味着，不是他们被驱逐出去了，而是自己被抛弃了。

第五十八章 教唆者

【长孙无忌】

天气渐渐热起来，就像内心一样。在太阳完全出来之前，长孙无忌就从家里出来。他踏着沙路前行，细沙在脚下发出如春蚕啃食桑叶般的声音。长孙无忌注意到朱雀街的细沙铺得越来越频繁，以前半年未必有一次，后来是一月一次，现在几乎每旬日都有一次。细细的河沙从渭河里淘洗出来，发白发亮，然后装上马车从金光门进来，衙役将这些沙子铺在路上，将朱雀街的不平处填平，但这大街永远都铺不平，一场大雨就能冲散它们，将路面的坑洼不平重新暴露出来。

长安准备过长治久安的日子了，长孙无忌想到。孩提时代，他跟李世民提着小弓追逐房顶的野兔，就经常看到朱雀街铺沙的情景，隋朝的皇帝更爱好整洁。有时候只是一场小雨，他都会下令重新铺上新沙。后来则越来越稀少，等隋帝坐着楼船沿江而下到扬州后，长安就忘了还有铺沙这样的事情。

一切又该恢复了？长孙无忌不敢肯定。房玄龄在离开之前递给他军情急报时，表情严肃。唐朝还有大仗要打，远未到旬日铺沙这样悠闲的地步，但这未必是坏事，他从对方的眼里看到了兴奋的火花。

天策府在等着这个消息。天策府就是一只战争怪兽，唯有战争才能彰显它存在的价值。这里面的人也只有在战争时，才会被人记起。

这个消息他应该亲自告诉秦王，而不是拍拍屁股跟杜如晦们一同走掉。

“我们留在这里，只会让秦王为难。”他们说道，甚至拒绝了长孙无忌等秦王回来再议的请求。这不公平，我刚进门，一切都没搞清楚，这两人就把一切丢给我。

“祸隙就像这墙角的野草一样萌发，不把它拔去，它就会占据墙面。”房玄龄指着殿外一处墙角跟他说道，“用不了多久，秦王府的墙就会倒塌。”他总是这般转弯抹角。杜如晦就要干脆得多：“我们必须要先下手，不能等着对方的刀架到脖子上。”

“可秦王还没有下定决心……”长孙无忌记得当时自己如此回答。在某个夜晚，在程知节被任为康州刺史后的一个深夜，就在学士府里，他们跟秦王谈起过一些绝不该外泄的东西。秦王只是聆听，从没有表态。没有人比我更了解他，甚至他的父亲、他的兄弟。秦王不是一个优柔寡断的人，但事关荣誉，他不得不犹豫。英雄的剑可以斩杀万人，可天下人的唾沫会淹杀英雄，文人的笔尖也善诛人心。他是个事事苛求完美的人，他不愿意在通往自己顶点的道路上留下洗不去的污点。

“还没下定决心？还要等到什么时候？知节已经外放，敬德家里来了刺客，我听说不久后叔宝也要外任。现在我们又被赶出了秦王府，难道要等秦王孤身一人时才能下定决心吗？”杜如晦急色说道。“机会不会等人做好心理准备。”房玄龄补充，“突厥人马上就要来了。”

突厥来袭，秦王出征，召集兵马，班师之日，引兵逼宫，这是那夜的策划。秦王只用一句“天亮了，大家先回去歇着”作为结束。

“请转告秦王，要行大事就不能计较小节，当年周公不也铲除了管、蔡？”

没错，后人景仰的周公也对兄弟下过手，可这些大逆的话你们该亲口对他说，而不是让我去讲，你们甩手离开，留我一个当难堪的教唆犯。当自己大声抗议时，两人还以微笑。

“我们是秦王的谋士，你是他的朋友！”

“秦王把你们也当朋友，而且，这有什么区别？”

“朋友负责点燃欲望之火，让它熊熊燃烧，永不熄灭；而谋士，只负责将这欲望付诸实现，而不被欲望之火烧成灰烬。”说完这一句，两人结伴离开，丢下长孙无忌独自一人面对从宫中返回的秦王。

在秦王府的大门外，长孙无忌站了那么一会儿，人流渐多，挑着烧饼叫卖的走贩已经过了两趟，似乎希望这位长袍儒士能照顾生意。阳光像流动的河水在槐树下若隐若现，长孙无忌感到有些热。但秦王府里未必凉快，这不是一趟轻松的探访，尽管他对这座西宫的一切像对自己家里一样熟悉。青漆的门槛、红漆的大门、发亮的铜钉，“天策府”三个字是皇帝的亲笔，可这一次这里不仅仅带给他亲切。

我已经有三天没来了。当日，转告完房杜离开的消息后，长孙无忌也起身告辞，秦王的眼里露出奇怪的表情。他在怪我的离去，可离去是最好的选择，它能带给秦王最重要的东西：独处。

秦王永远都在人群之中，谋士、武将、妻儿、官员以及各种各样找上门来拜访秦王的人，三教九流，鱼龙混杂，秦王一概不拒。可他需要独处，有时候他需要聆听谋士的指点、听取军将的建议、从各种人那里获取帮助，可最重要最关键的时候，他需要自己的独处时间，不必交谈，不必聆听，除了听自己内心最深处的话语、注视最真实的自己。

希望他已经明白真正的自己，长孙无忌终于迈步。

小门开着，长孙无忌缓步走进去。秦王府的奴仆纷纷向他点头，有人轻声唤他大郎，仿若他就是这座西宫的另一个主人。院子里冷清了许多，长安人都有绝佳的嗅觉，官吏尤甚，听闻秦府里学士都被驱逐，这座西宫便不再那么有吸引力了。这样也好，至少能知道谁是秦王府这座巨船的过客，谁是真正的船员。

长孙无忌在一座偏殿的回廊看到一个缩成一团的身影，这是谁在这里补早觉？靠近时，长孙无忌不由得失笑：“知节！”

程知节翻身起来，头发蓬松，圆领上还留有唾沫，这位康州刺史倒悠闲，拿着朝廷的俸禄在这里睡大觉，可至少还有他每天都待在秦王府里。

“辅机，你终于来了！”程知节露出如释重负的感觉。

“什么?”

“太闷了!”程知节连连摇头，“早知道我就去那康州了，南蛮人听说倒有趣。”

可你还在这里，你要想离开早就离开了，长孙无忌微笑：“你可以娶个南蛮婆子，专门制你。”

“南蛮婆子也好啊，我跟她生一大堆小南蛮子，总比我一个人待着强。”程知节随手拍了拍皱起来的长袍，像鸟窝般的头发则懒得理会，“打铁的前天来过，今天就不来了，还托他的家奴带口信给我，说受不了这里压抑的气氛。他可以躲在家里喝酒，我上哪去?”程知节愤愤不平。

“秦王府也有酒。”

“一个人喝酒?一个人醉着倒下伤身体!”程知节连连摇动他如大鼓般的脑袋，“叔宝昨天倒是来了，他四处转了转，留下一大堆唉声叹气然后走了，这什么意思?王府哪里不如意了?”

秦王府给人的感觉确实不同了，这座充满欢声笑语的宅子突然失去了生趣，这改变从房杜两人离开时起，房玄龄从来都不是善于说笑的人，杜如晦就更加不是了，他常常是笑话的终结者，可这两个严肃的人一走，似乎带走了秦王府所有的笑话。

“秦王府这么多人，你就找不到陪你喝酒的人?”长孙无忌反问。

“有，当然有，那位杜大学士兴高采烈地来找我喝酒。”程知节讥笑，“他大概笑得晚上睡不着觉，就差自封秦王府第一学士了。”

愣了一下，长孙无忌才想起对方说的是杜淹，他当然不会关心侄子的去留，但说幸灾乐祸倒也过了。他望了望学士府所在的大殿，秦王会在那里?最终，他决定先去见见妹妹。

“王妃在家吧?”他随口问道，却听到了意外的回答。

“你来晚了，王妃已经出门了。”

晚了?长孙无忌抬头，太阳不过上了一杆头而已。

“天刚亮，王妃就走了。”似乎知道他要问什么，程知节紧接着说道，“王妃进宫去了。”

她是该进宫了，在高高的宫墙后面，粉红的战争同样残酷、不带剑的对手一样难缠，我们不就是忽视了一个女人，所以府里的两大学士都被驱逐出去了。

“秦王呢?”

程知节没有说话，只是朝承乾殿努了努嘴。

殿门大开，长孙无忌轻提脚步。

“稀客啊。”声音从殿后的榻上传来，秦王没有抬头，他垂首抚弄着手上的短剑。他知道是我，妹妹出门了，只剩我才会不打招呼走进来。但这言语像酸梅汤，我才三天没来而已。

“世民。”长孙无忌说道，“房学士……”

“你找到房学士跟杜学士的落脚地?!”秦王猛地抬头，“我派人去过他们的府上，他们家人说他们根本没有回家。”

没有回家！长孙无忌也不知道这两位学士去了哪里，况且，他不是来为秦王寻找被驱逐的学士，他继续自己未完的话：“房学士让我交给你这个……”他从袖中掏出黄绢纸。

疑惑着，秦王接过绢纸，扫了一眼，他抬头：“这是三天前玄龄让你交给我的?”秦王的双眼通红，可目光凌厉。

“是的。”

“突厥春猎……”秦王又看了一眼：“辅机，你知道这意味着什么吗?”

“突厥人极有可能大举南侵。”长孙无忌平静地回答。

“你总算知道。”李世民把目光从纸上移到长孙无忌这个交往最久、关系最为密切的朋友的脸上，“那天，玄龄就是急于给我送这份军情，所以撞上了尹阿鼠的马车?”

长孙无忌点头。

“可你竟然今天才告诉我，你把这个消息藏在袖子里三天，难道你袖中乾坤可以退兵吗?”

“消息快慢并不重要，重要的是我们是否做好了准备。”

“三天，三天可以通知边塞、可以召集兵马、可以运集粮草，有时间才能做好准备。”

“这些准备并不是最重要的，世民，你的心做好准备了吗？”

“什么？”李世民盯着他，不满、困惑、愤怒，还是兼而有之？

“重要的不是退兵，而是退兵之后。”长孙无忌提醒对方，顺便又暗暗诅咒着房杜，这些话本该他的学士们来说，而不是我。

“你不要跟我打哑谜。”秦王的脸呈酱紫色，他愤怒起来跟他的皇帝父亲一样，长孙无忌想到。

难听的话总要有人来说的，如果没有人，那我就说吧，以这二十年的交情，以那些过去的童年，以像野草一般疯长的少年为证。

“回兵之日，剑指太极！”

秦王回以沉默，他又这样，那夜是如此，今天又想混过去？逃避不是办法。我们就在悬崖边，退一步的余地都没有。

“我们等的不就是这样的机会？”长孙无忌继续打破沉默，“难道你不想？”

秦王欲言又止。

“当年是谁指着隋炀帝的车驾，说要取而代之？渭河边上说要入主长安的人是谁？在这殿内说要治国平天下的人是谁？”长孙无忌不愿给妹夫退缩的机会。

“当秦王也可以治国平天下。”李世民终于开腔，可言语如此软弱，这让长孙无忌都怀疑面前的人是否被抽去了灵魂。

“你现在想永远当秦王了？”长孙无忌站在那里，禁不住嘲弄，独处之后有人变得坚强，有人则会软弱，难道眼前的这个男人是后一种？“那好啊，你可以跟李孝恭学，整天花天酒地，得到一个扬州便喜不自禁，然后把天下的绢图交给太子去写。如果太子殿下真的如众臣所说般仁慈，你或许能保住性命，在某个小城度过余生，但不会在洛阳。”

“辅机……”李世民说道，表情痛苦。这种表情让长孙无忌差点放弃，我在教唆别人犯弑亲的罪，该死的房玄龄，他会不会是故意撞上的马车，这样好给自己找个开溜的机会？而我不能退缩，我必须将他引到那条充满尖刺的禁忌之路。

“你想过普通的生活，就会遇到普通的挫折。你想过上最好的生活，就一定会遇上最强的伤害。上天很公平，你想要最好，就一定会给你最痛的经历，让你做最艰难的选择，你能闯过去，就是赢家；闯不过去，那就乖乖退回去做个普通人吧。”长孙无忌步步紧逼，可换来的是秦王长长的沉默。良久，长孙无忌补上了一句：“你不是那样的人，我所认识的李世民不是这样的人！”

“你说的我都知道。”秦王叹了一口长气：“你也要明白，回军长安就会流血，就会有人死去，而长安城的人、太极宫的人不是我们的敌人……”

“你想身上不染一点鲜血就踏上皇座？没有皇座可以不用沾血得到！”长孙无忌断言否决对方。

“可这次不是流别人的血，甚至不只是我们兄弟的血！”秦王脱口而出。

他终于说出来了，长孙无忌没有马上反驳。也许，秦王只需要一个自己说服自己的机会。

“人生而不自由，为人子者，要行孝道；为人臣者，要行忠义，这些都是人最后的界限。”

“没有界限。”

“什么？”

“没有界限！”长孙无忌重复道。“天下本就没有什么界限，你不越过去，就永远不知道它在哪里。”

“辅机，你知道你在跟我说什么吗？”李世民瞪大了眼睛。

当然，我在做一个教唆犯，教唆秦王当一个弑亲者，甚至要把剑对准他的父亲。如果我坐在他的位置上，会怎么决定？这样的想法无益于劝说，我不是王，我的父亲也早就去世了，长孙无忌拒绝了这样的比照。既然已经开始了，就要做一个尽职的教唆者。

“你必须迈过去，难道你想退缩，你想丢下一切，然后用剩下的时光来抱怨、来后悔、来回想当初自己要是迈过这道界线会怎么样？”

“辅机，这个选择太痛、太苦……”秦王像在乞求了。

“痛苦?！曾经有人告诉我，这世上有两种痛苦，一种让你变得强大，一种毫无意义，在你做出选择之前，痛苦并无这样的区分。”长孙无忌无意做言语上的退却。“况且，我们没有选择，我们只是走到了这里。”

“或许有的，浚哲文明……”李世民低语，念着《尚书》的句子。

他是一个追求完美的人，长孙无忌在内心叹道，他从小就是，出去猎野兔时，就算得到的猎物搬不动，但如果没有猎到他看上的猎物，他都会闷闷不乐。他还想当舜帝，没错，舜的孝名与才能帮他得到了尧的青睐跟帝位。《尚书》里记载着这样的佳话，可三代以降，德行丧失，这世间也没有完美这种怪兽存在。

“我们试过了，世民！”长孙无忌苦苦劝告，“我们退让，我们努力，我们立下这天大的功劳，可没用的，这些东西只能给你带来危险。你要做舜，也该学会舜的另一面。”

“另一面？”

舜驱逐了尧才得到了帝位，长孙无忌差点脱口而出，但这句话在嘴边被拦住，被生咽了下来。这样的话语并不适合劝说。他是一个完美主义者，而要教唆人，理由总要光彩一些：“要是舜没有从被堵死的井里逃出来，他能称为孝吗？要是他没从起火的粮仓上跳下来，他能称为仁吗？大杖避，小杖受，现在挥到你头上的不是杖，而是刀刃！”

秦王慢慢抬起了头，犹做最后的抵抗：“可亲情……”他说道，似乎这两个字是水面的稻草可以救他于洪流之中。

长孙无忌表情冷酷，将这稻草冲得无影无踪：“毒发之日，哪里还有什么亲情！”

第五十九章 权力的旋涡

【李靖】

她是个不错的人，你有机会再见她，但你未必能再拥有她。灞上，李靖折了一枝新发芽的柳条赠予远行扬州的李孝恭，而这位游子却把它当马鞭用，轻击马臀离开之前，他丢下这句话。

他是个无情的混蛋，他身边歌伎成群，却笑话别人的执着。可他说她是个不错的人是什么意思？李靖无法赶上去追问。

沿着来路，李靖回城，柳树成林，树絮纷飞，漫天里竟是白色的一片，如冬季的雪日。灞桥风雪，只是这雪温暖得多，李靖松开缰绳，任马缓行。

驿路上人流渐多，一半是因为新年已过，来往各地的商人重新开始奔波起来；一半是坐着马车往洛阳以及更东边搬家的有钱人，这一切缘于北方不安的消息。从北方逃难回来的人传言突厥正在集结兵马，他们酝酿着新一轮的南侵。突厥的进攻越来越频繁，往常是一年一次，可现在离上次的交战时间还不到半年。这也许是自己无法同李孝恭一同前往扬州的原因。

我有机会见到她？李孝恭当然嗅得到战争的气味，所以他才这样说？可这并不容易，我见过成千上万的突厥骑兵，也斩杀过突厥的特勤，甚至还与突厥的设相互叫阵，可她是突厥的可敦，要砍倒多少突厥的狼兵、击败多少附离勇士，才能站到她的面前？

或许我是主帅就可以了，李靖被自己突然冒出的欲望吓了一跳。不要试图去争取不该得到的东西。李孝恭的劝告犹在耳边，他有扬州，他无牵无挂，他当然可以这样说，一个声音在李靖的脑海里为他辩护。拥数万精兵，马踏都斤山，在那座汗帐里，是我魂牵梦萦所在，在陌生的他境，有我一生的亏欠。他无欲，为什么嘲笑别人的企求。

如果你真的需要统帅之位，记住，永远不要争，争则永远得不到。李孝恭的话神秘莫测，他的滑头与他的年龄不相符合。他生活在一个庞大的家族，而这个家族又成了天下第一族，这让他变得世故小心。李孝恭嘴角带笑，十里之路，他语焉不详。就算习惯了对方说话只说一半的李靖也不禁气恼，争则得不到，不争呢？帅位就会自动到自己的手上？不如把这话跟秦王说去，或者跟太子、齐王说去。突厥只是猎到了两只倒霉的野兔，长安就开始角逐起帅位了。帅位意味着兵马，而兵马意味着力量。

谁更有胜算？李靖将马往旁边引，给不断开来的马车让开大道。他边走边想，任马前行。秦王当然是第一选，他已经数次证明了自己，可太子不会轻易罢休，皇帝也开始动摇了。李靖想起最近听到的一个传言，某次机密会议上，皇帝放言要天下开始习惯没有秦王统兵的时代。此儿典兵既久，在外专制，为读书汉所教，非复我昔日子也。这是另一句让秦王府胆战心惊的话，读书汉自然指的就是被驱逐在外的房杜。李靖曾经四处寻找过这两位，他受过房玄龄的恩情，当年就是这位秦府学士将他引荐给秦王。可这两人如眼前轻飘的柳絮，转眼被风吹得不见踪影。

李靖甚至观察起路上的行人来。马车大多遮得严实，但靠双脚缩短距离的也不在少数，有同样骑马或者骑着牛甚至骑着驴的儒生，面孔陌生。挑着各种蔬菜的平民大多朝长安进发，这其中没有学士。李靖觉得自己希冀这样的偶遇未免太天真。

离去学士的秦王府如同断翅的苍鹰，那会是太子的机会？或者是齐王的。李靖否认了这两个选项，太子早已经不典兵，而齐王从来都没有展示过统兵的才华，而皇帝向来不是冒险的人。

也许这是自己的机会？李靖有些小兴奋，想起皇帝跟他谈论陌刀兵的情形，他更憧憬起来。你得不到的，李孝恭的声音不合时宜地响起来。李靖努力将它赶走，是你得不到，你不但得不到，连想都不愿也不敢想。也许，生存术不过是你懦弱的伪装，李靖有些懊悔刚才自己怎么不这样回答对方。

但总有一天，我会用行动来回答他的。李靖仿佛浮出水面的潜者，尽情呼吸着春天的空气，连坐骑都感觉到主人的变化，脚步开始轻快起来。或者趁着人不多的时候，我可以纵马回城，李靖想着，一个声音打破了他这个略显稚气的想法。

“药师！”

这个声音绝不是李靖想听到的，至少现在不是。

“看来我来迟了。”秦王穿着圆领长袍，质地很好，做工讲究，但颜色却是很普通的青色，胯下的马也不是平日的战马，而是普通的枣红矮马。他只是一个人，当然，他的学士已经被逐出了府，可他竟然连秦府的军将都不领一位。

越过李靖的头，秦王往灞上石桥的方向望了望。

“我那位堂兄已经走了？”

如果他是来送李孝恭的，那他确实来迟了。李靖回答：“走了，大概有半个时辰了。”

“可惜了。”秦王叹息，“我平日里跟这位堂兄关系最好，也最欣赏他洒脱的风范，这一别不知道什么时候还能再见面。”

秦王面容真诚，李靖甚至看不出来有任何做作。难道他不知道自己不能去洛阳都拜这位堂兄所赐？要是他知道，他还能说出关系最好的话来？欣赏对方的洒脱倒是真的，一个与世不争的郡王总比野心勃勃的兄弟要可爱得多。

“大王要是快马的话，说不定能够赶上。”李靖突然有种恶作剧般的感觉，“赵郡王车马挑夫一大堆，走不快的。”

“倒也是，我这位堂兄到哪里都是人山人海的，光歌伎就得用十辆马车来装送。”秦王又眺望了一眼远方，“我看，他这阵势倒有当年炀帝下扬州的风范。”

李靖差点笑出声来，有这样的话为什么不准时到，要是说给李孝恭听，至少可以让他三天睡不好觉。

“不追了。”秦王调转马头，开始与李靖并行，“既然已经迟到，我就不做月下追韩信的萧何了。”

李靖望向秦王的眼睛，秦王脸色轻松，眼睛带着笑意。他是故意？还是无意？李孝恭本可以成为大唐的韩信，可大唐却已经有了一个韩信。汉朝连一个韩信都容不下，大唐哪里还容得下两个。

“大王要是不去，赵郡王怕是要失望了。”李靖说道。

“那倒不会。”秦王双手轻握缰绳，“有酒，有佳人，我这位堂兄一路就不会寂寞，我要是去了，只怕多余。”

秦王的轻松倒是真的，李孝恭一走，他不用再数堂兄家的竹子来抢夺帅位了，可这一次，秦王没有被幽禁在临湖殿内，他还需要这一次的帅位吗？或者，他把我当成了下一个竞争对手？李靖冒出这个想法，他突然意识到，秦王绝不是来送李孝恭的，他是专来会我的。

果然，绕过一个小弯，长安城的城墙已经跃入眼帘，秦王却勒住了马。

“药师，春日将尽，夏至将至，再不去曲江转转，再想有这么好的春天就得等来年了。”

没有人可以拒绝秦王，虽然这绝不是李靖想要的踏青。

曲江宛转，在绿草地上画出青色的江道，狭窄处又常隐入一片树林当中，花期正艳。江面倒映着花影，单调的江水如同妆罢的佳人，平添了些许颜色。秦王骑着枣红马，穿行在绿草地上，间或的树枝挡住了来路，秦王并不下马，略一低头便从花枝之下穿行过去。李靖则要吃力得多，他比秦王要高，胯下的马也大。对方早就打算来这里，所以他专门骑了这匹矮马，李靖不禁想到。走神时，他时不时被伸出的枝杈挂住幞帽。

“我们该带着酒来。”秦王指着远处的一片杏林说道。数位长安少年骑着矮马穿行在林间，后面还跟着提有食匣、酒壶的仆从，婢女则多拎着装樱桃的金丝笼。

“三月三已经过了。”李靖回答，我有多久不到这里来了？得有二十多年吧，我未曾踏足这里半步，纵然三月三友人上门相邀。这眼前的一草一木一花一树曾经见证我的甜蜜，如今却在嘲弄我的懦弱、见证我的背弃。

就在这里，或许就在那片绿茵地上，她取下身上的石榴裙，用细带挂在旁边的桃树上，帛布鲜红盖过桃花，阳光透布而下，绿地泛着红光，就在那时，自己第一次吻了她。她年方十三，初潮刚至，嘴唇如桃花一般美丽。

“我三月三时没有来。”秦王没注意到他的游伴正在出神，“人太多了，我喜欢现在这样，春色未必是最新的，但胜在清静。”

也不算太清静，李靖在心里回答。除了花香，还有酒香，间或有烤鱼或者其他食物的气味传来，除了风声水语，时时还有嬉笑声，前面十余丈远的地方在弹琵琶。红色的裙幄遮住了游人的身影，却挡不住轻快的乐声，长安人向来喜欢娱乐，他们不会错过这样一个天气晴朗的晚春日。

转过一个弯，秦王专挑树多的地方钻，花瓣鲜红地落在他青色的肩上。“这些花用不了多久就会谢尽。”他说道。附近野宴的人群越来越多，游园宴已经结束，但游人不减，驿道上有搬家离去的人，郊野有捕捉最后一缕春光的人。人对危险的感觉总是差得如此之远，但哪个才是正确的？

“这里能让人忘记一切。”秦王感叹，“我不常来，就怕忘了自己。”

“这里的风比酒要醉人。”李靖同意。就是这里的春风让他忘了身份的差异，忘了年龄的沟壑，也忘了命运是个爱捉弄人的恶棍。李靖低头，躲过一枝挂满桃花的桃枝。

“这不是人可以常来的地方。”李世民拨开眼前的桃枝，“但只怕这里会成为长安最热闹的地方。王公贵族、名门仕女，没有人不爱这里的悠闲，倘若我大唐人人都以此为乐，难免要踏亡隋的覆轨。”

秦王似乎并不欣赏眼前的美景。经过一座亭台时，秦王驻马停了一会儿，对精细的雕刻凝视，曲江岸边，随处可见这样的亭台，如果说曲江是条弯曲的玉带，这些雕梁画栋的亭台则是这根玉带上镶嵌的明珠。在江水转弯放缓处，亭台耸立，很难说是亭台沿水而建，还是江水绕亭而行。

亭台以后会更多，远处就有新开辟的基地，不知道是哪位高官要在这里新建亭台。

“隋朝才亡多久，这里又要大兴土木了。”秦王说道。他重新策动坐驾：“现在还未到盛世的时候。”

“天下平定，大唐气象如新，百姓娱乐自不出奇。”李靖答道。

秦王回过头来，奇怪地盯着他。

“平定？药师，你真的认为如此？”

当然不！李靖在内心答道，大唐的天下已经平定，我的天下还在都斤山，李靖索性不回答。

“突厥人要南侵的消息，药师也收到了吧。”秦王继续说道。

“他们年年要来……”

“我们却不能年年疲于应付。”秦王手指眼前的胜景，“他们要想在这里踏青畅饮而无忧，只怕要靠药师了。”

“我？”李靖摇头，随口答道，“有大王在，药师执缰提刀相随就可以了。”

“这不是你的真心话！”秦王回头望他，看透他的内心，“你的才华不在我之下，你为我那位堂兄捉了数年刀，你无须再这样。”

李靖回以微笑，尽量将苦涩藏在嘴角：“军将不求其位，只求其胜。”

“客套话、虚假话……”秦王继续前行，留给他一个背影，话却未停，“药师，论私交，我们是朋友；论公，我是你的上司。你瞒不了我，你也早该统率一方了。”

许多人说过，这也许就是我无法统率一方的原因，李靖想到。他紧随秦王，还要时时避开桃枝，桃花似乎也知道春日将尽，今天或许就是桃花盛开的最后一日。红色从花朵根处浸染上来，十余线花蕊自花心舒展开来，仿若凤冠上点缀的珠宝。

“但能不能成为统帅，不是你我的能力决定的，圣上让我们当，我们才当得了。”秦王的话里似乎含着幽怨，李靖倒是奇怪，每一次统帅之职几乎都是他，他的怨气从何而来？如果真有埋怨，我该埋怨吗？

不要奢望不属于自己的东西，李孝恭的话又响起来。这一年的三月三，李孝恭邀他同游曲江，自己托词不去，可现在却跟秦王一前一后穿行于桃林。

“药师，你听过那首桃李章吗？”秦王抓住伸过来的桃枝，不等对方回答，他径自轻唱了起来：“桃李子，得天下；皇后绕扬州，宛转花园里。勿浪语，谁道许？”

“记得。”李靖回答：“我还在大王这个年纪时就听过了，那时，这首歌可不是随便唱的。”

秦王微笑：“当然，这首歌里藏着朝代更迭的秘密，李氏将取杨氏代之。”

“我记得隋帝当时大发雷霆，严禁百姓唱吟。可歌谣这种东西，越禁传得越快。先是长安黑暗的曲巷里有人唱、四处乞食的丐儿唱，然后扎着髮角的幼童也会唱，最终唱到天下人皆知。”李靖回忆道。

“谁能想到一首歌谣有这么大的力量。”秦王叹息，“我记得李金才一家三十余口就是因此歌谣尽被诛杀，你记得此事吧？”

“当然，我当时还特地离京避祸。”李靖答道，“骁卫大将军上柱国说杀就杀了，不过就是因为姓了一个李字，隋帝的猜忌之心也太重了！”

“坐在那个位置上，说不猜忌是假的。”秦王松开桃枝，树枝晃动，桃花纷落而下，它们装点过春天，无意夏日的缤纷。“但有人因此受难，有人却可以用之，李密是第一个号称应谣之人？”

李密不是第一个，却是最先掀起巨浪的人，江湖的谣言动荡庙堂。瓦岗坐挥三仓，群雄如河流一般汇集洛阳，黑云压城，但城毕竟没有倒。李密的神话破灭了，而最后的赢家是当今的皇帝，他宣称自己才是真正暗合图箓的人。

“他不是应谣之人。”李靖直截了当地回答，“圣上才是！”

“药师你信这些？”秦王问道。

李靖没有回答，不信则是否定皇帝，信则显得荒唐。

“那你认为圣上相信这些吗？”秦王紧接着抛出一个更难回答的问题。

“圣意不可妄测。”

“你太拘谨了。”秦王语调轻松，似乎还带着嘲笑，“要我说，圣上潜龙之时不信，但今天的圣上相信。”

李靖左右张望，除了风声溪声，只有秦王的话在回响；除了桃枝绿地，只有秦王的身形在闪动。

秦王跳下马，松开缰绳，任由坐骑去啃食地上的鲜草，李靖暗叫侥幸，他随即下马，再跟在对方的后面骑行，衣服迟早要被刮破。

“潜龙之时，圣上无比痛恨这个歌谣，每日饮酒，惶恐着隋皇的大剑会挥过来。兴兵之日，圣上又无比喜欢这个歌谣，你不在太原，没有见过圣上见到兵马云集时的喜悦，当时圣上就唱了这首歌谣，这首歌谣帮我们笼络人心，让我们直入长安，可现在……”秦王不再前行，似乎准备在这里长谈。

这些谁都知道，但绝不是可以拿出来谈论的。李靖想大声制止对方，又怕引起游人的注意。他只好默不作声，可秦王的兴致如桃花一样盛开：“太极殿让圣上感到了歌谣的威力，圣上开始相信它，而相信是畏惧之始，圣上畏惧这个歌谣，害怕这个歌谣说的人不是我们。李姓有千千万，皇位却只有一个。多简单的算术题，没有哪个李氏有绝对的把握，英雄如李密者不也败亡在熊耳山。换而言之，每一个李氏都有可能，尤其是有才华的李氏。”秦王终于停了一下，紧接着抛出一句让李靖意料之中又开始惊慌的话。“比如药师你。”

李靖的脸如同江水一样，红白参半：“我怎么会?”

“药师，你不要急。”李世民的微笑如秋风抚过的江面，虽有波澜，益显从容，“我当然相信，我从来没有怀疑过你，你想成为一位名将，这是你最大的愿望。可圣上未必这么想，你忘了义军初进长安时，你差点成为刀下鬼的事情了。”

我当然记得，李靖回望了对方一眼，当今的皇帝将自己关进长安的天牢，要不是该杀的人太多，自己没排上号，只怕自己的躯干已经成了黑泥。被囚时，自己唯想到命运同样坎坷的韩信，连说出的话都相似：公定关中，唯复私仇；若为天下，未得杀靖！是这句话跟一个人将自己从鬼门关拉了出来，李靖当然不会忘记当日提审他的人就是眼前的秦王。

“那是我自取其难，谁让我不识时势，要去扬州揭发陛下。”

“圣上会为私仇杀英雄?你太小瞧我的父亲了！多少得罪他的人现在都活得好好的。”秦王眉角上扬，露出不屑的表情，“圣上要杀你，绝非为了一己私仇，他要杀你，只有一个原因，你是一个有威胁的李氏!”

“我不危险!”李靖反驳。

“你危不危险不重要，重要的是在圣上的眼里你危不危险。”李世民打断他，“你有几次要掉脑袋?我都怀疑你的脑袋不是连在脖子上，而是挂在腰上。走着走着，说不定就滚到地上了。”

三次还是四次?李靖都数不清了，可这都是过去的事情了，有的事情过去了，最好将它遗忘，尤其这还牵扯到皇帝。如果真要记住，就记住里面的恩情吧。

“要不是大王在其中周全，十个李靖也不够杀。”

“药师啊药师，我可不是找你论恩情来的。”秦王叹气，显得颇为失望，“我提这些，只是想告诉你，圣上从来都没有相信过你。”

所以？李靖没有接话。秦王继续说道：“你只怕永远都没有机会统率众军、尽展其才，也许，你更没有机会踏马都斤山。”

他也知道？我的秘密看来就差突厥人不知道了。而秦王绕了这么远的路，看尽繁花，终究把话题落到统帅上，他不会以为我会抢他的统帅之位吧，李靖想到，不知道是该感到荣幸还是嘲讽，他先是防着李孝恭夺他的帅印，李孝恭去了扬州，现在轮到我了。

“因为你姓李，一个有才华的李姓人。”

这句话耳熟，过了一会儿，李靖才想起这不是他第一个说出口的。别忘了，你姓李！这是李孝恭给他的一个警告。两人言语不同，意思却相近，秦王比李孝恭更大胆更直接，由他说出来，也更让人心惊。

“干吗瞪着我？”秦王自顾自微笑，“难道我说得不对。圣上防着姓李的人，在帅位的角逐上，李世勣都比你有机会，毕竟他原姓徐。”

他说得没错，李靖感到一阵灰心。若是统帅之位我无法染指，他是来宣示胜利还是警告？

“但我不信！”秦王突然说道。

“什么？”

“我不信什么桃李章！”你此时不信，那是因为你不在你父亲的位置上。李靖没有说出这句话，而秦王挥手，扫落眼前的桃花。

“什么桃李子，得天下，什么桃李子，得天下，还有什么来着，对了，还有一句叫李子结实并天下，杨主虚花无根基，全是骗人的把戏！我相信天命有所归，但我不相信这些歌谣挑选天子，我相信天命指引世人，但不相信天命会随意指人选。天命只给出远景，剩下的路则要人自己去走。”秦王滔滔不绝，他望着李靖，“药师，我相信你！”

“相信什么？”

“相信你的宿命是名将。”秦王的脸色因激动而泛红，如这缤纷的花瓣，“大唐会有一位不世出的名将，他的名字将与白起、韩信齐名。”秦王似乎猜到李靖要说什么，马上补了一句：“这个人不是我，我有我自己的宿命。”

“哈哈，如果我真有这样的命，那圣上该任我为帅了。”李靖干脆笑起来。

秦王没有笑：“圣上不会，我会！终有一天，我会任你为帅，让你统率大唐的精兵挥师北上，沿着他们进犯的道路逆袭，越过沙碛地，踏上无边的草原，直到将大唐的军旗插到都斤山的最高处。而旗下，它们的狼旗与污泥为伴！”

李靖再难以掩饰自己的惊讶，如果这话传入长安城内的太极宫，这就是谋逆的大罪。这实在不是一次愉快轻松的踏青，脚下的绿草地不再青翠，而像地狱的绿火。

秦王不管不顾，直盯着李靖缓缓开口：“他日东西宫有事，药师不会不顾世民吧。”

李靖下意识地回避：“东西宫能有什么事？”

“长安人都明白，你会不明白？别忘了你曾经也是我秦王府的人。”秦王带着乞求的声音。

“曾经是！”李靖马上回绝。

“一日是秦王府的人，终身都被打上了秦王府的烙印。”秦王挥手阻止了李靖的反驳，“就算你不承认，我也不强迫你承认，但东宫的人会相信？齐王府的人会相信？要是太子继承大宝，你还有半分希望踏马都斤山？我跟他们不同，我信任你，我会将北讨突厥的重任交给你，这是我的承诺。”

没有人可以拒绝秦王，有的是不敢，但更多的是不愿。他永远知道对方需要什么，然后提出对方无法拒绝的馈赠。

没有迟疑，李靖给出了他的答复：“这是你们兄弟的事，我们终究是外人。”停了一会儿，李靖补上了一句，“如果东西宫有事，我只能作壁上观！”

秦王微笑，对这个拒绝并不在意，甚至有一丝的满意。

“长安城内没有外人，也没有人可以置身事外！”秦王望着曲江的流水，一朵凋零的桃花随波而下，行至转弯，很快被吸进旋涡当中。“我们就如这落英一样，就算极力避免，也终难逃离权力的旋涡。”

第六十章　双面谋士

【杜如晦】

从窗户望出去，正好可以看到对面那座大殿殿脊上的鸱吻，夕阳给它披上了金纱，但绝不持久，等最后一抹阳光悄无声息地退去，鸱吻回归青色。楼梯作响，盘着发髻的道童提着角灯上来，橘红色的灯光照亮他麻衣上的八卦图案，道童微微点头算是跟楼内的人打招呼，随后将八角楼上的挂灯一一点亮，棋盘再次被照亮。

“玄龄，你还不投子吗？”杜如晦眼角带着笑，望着面前皱眉的房玄龄，眼前这位秦府瀛洲使者身着道袍，头戴樂天巾，倒有三分仙风道骨。他身上的道袍大小正好，而我就麻烦了，满观都找不到跟我同样瘦弱的道士。我的脸圆，看上去胖胖的，可身子却没有脸那般圆润，杜如晦想着，这些道士素少油荤，却怎么吃出了肥腰壮肚？

“别急，我再想想！”这是今天的第三盘了。第一盘房玄龄输了，第二盘房玄龄没赢，这第三盘，他显然不想轻易放弃。房玄龄拿起一颗白子要落下，半路又停下，眼睛瞄向棋盘的另一角，终于，他还是重重地拍下这枚白子。手未提起，杜如晦的黑子已经落在棋盘上。

“玄龄，论棋术，你不在我之下，可棋盘外的功夫，我就要略胜一筹了。”杜如晦颇为得意。

“怎么说？”房玄龄干脆不想棋盘上的厮杀，颇有兴趣地望着他。

“你犹豫。”杜如晦说道，“棋盘如战场，理应当机立断，可你顾此望彼，难免错失战机。”

“哼哼。”房玄龄回以笑声，“克明啊克明，你胜了两盘，就好为人师了，我不过是心不在棋盘上。”说完，房玄龄望向窗外，窗外已经由青色变为淡墨色，鸱吻身影模糊，但殿下却分外明亮起来，宫灯如同天上的繁星，将那所大宅照得富丽又神秘。

“不要找借口。”杜如晦同样望向那片灯海，“我何尝不是，我们出来了半个月，也守了半个月，可什么也没守到，你真的认为秦王府里有齐王安插的内奸？”

“当然有。”房玄龄肯定，“这一年来，我们处处被人料得先机，要没有内奸才是怪事。你想想杨文干的事情，还有豳州一战，我们要调什么兵，太子就跟谁提前打招呼。”

“就是这些？”

“不止不止，还有这次，我们刚到那位国舅爷的府门前，就撞上了过街老鼠。”

“这也许是巧合……”

“克明，这个世界上什么都有，就是没有巧合这种东西，秦王府一定有内鬼！”

“那为什么我们偏偏在齐王府的前面等他出现？”杜如晦伸长了脖子，齐王府传来了丝竹之声，声音比气味传得快，用不了多久，初夏的风就会吹来齐王府佳肴的香味。“说不定是太子的人，或者我们该分守一处，我知道东宫外面有一座寺庙，寺里的和尚至少没有道士这么胖。”

“直觉告诉我，这位内鬼一定是齐王安插的。”房玄龄颇有把握地说道，眼睛没忘扫了一眼棋盘，棋局可没有他的话语那么乐观。

“直觉？”杜如晦瞪大眼睛，“房龄，你在开玩笑？我们十多天守在这个发闷的道观里，仅仅是因为你的直觉。”

“对啊，不要小瞧了直觉，直觉比智慧更重要，你是棋盘妙手，当然知道妙手本天成吧。”

“好吧，那玄龄兄，请你的直觉告诉我，这位内鬼到底是谁？”杜如晦负气般说道。

“你猜呢？你不会完全没有察觉吧。”房玄龄似笑非笑，抓起棋子又放下棋子。

他该不是想分散我的注意力，使什么盘外招吧？杜如晦想到，他马上回绝：“我不知道，你要知道快点告诉我！不然，我可要回家了！这身道袍穿着就像睡袍。”

“好吧。”房玄龄轻叹一口气，“我就告诉你吧。”他突然抓起桌边的杯子，手一倾，杯中水冲到棋盘上，黑白两军顿时溃不成形。

“你！”杜如晦哑然失笑，“要耍赖也不能这样。”

房玄龄毫不在意，指着被茶水冲散的棋子，眉头上扬：“你要我告诉你的啊。”

“水淹三军……难道你是说？”杜如晦恍然大悟。对方点头。

棋局既了，房玄龄索性站了起来，走到窗前。

外面灯光密布，大宅里灯光连片，低矮的房子则烛光稀疏，但同样明亮温暖。一盏灯照亮一个家庭，此时的长安城像是天空的倒影，又像播种星光的田洼地，漆黑的街道如同田埂一般将沃野分割。

“很多人说长安城就像一个棋盘。”杜如晦从后面走上来，“一百多个坊格成了棋局，我们就是这里面的棋子。有可以弃之的小卒，有众人力护的王，有冲锋陷阵的大将，也有暗地使手段的谋士。”

“我们等待的马前卒也该上场了。”房玄龄回应。

“这也是你神奇的直觉告诉你的？”很难说杜如晦没有嘲笑的意思。

房玄龄没有回应嘲笑，他抬手示意对方：“你听……暗号来了。”

八角楼外的街道上传来走贩悠长而洪亮的声音：“核桃蜜酥，好吃补肾，只费八钱！”

齐王府门前的两个大红灯笼像火龙的眼，盯着每一个经过府门的人。

“那个……货郎是你的人？”杜如晦咬了一口蜜酥，对一个密探而言，他的手艺倒不坏，外面的粉皮松软，核桃裹着蜂蜜炸过，香脆可口。

“可以说是也可以说不是。”房玄龄将身子藏在槐树的阴影里，眼睛直盯府门，“他本就是一个卖小食的货郎，临时被我雇来。他只需要照常在附近兜售，顺便看到画像上的人时通知我一声。这种兼差效果不错，没人注意到他。”

“那个人进去了？”杜如晦问，他合拢手，将手上的碎酥皮一并吃进嘴里。

“没错，你看……”房玄龄往后退了一步，整个身子藏到了槐树后。王府的偏门打开了，一个身影钻了出来，大红灯笼照亮了杜淹那张尖瘦的脸。

“果然是他！”杜如晦往前一步，房玄龄紧拉着他的袖子，压低声音说道：“你要干什么，在齐王府门前跟他对质吗？”

杜如晦停了下来。

杜淹并不像寻常所说的内鬼，至少他没有探手探脑，而是挥动衣袖，径直行走，很快迈进了曲巷的夜色里。

“跟上，到他家再说！”房玄龄说道。

路上的行人稀少，跟踪说容易也容易，夜色正浓，但借着坊间高墙透出来的灯光，杜淹的身影颇为显眼；说不容易也不容易，没有人群打掩护，只要他一回头，就会发现后面跟着两个形迹可疑的道士。

好在这位奸细毫无察觉，脚步飞快，他的病不会也是装的吧？一个久病之人，还能健步如飞？他又是怎么跟齐王勾结上的，是入秦府之前，还是之后？杜如晦恨不得当场截住他、审问他、呵斥他，或者还可以羞辱他，杜门暗鬼，他可以享有这样的名号了。杜门出奇才，如果他不是我的叔父，我可以挥以老拳吗？那张脸，我早就渴望印上我的拳印，或者我可以抓他到秦王府，请敬德代劳，不对，我不能再踏进秦王府，那我可以直接押他去敬德的家里。杜如晦加快脚步，却被房玄龄拉住。

“要跟丢了！”杜如晦急道。

“不会……他能去哪儿……不好！”房玄龄突然停住，“真有可能跟丢了。”

杜淹行至坊门，从袖里掏出一件东西，武侯打开坊门，杜淹一头扎进黑暗的大街里。

“我们没有带门牒。”房玄龄连呼大意，“我怎么忘了这个。”

不是我们忘记了，而是我们根本就没有了。从秦王府出来时，我们将一切印符留下，杜淹没有停下脚步。

“没有门牒，武侯可不会开门!”房玄龄拉住他，“我们再想别的办法。”

“什么办法?”

“道观后面的坊墙很矮，或者我们可以翻过去。”

杜如晦奇怪地看着对方，要不是急于跟上杜淹，他倒想看看这位大学士是怎么翻墙的。

“明天你要有兴趣再去翻吧。”杜如晦反拉着对方的道袍，大步向前，武侯四十上下，体胖腰粗如巨灵神，胡子大概从生下来就没刮过，一个麻布小袋从脖子垂下，兜住了芦苇般的长须。麻布上的油渍跟他的嗓门一样能拒人千里之外：“道士，夜禁了，莫要犯闯，本铺的铁棒可有五十斤重!”

杜如晦没有答话，从袖里摸出一个东西，在对方的眼前晃了一下。巨灵神立马变身温顺猫，他点头哈腰，胡袋都差点掉到地上，迈着小步上前打开坊门并奉送温馨的提示：“两位仙家，天黑，小心脚下。”

房玄龄紧走两步跟上杜如晦的步伐：“道友，你这是什么法宝?”

“东宫的法宝。”杜如晦边走边答，杜淹的身影正消失在长街的转角处。

“他要来这里? 今天是他当值?”杜如晦疑惑不已，眼前的秦王府无比熟悉，也无比亲切，杜淹正站在府门前。

“从齐王府出来就直奔秦王府，你这位堂叔可真敬业。”房玄龄轻声说道。

“待 会他要是进了王府，我们怎么办? 圣上敕令，再踏进秦王府一步，我们的脑袋就要掉地!”

“我倒是忘了这一点。”

“要我说，就在这府门前抓住他，免得他抵赖!”

“等等!”房玄龄拉住对方，拖他躲到槐树背后。

杜淹并没有上前敲门，而是直直地站在台阶下，身影踌躇，过了一会儿，杜淹掉转身体，径直离开。

“这位夜游神又要去哪里?”房玄龄轻声问道。

“谁知道。刚才我们就该把他摁住。”杜如晦回答，他想起这位堂叔向来行事突兀。他年轻时突然跑到太白山隐居，理由则让人哭笑不得，他说隋朝皇帝好用隐士，自己隐居太白，正是曲线进仕。曲线进仕的结果是这位堂叔被隋帝流放到江南，若不是后来遇大赦，他只怕已经在江南娶了蛮婆，生了一大堆小个黑肤的蛮子。

初夏的夜干净明朗，月下的人间却未必清澈如此。三人一前一后行走在月夜下。杜淹行色匆匆，跟踪者亦步亦趋。若是仔细聆听，除了风吹过槐叶的声音，还有脚踏在地上的沙沙声。好在杜淹一心向前，他不像平常的他，平时在秦王府他总是左顾右盼，没理由走夜路从不旁顾。对了，他在秦王府是获取情报，自然东张西望。杜如晦想到，望着叔父从一道坊门进去了，他松了一口气，转了小半个长安城，这趟兜兜转转的跟踪游戏也该结束了。

“他要回家?”房玄龄问。

“应该是，我们要在他家里把他抓住?”杜如晦反问，他想起堂叔家那些眼睛长在头顶、胳膊比大腿粗壮的家奴。

“怎么，你不敢?”房玄龄说道，“道友，再借你那神奇的法宝一用吧。”

杜如晦出示袖中的宝物，轻易打开了坊门。杜淹已经不见身影，但进了坊门，两人倒不着急了，径直朝杜淹家的方向走去。

“我们跟丢了?”杜府门前一片空荡，杜如晦有些气馁，“你该走快点，现在我们该去敲门了。”

敲不敲得开是一回事，对方认不认账是另一回事。以狡辩论，长安城内没有人是他的对手。杜如晦有些后悔:“我们应该在齐王府就把他摁倒。”

“你还是不敢敲他的府门?”房玄龄调侃，“你怕他?”

杜如晦冷哼，径直步上台阶，在举起拳头时，后面传来一声干咳，杜淹瘦弱的身体从后面一棵大槐树的影子里转出来。

“贤侄，半夜扰民可不是什么好习惯。我那个门仆性子不好，晚间又爱喝酒，要是这时让他从床上爬起来给人开门，只怕门没进去，老拳倒可以当宵夜吃。”

“贤侄，你过得很寒酸啊。”杜淹打量着房里的摆设，陈设不能说简陋，但至少是简单。“秦王没有外面说的那么大方。”

“你早知道我们跟踪你?”杜如晦没有理会叔父的嘲讽，对方建议要到他的家里来，这样正好，杜淹的家奴未必比尹阿鼠家的要懂得礼仪。

“哼，你们一路拉扯，我也是费了好大的劲才装作没发现你们。”杜淹冷笑，表情却不自然，从进门那一刻起，杜如晦就发现了他左脸上的淤青，颧骨处血块凝结，仿如烂掉的橘子。

我们被他耍得团团转，可这也改变不了事实。“你是齐王安插在我们秦王府的内奸!”杜如晦问道，声音尖锐。

“你们秦王府?据我所知，你们已经被逐出了秦王府。”左右端详着，杜淹半边屁股坐在了榻上，“我比你们更有资格代表秦王府。”

“我们是被陛下逐出了秦王府，可只有秦王才能决定我们是否是秦王府的人。”房玄龄替杜如晦回答，这引来了杜淹的一阵嘲笑。

“吓，吓，这话要是传到皇帝耳里，就不只是逐出秦王府这么简单了。”

他在故意转换话题!杜如晦的手在颤抖，这又是一场背叛，无数背叛中的一次，但这一次会成为他的最后一次。“说说你自己!”杜如晦的手握紧又松开。

“我，我有什么好说的，你们不是看到了吗?”

“这么说，执礼你承认自己是齐王的人?”房玄龄轻声问道。这样的问话太客气了，杜如晦愤然想着。

“是啊，我就是齐王派到你们秦王府的内应，刺探消息、拆台、策划阴谋，做一个谋士该干的事。”杜淹的身体靠在榻上的扶几上，语气如夏风一样轻。

两人对望了一眼，他肯承认，倒省了不少力气。

“你是什么时候当上齐王的眼线的?”

“你们要是审问犯人，请到大牢里去，现在我可是登门的客人。没有美酒，水总要有一杯吧。”杜淹不自觉地摸着脸上的伤痕，极力隐藏痛楚的表情，这让杜如晦的愤怒稍稍得以减轻。要是这伤痕是自己打的更好，不，还是让别人来打，我打不了这么重的拳。房玄龄连连点头："正是，正是，我们这一路也走累了，走渴了。"房玄龄像主人一般倒上茶水，亲手递到对方的手里，"在你入府之前还是之后成为齐王的谋士？"

喝下一口水，杜淹将茶杯放下："我刚收到齐王的邀请不过旬日，你们两人就上门了，连我都有些受宠若惊，我一个无人问津的老头竟然也成了抢手货。"

"你答应了齐王？"房玄龄继续询问，他的语气温柔得像两个老朋友在聊天。杜如晦想着。

"答应了，不用大学士登门相邀，他一封信来，我就答应了。"

"哼，我以为你是一个识大势的人，齐王能有什么作为！"杜如晦终于忍不住开口。

"哈哈，没错，齐王是比不上秦王，齐王府更比不上秦王府，但这更有挑战不是？"杜淹笑起来，脸上的血点更显眼。

"挑战？执礼，这是什么意思？"房玄龄往前靠近两步，带着请教的眼神。

"秦王手握兵权，功盖天下，府中十八学士个个才华出众，军将皆是云长子龙之辈，我去了干什么？替你们抄写文件还是陪着秦王聊天打发时间？别以为我不知道，你们拉我入府，不是要用我，是要防我。"杜淹丝毫不理会侄子愤怒的眼神，"齐王府就不同了，齐王能用我！不用我说，你们也该懂得到底是当一个赋闲的谋士好玩，还是一个执掌机密、决定胜负的谋士好玩。"

"好玩？你竟然说这好玩？这是关乎天下的大事，岂是儿戏?!"杜如晦脸色通红。

"呵呵，何必说得这么严重，这不是儿戏，但也差不远了，这不过是一场游戏，胜者得到一切、败者丢掉性命的游戏。从三代到现在，乃至到我们无法预知的未来，都不会停止的永恒的权力游戏！"杜淹说得太快太急，以至于他不得不停下来大口吸气。稍平息后，他又说道："这是诸王的游戏，我们不过是替人执牛鞭的人，从中寻找快乐，难道不应该吗？"

"这么说，齐王派你到秦王府来当卧底，这一招很妙啊，我们又笨到主动来请你去当卧底。"房玄龄说完，被杜如晦狠狠地瞪了一眼。

这样的追捧哪里是来质问一个暴露的内鬼，分明是一个门生向恩师讨教并拍马屁的气氛。杜淹嘴角上扬，颇为得意：“不是齐王的主意，你们来时，我正准备入齐王府当幕僚，你们一来，这个主意自动出来了。打入秦王府不费吹灰之力，秦王再没有秘密。”

“无耻!”杜如晦脱口而出。

“无耻?”杜淹瞟了侄子一眼，“你们秦王府就没有眼线卧底内鬼……我差点忘了，像秦王府这么有权势的地方，向来给别人制定规矩，哪里会给自己制定规则?”

杜如晦一时语塞，三军之事，无所不用间者，秦王不独在战场用间，在这诸王的游戏里，处处有间的存在。可我们是为了天下，杜如晦想喊出这句话，却怕招来对方更刻薄的嘲讽。

“高明！高明啊!”房玄龄频频点头，杜如晦简直怀疑这位同僚是不是叔父的跟班。“有执礼你在，齐王自然如虎添翼，我猜杨文干事件就是执礼您策划的吧?”

他在套对方的话，杜如晦明白过来，可我们面对的是一只老狐狸，他怎么会不明白，他会狡辩，会跟你说一大通，但所说的一切全是我们知道的，而我们未知的，他绝不会透露一个字，虽然如此想，但杜如晦还是闭上嘴。

“没错!”杜淹干脆利落地承认。甚至不等发问，他就一五一十地讲解起来：“我们利用可达志送铠甲的机会在半路截住他、欺骗他、威胁他，让他以为东宫真的要兵变，诱使他赴行宫首告，这一招差点成功了。”

“可扳倒太子对齐王又有什么好处?”房玄龄发问，杜如晦屏住呼吸。

“按计划，太子应该被刺杀在仁智宫里，当然，杀手就是你们秦王府的军将喽。”杜淹益发得意，似乎在讲他人的罪行，“要不是那个魏征多事，太子早就伏尸山脚，而秦王获罪，圣上就只剩齐王一个儿子啦。”

“谋逆！你这是死罪，够杀你一百次一千次！不止你，连我们杜氏满门都要陪你去鬼门关!”杜如晦按捺不住，霍然站起，他的右脸也该配有一处拳击。侄子的手紧握，但儒士之气终于让他松开了拳头。

“这当然是谋逆，当然也够我到独柳树下用脖子试试刽子手的刀锋，但只怕大唐的律法还没有上天来得残酷，圣上的刀也没有上天挥得快。”杜淹的语气慢了下来，句子里透着绝望：“我已经请孙道长看过了，他说我顶多再活半年。”

这个消息让两人大吃一惊。“我让孙道长替我保密。”看到两人的表情，杜淹言语苦涩：“看来这位孙道士的守密功夫比他的医术要强。”

“执礼……”房玄龄停了一会儿，显然他不知道是该安慰对方，还是该指责对方的妄为：“你知道命不久矣，所以棋行险着，要替齐王夺下储君之位？”

“我活不来了，好在齐王也是个急性子，对我这些险着佩服得很，想都没想就答应了。我还以为要费不少口舌呢，毕竟杀的是他的兄长。”

“那东宫夜宴之事……”

“也是我的安排！”杜淹满口应下，“在太子的宴会上，要是秦王中毒身亡，太子还能接着当太子？可惜，秦王竟然活了过来，我是不是该怀疑这位孙道士私藏了什么医术不肯用在我身上？”

你在秦王府探头探脑，可并不是全都知道，至少你不知道那夜的神秘访客。杜如晦心想，额头却已经冒汗。他在等勾魂使者的到来，可他却要拉着杜氏一族的人同赴黄泉。

“那该是你最接近目标的一次吧。”房玄龄依然不愠不怒。他问道：“后面呢，你好像没什么新的手段啦。”

“怎么没有?！魏征婚礼上，我安排幽兵刺杀秦王！”

“幽兵，对，对。”房玄龄拍拍脑门，“那个醉鬼是幽将李大伟，我曾经见过一面的，他不是去行刺尉迟敬德的吗？他还要在婚礼上行刺秦王？”

“东宫洗马的婚礼上，秦王被刺，我们的太子又要当冤大头了。”杜如晦冷笑，“可惜你们请的是一群醉鬼。”

“太子用药将他们灌醉，他已经察觉到了一些。”杜淹讪讪地说。

“没错，东宫也不是无人，有魏征在，岂能任由你们齐王府摆布。”房玄龄点头。他突然想到了什么：“可是，执礼，您已经命不久矣，又何苦费尽心思替齐王夺位呢？就算齐王如愿以偿，你也只能跟阎王要高官厚禄了。”

“高官厚禄？”杜淹向房玄龄投来鄙夷的目光，“亏你还是秦王府的瀛洲使者，难道天下人都是为了这些东西?”

“那是什么?”房玄龄问。

“我需要证明！咳咳……咳……”杜淹脸色发红，他的手颤抖得厉害，这不全是病造成的，杜如晦想到。他是激动，而自己却不同，越是激动的时刻，手脚越平稳。

“我要证明，我不是一无所用的人。隋帝不能用我，王世充不能用我，咳咳……世人嘲笑我、鄙视我、讥笑我只会钻营，我绝不认同，咳……我要证明给他们看，我才是天下第一谋士！”杜淹不顾气喘，连珠炮般将不平与委屈说出来。

我们杜氏一门没有长寿者，父亲只活了四十，而爷爷也没有活过五十，上天对我们苛刻！望着面前这具枯瘦的身体，杜如晦想起叔父曾被认为是家族中最有才华的人，他有无数的聪明，可这些聪明害了他。奔波半生，他从没做出过成绩。眼看着自己的生命在一天天流逝，他内心的焦虑摧毁了他所有的原则，只剩下欲望充斥着他愤怒的身体。

杜如晦突然发现自己同情起叔父来，我不该同情他，我该厌恶他，杜如晦告诉自己，他是个不择手段的人。

“证明自己？证明什么？证明自己是一个丧尽天良的屠夫，是一个心狠手辣的阴谋家?”杜如晦反唇相讥，“为了这个，你害了这么多人，杨文干一案，一千多颗人头落地；幽州一战，你拿一国之安危做赌注！”

“权力的游戏向来如此，总有人当牺牲品。”杜淹立马反击，“你们的秦王功高天下，这赫赫功劳之下难道不是累累白骨?”

“秦王可没有杀过无辜人。”连房玄龄都开始反驳对方，“据我所知，可达志的老母亲跟他未满周岁的儿子可不是游戏中人。”

“他们……咳咳……咳咳咳……”杜淹猛咳起来，他不得不喝一口水，将这口气压下去。放下茶杯之时，他脸上有了悲伤之色，“他们的死是个悲剧，他们算是死于我手，可挥舞屠刀的不是我！”

“当然，谋士从不沾染鲜血，他们只操纵屠夫！”杜如晦冷笑，“你要否认，也该找个好听的理由。”

"是我干的，诛九族的我都认！不是我干的，谁也别想赖到我身上。"杜淹又激动起来，"魏洗马还说是你们秦王府干的呢！"

"他怎么会认为是我们？"房玄龄大为奇怪。

"他在那里找到秦王府的鱼符，自然就定案喽。"杜淹突然冒出幸灾乐祸的表情，"让魏洗马发怒可不容易。"

"是你故意丢下鱼符好嫁祸给秦王府，还是你手脚不麻利不小心掉下的？"杜如晦马上问道。

"我说过，咳咳……"杜淹怒视着侄子，"我不是屠夫！"稍微平复之后，杜淹又变得消沉："但他们的死我要负上责任，我没想到在齐王府碰到可达志的母亲。"

"她在齐王府干什么？"房玄龄奇怪地问。

"做衣服，她有一手好针线，经人介绍竟然进了齐王府。事情又是这样巧，她偶然撞见我跟齐王在一起，要命的是我们正在谈论可达志的事情，事情过去了，我们就绝不该提起的。"

"所以你杀了她？！在她的家里，包括她的亲戚跟她的孙子！"

"贤侄，还要我说多少遍，不是我！"杜淹极力否认，"你看我的手能举起刀吗？"

"齐王动的手？"房玄龄猜测。

"齐王自不必动手，他有自己的恶狗——宇文宝。"杜淹难掩怒色，"这个该凌迟处死的屠夫……咳咳……"他捂着嘴猛咳，苍白的脸从嘴边移开时，杜如晦似乎看到一些血丝。

房玄龄望了杜如晦一眼。

"我迟了一步，等我赶到时，宇文屠夫正在擦拭他的血刀。我要夺他的刀斫下他的头颅。贤侄啊，我们杜氏一门为什么人人习文而不是习武？这是武夫的时代、蛮汉的天下。我摔倒在地，秦王府的兵符大概就在那时掉在地上。"

"宇文宝有个绰号叫'止啼恶魔'。每次出征，他都要闯到村子里干些见不得人的勾当，秦王早就要收拾他，可能他听到了风声，跑到齐王府当了护军。"房玄龄说道。

“恶魔？他顶多是条恶狗。咳……”杜淹抬起手，这次不是掩住咳嗽的嘴，而是摸向脸上的淤青，“我是齐王府的恶棍，他是齐王府的恶狗，齐王才是真正的恶魔。”

“齐王?!”房杜惊讶，脱口而出。

“他什么都干得出来，甚至不为目的。杀害儿童、老妇。咳咳……我听过他虐杀养母的事情，本以为那不过是你们秦王的抹黑之词。他甚至连自己的人也杀，只要他们稍不服从。今天我又听他亲口告诉我一件‘丰功伟绩’。”

“又一件？”最近没有什么事情啊，杜如晦心想。

“他指着我站的地方告诉我，李大伟就是在那里被刺透了心窝……”

“李大伟，那位幽州都督？”杜如晦问道，他想起对方宽阔的肩、比马还要高的个子以及长长的脖子。

杜淹脸上的羞愤之色再起：“他要么是在炫耀，要么就是在警告我。这帮幽兵，竟然不听本王的教令，本王只好送他们上路。”杜淹模仿着对方，声音同样尖锐，他模仿得倒有七分像。杜如晦不知道是不是该嘲笑一下叔父的表演。

“齐王杀了他？”房玄龄唏嘘，“尉迟敬德还说他们已经回幽州了。”

“是他们，三十名幽兵，就在齐王府内，齐王杀了所有人，他们永远回不去了，齐王半夜用车子将他们装出城，倒在渭河里。现在他们要么被鱼吃尽，要么在海上发臭。”

“召李大伟进长安，也是你的主意吧。”杜如晦冷冷问道。

“是的。”杜淹微微低头，回避着侄子如冰的眼神，“我答应他们会得到一大笔，他们可以拿来安家置业，可以养家糊口。可现在，他们的妻儿父母再也等不到他们回去。”

“哼，你在忏悔吗？可惜三十名幽兵听不到了。”

“是的，他们听不到了，可我也得到了报应，上天马上就要取我的性命，而齐王先给了我一拳。”杜淹摸着脸上的淤青，没有愤怒，只有嘲讽。

这是齐王打的？虽然早猜到了一些，但亲耳听他说出来，杜如晦还是吃了一惊，他难以想象一位藩王会对自己的谋士动手。“齐王亲自动手打你？”

“哼，他不打我，我还要揍他!! 我抓住他的衣领，质问他为什么连自己的幽兵也要杀！你们没看到他又气又怕的样子，要是我再年轻十岁，脸上有伤的就是他，而不是我!”杜淹语气逞强，但一阵猛咳将他的虚弱暴露无遗。

“这么说，你跟齐王闹翻了？所以你出府之后直奔秦王府，你是准备真正投向我们?”房玄龄试探着问道。

杜淹沉默，他那可笑又可悲的自尊又在发酵膨胀。侄子想着，可他并不打算维护对方仅存的尊严：“玄龄，他哪敢去见秦王？你没看到他在秦王府门前踌躇不前就如丧家之犬？再说，他犯下的是死罪，现在投诚，晚了点吧。”

“克明……”杜淹意外地叫着侄子的字，“我确实没脸见秦王，但我不是怕，我一个将死的人还怕什么死罪？我一是没脸见秦王；二是为了你，为了我们杜氏一门。”

“为了我?”侄子冷笑。

“我犯的是诛九族的罪……”叔父终于露出后悔的表情，“为了那些虚无的名气，我断送自己又有什么，可我不该把族人也送到断头台上去。”

“你总算知道。”

“在秦王府门前，我发现了你们。这大概是上天松开了惩戒的双手，它给了我一次向你们坦白的机会。一位是我的侄子，一位是玄龄，这比向秦王坦白要容易得多。”杜淹突然轻松起来，“现在，两位大可对我进行审判，大可比上天抢先一步夺走我这条老命。克明……你没有佩剑吗?”

他想一死了之，还想让我们手沾鲜血，侄子想着，脸有愤色，而房玄龄挥袖，轻笑出声：“执礼，你看我们这身道袍里藏得下刀剑吗？我们也不是挥刀的屠夫!”他朝对方倾着身体，低头说道，“我们不会挥刀，还会替你保守秘密。”

“玄龄!”

瀛洲使者没有理会同僚的抗议，直望着杜淹惊讶的面孔：“我们甚至不会告诉秦王。今天所说的事，只有我们三人知道，也永远只有我们三人知道。”

第六十一章 常何的秘密

【秦叔宝】

虽然相识将近十年，秦叔宝却从未踏足李世勣的家宅。就是上朝，秦叔宝也尽量避免跟他碰上。李世勣比他年轻，功名却在他之上。在瓦岗时，李世勣是前瓦岗三巨头之一，独率一军，独当一面，却早已经远离瓦岗核心；而秦叔宝是魏公李密的心腹，瓦岗的四大骠骑将军之一，分领着瓦岗最精锐的八千铁骑，差距并不算大。可投唐之后立见高下，秦叔宝成为秦王府的护军，而李世勣骤然升为黎阳总管，封莱国公，加右武侯大将军，赐姓李氏。从洛阳得胜归来之时，秦王是为上将，他身列下将，同样身着金甲，地位比齐王犹要高。

一切都源于对方的献地。

走在秦王的后面，秦叔宝背着长长的包裹，包裹沉甸甸地勒着肩膀。这把枪只比自己的略轻，秦叔宝在后面亦步亦趋。自己当年同程知节背郑投唐时，能献给皇帝的不过是一介身躯、一把长枪以及胯下的老马。而当年魏征受太子所托，前去劝降李世勣后，这位瓦岗枭雄随即献上了天下三仓之一的黎阳仓城以及洛阳以东的大半个中原。

但一切又不仅仅是献地。在长安的所有人，包括皇帝在内，在等着魏征从黎阳带回对方的人口图籍时，却收到消息，徐世勣将籍册送到了李密的府上。

“此土地人口原归主公，自当主公自献，我岂能私献而邀功。”

魏征带回了他的这句话。

“徐世勣玩得漂亮啊。”程知节连干一杯，对他叹道，“我们比不了他！等着吧，徐世勣的祖坟要冒青烟了。”

果然，皇帝听说本该送到大内的图籍进了李密的府门，不但不怒，反而龙颜大悦，称其为纯臣，大加赏赐。

“我说了吧。”程知节又说道。这次，他连干了三杯，“徐世勣不是我们可以赶得上的，我们用的是手上的长枪，人家用的是脑子。”

“什么意思?”等秦叔宝追问，这个话唠却装糊涂不肯再吐一言，但秦叔宝猜得到。徐世勣虽直实曲，又想献地，又想博忠名，长安城并不缺这样的声音。

他是聪明还是忠诚?秦叔宝想不出来，恐怕答案只有他自己才知道。而且皇帝也不需要真正的答案，皇帝只需要忠诚的名声，甚于土地，就算这忠诚只是表象。

自己是自愧不如，所以羞于见他吗?秦叔宝尝试用这样的答案来诠释自己的回避，但他知道，这并不是真正的原因。

李世勣的府门就在前面，走了一路，秦王的后颈冒出汗珠。不用摸，秦叔宝也感觉得到自己背上的汗正缓缓浸出。不独是夏日，不独是背上的重物。

我总要进这个府门的。秦王同我一样，也没有把这次探望当作一次愉快的旅途。他是为了什么不愿见李世勣，秦叔宝大概猜得到，在踏上李府的台阶时，秦叔宝也想到了自己的原因。

我差点斫断对方的脖子。

院子里飘着苦涩的药味。家奴指着厨房的方向要去通报，秦王叫住了他：“有劳，我们自己去就可以了。”

越靠近厨房，药味越浓，可等迈进去，药味倒在其次，温度骤然升高。一个身着麻纱薄衣的人正对着一处火灶摇摆着蒲扇，秦叔宝不费力气就认出了这是李世勣的背影。

这就是传说中将要统领唐朝诸军北向拒敌的人？秦叔宝想着。最近宫里传来的消息让人不安，先是李孝恭成为了帅位的人选，可事实证明这只是个谣传，李孝恭如期赴任扬州。接着是李靖，可秦王却说他没有机会。而消息似乎确凿起来，皇帝将李世勣召进内殿谈了一个下午，谈话的内容无人得知，但在突厥南侵的关口，这是一个强烈的暗示。

李世勣的忠诚无须怀疑，他的能力也担当得起。突然之间，视线之外的李世勣成为了秦王最大的竞争对手。没有战争，秦王府就没有存在的意义；没有帅位，秦王将无所施为。这一天一大早，秦王叫秦叔宝拿出那件东西，一同去拜访这位即将成为统帅的人。

未来的统帅似乎没有察觉，弯腰垂头，身形在军将当中不算高大，灶火通红，锅已经烧开，正呼呼冒着热气，火上架着的却不是药罐。

“懋功，你这是煮什么?”秦王开口问道。

李世勣回头，连忙站了起来：“大王，你怎么来了!”他朝秦叔宝点头算是打招呼。厨师胸前被汗水浸透，脸上透着红光。一股煳味泛开，是锅里煮的东西？秦王却哈哈笑了起来：“懋功，你的胡子。”

李世勣怔了一下，摸向颏下，黑色的粉末飘落。

“胡子烧了。”李世勣自嘲着，“大王来了，应该到前厅，这里又热又脏。”

“我自己要来的，听说大唐武侯大将军竟然操庖厨之业，我就禁不住想来看看。”李世民望向火灶，“这是煮什么东西?”

“只是粥而已。”李世勣答道。

“你我征战洛阳之时，王世充的十万大军想得懋功你一根毫毛都不容易，想不到一碗粥就烧了你的胡子。”李世民笑着，“这粥想来不同凡响，好像还有药味?”

“是的，里面放了药材，我怕下人们搞错，才亲自前来熬制。”汗水从他的额头不断冒出来。

“入药?”李世民从袖里掏出一块方巾，递给对方，“家里何人生病了？要不要我请孙道长过来看看。”

“是家嫂。”迟疑着，李世勣接过了方巾，擦拭着额头的汗水，“孙道长已经来看过。只是旧疾，没什么大碍。”

孙道长来过了？秦叔宝望向秦王，秦王的眼角上挑，表情显示他同样不知道孙道长来过，不然，他就不会这样问了。秦叔宝想着，这里太热了，在夏天窝在厨房煮东西可不是轻松的活。

“家嫂?”李世民很快将诧异从脸上抹去，“我记得你行第最长……”

秦王套着近乎，他无法单刀直入地提出要求：你不要为帅，你把那个机会让给我。这样的话秦王绝说不出口，而这样一味地转圈并不是什么好主意。秦叔宝看到李世勣脸上浮现出犹豫的表情，更加断定这不是一个好的话题，尤其这里不是一个谈话的地方。火灶持续散发热量，煮开的粥不停尝试着掀开锅盖，药味比在外面浓郁得多，更别提那些烟火的气息。

“是……”李世勣的头略低，以避开秦王的眼睛，但他并不想在言语上避让，“是亡兄单雄信的遗妻。”

单雄信！这突如其来的名字吓了秦叔宝一跳，他连忙望向秦王。秦王难掩尴尬，“是他……他的妻子可安好……”秦王语气里透着一丝慌张。

换作我，我同样会措手不及。秦叔宝想起单雄信那张枣红色的脸，长胡爬满他的下颏，骑起马来像风一样快。他骑的马没有秦王的好，但骑术弥补了坐骑的差距，飞将单雄信，马蹄是他的翅膀。单雄信追上过秦王两次，一次被敬德挡下，一次被眼前的这位伙夫喝住。“阿兄，此是我主!”李世勣喊出这句时，单雄信的长枪离秦王不过数寸。秦叔宝只能远望呆立，但他听到了单雄信的大笑声：“要不是你，明年今日，就是此小儿的忌日!”这位狂妄的草莽大笑着，打马而归。秦王的脸变成酱紫色，只有极怒时，他才会如此。

沙场已经远离，恩怨却在延续。现在，那把让秦王仓皇的大枪就静静地背在自己的肩上。它的主人，那个嘲笑秦王又放过秦王的曹州大汉却被大王斩杀在洛水旁边。

“身体不算太坏，只是平时注意补补身子。”李世勣答道，表情淡定，仿佛谈论的是一个普通人的健康。

“那就好，那就好……”秦王一时之间不知道该怎么接下去。他斩杀了她的丈夫，秦叔宝想到，同时，秦王也将李世勣推远。那日，任凭李世勣以身家性命相保，却依然打动不了秦王。要是当时答应他，还需要今日之行吗?

粥锅发出呜咽声，让这沉寂更为尴尬。

“好热！”秦叔宝提拉着长衫。

“是，是，大王，还是去前厅吧，反正粥已经煮好了。”李世勣从灶上将锅端起放到旁边的案上，随手拍去身上的灶灰。

“好，好。”秦王连忙同意。

“这是……”李世勣两眼发光，当秦叔宝打开背上的包裹，将槊放到案上，李世勣紧走两步，轻轻抚过银白发亮的槊杆，又仔细端详着金色的槊尖。

“这是单大哥的金钉枣阳槊！”秦叔宝说道。大厅宽敞明亮，夏风穿堂而过，带走热量，送来清凉。

“我以为它早就丢失了。”李世勣轻轻说道，“单大哥说王世充开城投降之日，他将槊投进了洛水。”

他当然没有，他只是送给了杨文干，希望走太子路线保得性命，而让你走秦王路线。秦叔宝没有说出来，这只是猜测，但除此之外，很难找到合理的解释说明单雄信的槊为什么会落在杨文干的手里。

“我也是最近一次偶然的机会才得到它。”秦王解释，“我想这把槊由你来保管最为合适。”

李世勣向秦王投去感激的目光：“大嫂常跟我提起这把槊，拿给她也是留个念想。”

“枪是好枪，将也是猛将。”秦王由衷叹道。停了一会儿，他的声音继续，声调低沉起来：“我常常在想，当初在洛阳要是听了你的建议，赦了单雄信、窦建德的罪会是什么结果。”

秦王在怀疑自己曾经的决定？秦叔宝望了他一眼，秦王眉毛紧锁。连李世勣也惊讶起来，低声为秦王开解，“义兄识人不明，又数次欲伤大王性命，论罪实不当赦。”

“各为其主，情有可原。”秦王说道，“现在想来，那时的决定太仓促了，总以为国无英雄则衰，国多英雄则乱……其实这是多虑，乱世英雄，乱世英雄，有乱世才有英雄。世道太平，谁愿当刀头舐血的英雄。”

“要不是隋末大乱，我也只是黎阳一农夫。”李世勣点头同意。

我大概就是一员普通的校尉，秦叔宝想着。而秦王会如何？可秦王并无意重估自己的人生，反而露出后悔的表情。

“我常常想，当日在洛阳，我是否犯了一个大错，我不该在洛阳大开杀戒，该让单雄信、让窦建德们活着，他们值得活下去。要是他们不死，刘黑子就不会复叛，天下就能早一点平定，也就不会死那么多人。”

太子也不会有机会平定山东、重振声势，说不定秦王早就成为了太子。秦叔宝想着秦王未言之意。

李世勣的眼神困惑，连秦叔宝也不解，秦王是来承认错误的？但人已经死了，后悔又有何用？

“懋功，当日我拒绝你的请求执意斩杀单雄信，你还在怪我不通人情吧。”秦王转而问道。

“是。”李世勣痛快答道，“我曾经埋怨过，但站在大王的立场，义兄死得不冤，我又何怨之有？”

“懋功，你这还是怨我……”秦王叹气，“我岂是因为单将军逐杀过我就一定要斩他呢？我是因为魏公。”

“魏公？”李世勣问。

“魏公！”秦王肯定回答，“单将军背叛了魏公，他在洛水一战率先投敌，致瓦岗大败，洛水染成血河。我能放单将军一命，瓦岗的那些将领又岂会放过他？李密纵然大败，纵然投唐又叛唐，最终把性命丢在了熊耳山，可愿意为他卖命的人依旧满天下。”

秦叔宝点头赞同，李密死时，他跟程知节喝了一天的酒，说着瓦岗旧事，那个瘦黑的身影挥之不去。他总是把最好的东西留给部下，他坐拥粮仓，从不吝惜，任由天下饥民取之。程知节回忆，随即叹着天下再无李法主。程知节入伙之时，李密下山十里相迎。无论是隋将，还是义军，这位瓦岗枭雄一视同仁，多少人认为他会是应谶之人。

“就是懋功你，也记得魏公的恩情吧。”

李世勣点头，却没有说话。

他当然记得，火光闪烁，兵戈交鸣，秦叔宝想起瓦岗火并当夜，瓦岗旧主翟让如牛鸣般的绝望之吼。鲜血横溅，残酒一地，而自己挥刃斩向惊觉不知的李世勣。要不是李密大声喝止，自己只怕已经将他的头斫下。想到这里，秦叔宝望了李世勣一眼，他毫无察觉，秦叔宝的脸却红了。我做了不义的攻击，我还欠他一个真正的道歉。秦叔宝突然想起，李密死后，正是李世勣深入熊耳山，找到李密的尸首，以君王之礼修起七仞的高坟，将他葬在了黎山之南。他不是庙堂之君，却是众雄之王。秦叔宝去见过那座大坟，站在那里，正好可以眺望瓦岗。李密生时坎坷，死时却得到了最好的归宿。这算是李世勣报答李密的救命之恩吧。

“以魏公的声望，单将军如若不死，何以服众？江湖儿女最重的不就是一个义字？”秦王低声问道，“你还记得邴元真吗？”

“瓦岗书记？我记得他。”李世勣回答，表情变得平淡，语气却显得生硬起来，“洛水一战，他打开了洛仓城门，使魏公失去了最后的机会。”

“他被魏公旧将斩下首级送到黎山祭奠。单将军要是还活着，他能躲过这样的暗杀？单将军自己把路走死了，不是我要斩他，是天下群雄容不得他。”

秦王在做无用的尝试，就算单雄信背信弃义，可他永远都是李世勣的义兄，秦叔宝看到李世勣的脸开始发白。

“也不是所有背叛过魏公的都无法存活，至少常何不是！”李世勣脱口而出。

“常何？”秦王说道，与秦叔宝交换了一个意味深长的眼神。

“他将魏公进熊耳山的消息透露给了陛下，可他在长安的官做得好得很！”李世勣说着，突然他意识到了什么，“大王，你不知道？陛下没跟你说……”

“我不知道。”秦王摊手，老实回答。

“我也是第一次听说。”秦叔宝愉快地说道。

李世勣的脸开始发白：“我不该说的，我以为……”

“陛下没告诉我，懋功，我不会随便告诉别人的。”秦王承诺道。“我也不会说的。”在看到李世勣转而望向他时，秦叔宝马上说道，这让李世勣的表情稍微放松。

“懋功，我也有一件秘密的事情要问你。无论你的答案如何，我希望你绝不告诉第三人。”秦王开口。

“大王请问。”

“还记得当时血战洛阳吗？当时我为上将，你为下将，窦建德牛口就擒，王世充开城投降。”秦王似在回忆，但话锋终是一转：“希望我们还有机会并肩作战共抗突厥。”

“倘若秦王统帅出战突厥，我一定披坚执锐，紧随其后。”李世勣痛快回答。

秦王的嘴角浮现出微笑：“如果与我为敌的不是突厥人呢？”

秦叔宝屏住呼吸，李世勣的手离开那把长槊，嘴角抽动。

“大王，刚才我说过如果不是世道大乱，我就是黎阳一田舍夫，这话倒是我给自己贴金，我年轻时，在乡间也并非良善之辈。”

秦王点头。

“十二三岁时，我是个无赖贼，逢人则杀。到了十四五岁变成了难当贼，有所不快，无不杀之。再到十七八岁为好贼，上阵乃杀人。”

他上瓦岗那年就是十七岁，在瓦岗倒是好贼？秦叔宝开始困惑，他说这些干什么？

“年二十时，幸圣上提携，成为天下大将，用兵以救人死。”

他的说辞很漂亮，我便说不出这样的话来。秦叔宝心想，他的意思是只愿因救人而用兵，不愿为秦王夺嫡而用兵？

“我可以认为你是在拒绝吗？”秦王没有笑。

“如果大王要拒突厥、平叛乱，世勣莫敢不从。可要是其他，世勣不敢参与。”

他想置身事外，秦叔宝终于明白对方的意思，可这谈何容易，没有人能真正置身事外，唯一的区别是主动参与还是被动卷入。秦叔宝又想起血腥的火并之夜，我不会需要再一次向他的脖子挥刀吧？

“你不参与，就是一种参与！”秦叔宝脱口而出。

“叔宝，人各有志，不能强求。”秦王轻轻挥手，“懋功，这是你最后的答案？”

“今天上午魏洗马来过，我便是这样回答他的。”李世勣干脆说道。

秦王点头起身，准备告辞。而李世勣也没有留客之意，客套之后，李世勣送客，在秦王脚步迈出大厅之时，李世勣叫住了秦王。

“大王……”

秦王停下脚步，等待对方继续说下去。

“昨日陛下召我密谈，让我用心辅助齐王用兵，看样子，陛下已经决定让齐王领军北上对突厥用兵。”

日已当午，槐树下倒可以偷得一丝清凉，蝉鸣不知道从什么时候开始响亮起来。秦叔宝依旧跟在秦王身后，如同来时一样，只是背上轻松了，心上沉重了。

这一次会面得到的消息足以震惊秦王府。

原来是常何！

秦叔宝想起李密出长安时曾经找过他，暗示他，可自己拒绝了，属于李密的时代已经过去了。李密带着些许的失望离开了，秦叔宝也告诉自己要忘掉这次会谈。明知而不告就是欺君，告发则是背义，还是忘记好。

李密离长安而去，带着为大唐招抚旧部的借口。一出长安，便如脱笼猛兽般行踪飘忽，时人都认为他会投往驻守黎阳仓的李世勣，可李密行至半路，突然南下钻进熊耳山，欲出熊耳山奔赴襄阳。出山之时，等候他的是久候的唐军。彼时，谁也不知道皇帝是怎么知道李密的行迹的，现在这个答案终于揭晓。

原来是常何。

可为什么是齐王？

秦叔宝想不通，秦王一路都没有开口，脸色铁青。他被陛下弃用了，秦叔宝想到，一同被抛弃的还有我们这些秦府军将，这些为大唐卖过命、流过血的军将。秦王停了下来。

“叔宝，天要变了。”

夏雨？未闻雷声，秦叔宝用手遮挡着望向天空，天空略显晦暗。

“不会下雨吧。”秦叔宝嘟囔着。

“不是雨。”秦王摆手，指向太阳，“你看那里。”

秦叔宝这才发现在太阳的附近，一轮银弧悄然出现。

“这是什么东西。”

“太白金星!”秦王压低了声音，“日为君，星为臣，金星凌日，看来有人要图谋不轨了。”

第六十二章 伏击

【柴绍】

战马的嘶鸣声不时传来，营火闪烁，持矛的士兵来回穿梭，柴绍趴在一块巨石上，伸头盯着下面的突厥大营。两天前，他按例率兵巡视边境，没想到竟碰上突厥人的大营，可这又在意料之中，这甚至是迟早的事情。从春天以来，边境的突厥人越来越多，他们号称春猎，可风里的寒意已经消失，夏菊开满山坡，他们不但没有退去，反而更明目张胆地集结。

贪狼之欲如沟壑，永远难以填满。在豳州，柴绍亲眼见到一车车的金帛运到突厥的大营，他们用武力都没有抢到的东西，我们亲手送了过去。秦王就是靠收买来获取功名？虽然明知答案是否定的，柴绍依旧这样想。这种想法让他有一种报复的快意。要是我没有喝醉，要是秦王没有拦着我，我就可以在豳州击败他们。

只有迎头痛击才能让一头狼知道侵犯他人的领地是一个错误，而不断的贿送只不过是向沸腾的热汤里倒上一盆凉水，除了放开狼群的胃口，别无他用。

“他们有不少人。”马三宝从后面探过头来，低声说道。

“哼，这些年他们比我们要勤奋，这一次只怕也不是普通的劫掠，而是深入南境。”

“深入？太原？”马三宝问。

“只怕没那么简单。不管哪一种，他们在我的朔州境集结，我都不能坐视不理。”

马三宝往前伸了伸脖子，似乎在数如在草地盛开的蘑菇一般的营帐。

“起码有一万骑兵！”马三宝说道。

“该有这么多，这面旗从来不会轻骑出入。”柴绍指着远处的黑色狼旗，狼头在营火下闪烁，如同恶魔一般。无论黑色还是白色，狼旗一样可憎，但如果是白色更好，柴绍想到。他突然想起身下的这块巨石就像三娘中箭的那块巨石。他一直在等着那面白色狼旗的出现，可守候了半年，都没有看到。

“一万……”柴绍扫视了一眼下面的营地，除了马鸣，营地再无声音。月光倾泻下来，偶有兵器反射的光芒，“或者我们可以突袭。”

“我们？”马三宝吃了一惊，禁不住回头望了一眼，“我们不过才一千人！”

柴绍同样回望，身后是披甲执锐的一千士兵，月光惨淡，照亮了每一个人的脸。

“一千人已经够了，只要出其不意，说不定一击得手。”柴绍再次望向山下，等战马踏过、刀刃扫过，那里就会成为一片火海。

“太冒险了，我们可以先回城。”马三宝依旧摇头，“再召集多点兵马，或许还有希望。”

“机会不会等我们。”

“这是陷阱也说不定。”马三宝犹豫了一下，“你还想着复仇的事？作为军将，这是大忌！”

“没有！”柴绍不耐烦地回应他。可看到随从老态尽显的脸，柴绍的羞怒之气消失得无影无踪，他本不需要跟我到边地，为了我，他还执意如此，“三宝，我们不能撤走。”

三宝面露困惑，柴绍耐着性子解释：“如果只有你我，我们可以马上回城，但我们有一千士兵，我们能做到悄悄回城不被发现？要是让突厥的斥候发现我们，我们还走得掉？”

马三宝也不禁点头。

“趁他们没有发现我们之前猛然出击，这样我们才能退回到城里。”

“那你打算怎么做？”

"你率五百人绕到对方的营前埋伏下来，我在后面发起攻击，等你听到动静，马上从前面夹击。"

山下篝火密集，马三宝终于同意。

五百士兵在马三宝的带领下消失在夜色里，柴绍继续伏在巨石上，三娘就是死在这样的巨石上，柴绍闭上眼睛，又看到三娘的剑舞以及她的微笑。有的人在你的生命中出现得如此之短，却在你的内心刻下难以泯灭的痕迹，这到底是她的仁慈还是残忍？

他们夺走了她的生命。

山下的篝火跳跃着仇恨。柴绍望着远处，三宝该到了吧。他站了起来，铠甲在石上发出声音，柴绍能感觉到后面军士的气息在发生变化。

他们知道时刻到了。庆幸的是，柴绍没有在这些气息里发现害怕。他走到这五百士兵面前，很多面孔熟悉，他们是自己的子弟兵，从武功老家一直到塞边外境，他们是若男交给我的士兵。我还要领他们回家，绝不让他们的尸骨埋在这风沙肆虐的边疆。

"山下是突厥的大营！"柴绍开口，压低声音，又尽量让每一个人听到他的话，不是每个人都听得到我的话，但他们会感受到我的勇气，"里面足足有一万兵马，我们撞上了他，有人可能要说真倒霉，但我要说，这是我们的幸运，这是上天给我们送大礼来了。想一下，这一万突厥大兵抢掠过来，营里装了多少我们唐人的东西？这些东西我们要全抢回来！"

没有人说话，但柴绍从他们的眼神里看到了疑惑。

"可能有人要说，我们只有一千人，怎么击败一万人？但我要告诉你们一个事情，可能你们有的人已经听过了，行军总管李靖曾经用三千江淮兵挡住了突厥数万兵马的进攻，巧得很，那支突厥兵就是山下这支。难道我关中壮儿还不及江淮的兵？现在突厥还在梦里，夜色会保护我们，我们要在睡梦中割开他们的喉咙！"

兴奋的光芒在五百士兵的眼中闪烁，柴绍拔出腰中的剑："现在跟我前去，我们要用鲜血洗他们的大营！"

拔剑声一片，柴绍只看到坚毅。

朗月似刀，风里藏刃。柴绍朝山下奔去，五百士兵紧随其后。风掠过耳际，如夜之奏鸣，柴绍迈开大步，这是三娘的舞步，她亲自教给我们的舞步，这是含着勇气的鸣金之步。

山下的营火开始是一个点，继而渐渐变大，柴绍看到突厥卫兵的惊恐。

“取弓!”

哗啦声如同一个人发出来的。

“搭弓!”

箭在弦上，箭矢闪烁着死亡的银光。

“放!”

弦在颤鸣，弦在欢歌，箭在飞翔，箭在怒吼。嗖嗖声如雨扫荒野，站岗的突厥士兵未及发出警告，便已经中箭倒地。

营门就在眼前。

“放火!”柴绍大吼。

一百余火把腾空而起，在天空中划出一道道绚丽的火龙，先是上升，继而急跃而下，扑向营地，唤起火的盛舞，吞噬所及的一切。

另一阵呼喝声如浪般响起，大营的另一边腾起火光，营地似乎被声浪掀翻起来。那是三宝！柴绍想到，他本可以晚点再发起攻击的，他在担心我。

黑色的烟盘旋着升上天空，初夏的阳光照耀着营地，营地上充斥着鲜血、死亡的气息。柴绍走到那面旗杆之下，黑色的狼头旗落在地上，上面沾满马蹄印。

“可惜，让黑狼主跑掉了。”马三宝在后面亦步亦趋，脸上却没有遗憾，而是兴奋的表情，“斩杀一千多人，这里面还有一个特勤，物资只怕一时搬不完。”

“找个地方先藏起来，等回城之后，派车队来运。”柴绍吩咐，望着不远处士兵正从倒下的营帐里搬出一箱箱的东西，“我们要马上退回城去，突厥人吃了这么大一个亏，不会善罢甘休。”

马三宝点头同意，“我这就去召集大家。”马三宝迈开脚步，走了两步，又停了下来，柴绍的脸色也突然一变，“他们回来得这么快？”

先是轻微的震动，等马鸣声传来，地似乎在摇晃，士兵放下手中的东西，茫然不知所措。

“列阵迎敌！”马三宝大声叫道。柴绍迈开步子，冲到一处山坡，一里之外，骑尘如沙尘暴一般席卷而来，尘埃之上，一面狼旗猎风而号，这是白色的狼旗，柴绍等待已久的狼旗。

没有恐慌，只有莫名的躁动，柴绍有持剑迎上去的冲动。这一次，不会有人阻拦我，我会斩下白色的狼头！

“姑爷！”马三宝在下面大喊，柴绍无动于衷。

马三宝三步并两步冲来，一把拉下柴绍：“我们要撤退，现在还来得及！”

“撤退？不！”柴绍猛然大喊。

“你要断送这一千子弟兵？”马三宝回以大喝。

柴绍回头望去，他只看到慌张，我这次骗不倒他们，我昨天已经骗过一次并侥幸得手，但这一次，再说什么以一敌十的鬼话，就不仅仅是欺骗，而是愚弄。

“可是我们现在退也迟了。”柴绍说道，就在说话间，骑尘已经靠近，用不了多久，数万铁骑就会碾过这里，我们的血横流，我们的肉如泥。

“姑爷……”马三宝的脸急成赤色，却不得不承认这个残酷的现实。

“或许我们昨夜就不该进攻。”柴绍望着老奴，他老了，他不该同我上这前线，我更不该用他的性命，用这一千多人的性命去犯险。

“但既然已经如此，我们也要面对着对方死去。”柴绍回头，大喝，“拔剑！”

马三宝的剑第一个拔出，昨夜激战在他脸上留下黑烟，继而是数百把唐剑出鞘，白晃晃如一片波动的水面。

骑尘逼近，在数百米的地方停下，白色狼骑招摇，他们在打量猎物？

“这是我们的埋骨地，但首先是那些狼的！”柴绍大吼，应声如山。柴绍感到热血冲上脑门，长剑之舞，若男、三娘，我现在就来。

“姑爷!”马三宝拉住柴绍的胳膊，“你听。”

士兵们纷纷望向上面，就在昨夜的伏兵之地传来战鼓声，鼓声越来越大，终于盖过一切，统治着这一片沙碛地。而在巨石的旁边出现了一位骑将，灰白相间的大马不时踢着脚下的沙地，柴绍甚至可以听到它鼻间发出的声响。马上的人挺直腰，手中的巨槊直指苍穹，夏日的阳光照在他光洁的明光铠上。

“一个人?”柴绍感到眼有些睁不开。

“不是!”马三宝兴奋回应。几乎在同时，那位骑将的背后突然涌出无数的马首、骑兵、长槊与军旗。其中一面硕大的旗帜上，“天节军”三个字格外夺目。

“燕郡王李艺!”柴绍不敢相信，而士兵欢呼雀跃。马三宝也欢呼：“是他！是他!”

对面的突厥兵开始骚动，那面白旗在风中飘扬着，却突然掉头，马蹄声再起，白旗朝着相反的方向飘走。一刻钟过后，要不是骑尘犹在狂舞，难以想象刚才还有数万骑兵驻阵此地。

山坡上的骑将策马下来，李艺留有长须的脸变得清楚，那是一张幽人惯见的棱角分明的面孔。就算是南人，到了幽州，风沙也会雕琢你的脸，直到把它变成一座石雕。柴绍不记得是哪个人跟他这样说过。

“燕郡王怎么会来这里?”柴绍迎上去。

“齐王令我前来援战!”这个声音洪亮而有颗粒感。

“齐王?”

“他现在是北征统帅。”燕郡王答道。

第六十三章　秦王的决心

【长孙无忌】

蓍秆发黄，数根摆在地上，其余则抓在秦王手里。上天真会通过这些纤细的草秆来预示未来？秦王的手在颤抖，还是自己的眼睛欺骗了我？长孙无忌盯着扶案，秦王用手指拨弄着蓍秆。

“坤卦……”长孙无忌小声说道。旁边的尉迟敬德睁大眼睛，程知节则靠在铁匠的身体上，伸长了脖子，秦叔宝似乎对打卦没有多少兴趣，他坐在旁边，跟杜淹在细声交谈。

“什么意思?”尉迟敬德望着秦王问道。

“最后一爻。”秦王叹道。

“那是?”看到秦王的表情，尉迟敬德不敢再问，反而望向了长孙无忌。

“龙战于野，其血玄黄……”杜淹走过来，长孙无忌不禁打量了他一眼，他瘦得如枯木一般，时常响起的咳嗽声像由破掉的风箱发出的，脸上还有青色，学士解释这是摔在榻上所致，他不但老而且病，这样的身体本不该来，可房杜已经被驱逐出王府，秦王需要建议。

“什么意思?”尉迟敬德依旧追问。

“这还不明白，就是两龙交战，血把土地都染黄了。”程知节接腔。

“你别瞎说。”尉迟敬德白了对方一眼。“杜先生，你解一下卦。”

“知节说得没错。”杜淹说道，随即是程知节得意的呵呵声。“这是凶爻!”

“凶爻！”尉迟敬德的脸色都变了，大概只有这些神鬼莫测的东西才能吓到这位大汉吧，长孙无忌暗想，他轻咳一声，解释道：“这是坤卦最后一爻，阴气极盛，但盛极则变，阴阳交换之时，难免交战。”

“舅老爷，你一解释，我更不懂了。”

“就是说，阴阳交换，善恶相战，这是凶爻，也是变机。”秦叔宝凑了上来。

“叔宝说得没错。”秦王终于开口，“敬德，你也该多读点书了。打天下靠拳头，将来治天下，要靠脑子。”

“读书?!”尉迟敬德将脑袋摇得像拨浪鼓：“这种事我还是不掺和了，让咬金、叔宝去读吧。有仗打，我就上阵；没有，我就回去种田。”

“当然有仗打。就是太平盛世，也不会荒废武备。”秦王笑道，嘴角流露出苦涩，“何况现在还未致太平，突厥人已经打到武威郡了，大军用不了多久就该北上拒敌。”

“也好，也好！在这长安人都要发闷了。”尉迟敬德欢快地说道。

“也好?”秦叔宝摇头，“要是让你跟着齐王上，只怕你就不会这样说了。”

“齐王?”

“这次齐王为帅，督领大军。”杜淹说道。“大王，齐王府的人已经来过，要求检阅秦府兵将，说要调秦府精壮以益齐王营帐，这里面他指名要调敬德、叔宝们。”停了一会儿，杜淹又补充，“还有知节。”

“什么?”尉迟敬德跳将起来。他声音很大，旁人却没有同样的惊讶。这是今天早上的消息了，长孙无忌想到。此时消息已经传遍长安，到明天的这个时候，消息也会传到洛阳。齐王同样也会调动驻防洛阳的玄甲军。

“他们也调了知节?”秦王问道，语气平静得不合常理，好像是小时候齐王跟他借一把弓出去射大雁。“这么说，他们早就知道知节没有去康州。”

“他们知道却不揭发，是准备来一次大起底，将秦府军将一揽子抽走。”长孙无忌答道。学士被逐、军将被调，秦王府要成一座空架子。

“我才不跟那毛头小儿!”尉迟敬德见无人理会，索性大吼一声，“老杜，你干吗把我们秦王府的兵籍给齐王的人看?!”

“齐王府的人拿着陛下的手谕。”杜淹摊手苦笑。

“反正我不去！”尉迟敬德脸有愤色，“我夺了他的槊，被我夺走槊的，只有他还活着。”

秦王没有理会尉迟敬德，他默默收着案上的蓍秆，当所有的蓍秆抓在手里，他问道：“三天后出发？”

没有人回答，过了一会儿，杜淹总算意识到秦王是在问他。“这个倒没听说。”

“不会错了。”秦王伸着懒腰，“我那位大哥一大早给我带了口信，让我三天后去昆明池替新任主帅送行。”

秦王向来是出征者，可这次，他要为他人递出壮行酒。

“太子意在羞辱你。”长孙无忌指出。

秦王笑着摇头：“大哥不会满足于只是让我难堪，他们还有更大的计划。大哥已经密令我那位敢打敢杀的四弟在昆明池设伏，彻底了结我，还有在座的诸位。”

声音嘈杂起来，秦王的话像往翻滚的油里倒下了生水。“他敢！”这是尉迟敬德说的，杜淹发出一阵猛烈的咳嗽声，秦叔宝跟程知节则冷笑。

“这消息确切？”长孙无忌问道。

“无垢从东宫得到的消息。”

长孙无忌没有再问，妹妹向来谨行慎言，她侦知的消息，多半不会假，可这实在……

“齐王不要命了！”尉迟敬德睁圆双眼，“他要敢动手，我的拳头先把他砸成一块肉饼。”

“他们这样干，怎么向圣上交代？”杜淹露出疑惑的表情。

“据说又给我安排了一个暴病而卒。而你们，大概秦王府的人该来个集体暴卒。”

“这骗不了圣上！”长孙无忌很吃惊。昆明池就在长安近郊，在那里刺杀秦王，如何骗得了皇帝？“圣上岂是三岁小儿？”

“齐王兵马在手，圣上不信又能如何？斩杀我于帐下，只是计划的一部分，他们还要顺势入宫，逼圣上退位。”秦王苦笑，“可笑我这位大哥只怕聪明自误，他想借四弟之手，可四弟又岂是供人驱使之辈。”

“齐王不是好人!”尉迟敬德马上附和，但程知节却疑惑：“齐王还有别的想法?”

“齐王野心颇大，我听说他暗称自己的名字合起来就是唐字……咳咳……”杜淹接口说道，“太子把齐王当长枪，齐王却把太子当跳板。”

秦王望了杜淹一眼，随即点头：“龙战于野，天地玄黄，昆明池真要血溅三尺，只怕这玄黄大地里也要沾染我那大哥的血。”

“他要我们死，我们先让他们亡!”尉迟敬德握拳，胡须跳动。

“世民，我们可不能坐以待毙!”长孙无忌赞同道，“上天之数，终究是避不过去的。”

“可骨肉相残，古今大恶。以后天下人会怎么看我们，史册又怎么记我们?”

“生死关口，大王要顾史册怎么写，我们可顾不了，大王要是愿意反击，就是刀山火海我们也舍命相随，要是大王只顾着血肉亲情，我们只好窜身草泽，背弃大王了。我们总不能去昆明池交手受戮吧。”程知节突然开口，附和声一片。

“我也走!”秦叔宝接腔。

“我也是，我回山西打铁去。”尉迟敬德的嗓音粗得像火炉的风箱。

“我也要走。”长孙无忌说道。杜淹回以咳嗽，他老了，走不动了，长孙无忌想到。秦王双唇紧闭，脸上说不出是生气还是怀疑：“无忌，你也要走?”

“我要走。”长孙无忌肯定地回答，虽然这回答冰冷残酷，可总好过齐王的刀刃，“敬德、叔宝、知节……他们岂是怕死之人?多少次只要你往前走一步，他们就会跟着你冲入数倍数十倍甚至数百倍于己的敌阵，他们可曾退缩?他们信任你。信任你不会领他们进入枉死之地。可今天，别人设了杀局，你还要犹豫。他们岂能去，他们不愿追随你，我也不愿意跟在你后面当枉死鬼！如果可以，让我妹子也跟我走!”

所有人沉默，只有秦王手中的蓍秆作响。

“既然知道大哥、四弟设了局，不如等他们发难之时，我们再以义讨之?”秦王问道，像在乞求，而最后的反问让他的底气尽数溜走：“这样不行吗?”

“不行!”长孙无忌干脆利落，“先发制人，后发制于人!”

“先发制人，我们有胜算吗?”秦王问道，这一次，杜淹及时领会到秦王问的是他这位兵曹。

“府中有八百勇士，本散居长安各处。”杜淹说道，“因为齐王要检阅兵马，现在这八百勇士已经尽入宫里。”

兵力太悬殊了，长孙无忌听到了内心的叹息。不算皇帝的近卫，光是东宫就有护卫千余，还有两千长林兵，齐王的兵比秦王也只多不少，光靠这八百兵马能掌控长安?龙战于野，天地玄黄，会是谁的血染得大地玄黄?

“八百。”秦王念着这个数字，现出犹豫之色。“太少了，要不是为了避讳，我们本可以在长安多安排人手……”

“正因为人少，所以我们要出奇制胜。”长孙无忌抢先说道。

“卜上一卦，问问天意吧。”秦王说道。

所有人屏息，蓍秆在秦王的手指流转，分蓍、合蓍、变卦、分卦、补卦。上天将旨意隐蔽在这神秘的图案当中，一个吉卦可以振奋士气。不少将军在出征之时，也会算卦询问天意。长孙无忌突然想到，秦王出战时从未打过卦!他在犹豫，他在迟疑，他心存胆怯跟困惑，他比面对死敌时还要彷徨。一个吉卦可以让他下定决心?不会的!长孙无忌断定。而且，如果依旧是个凶卜呢?

长孙无忌一把抢过蓍秆，不顾秦王愕然的神情，一把将蓍秆折成两半，蓍秆碎开掉落一地。

“卜以决疑，如今箭在弦上，还用卜干什么?!要是卜而不吉，难道就要退缩吗?”

所有人屏住气息，所有人注视着秦王，欲望之火终将升腾。

秦王站了起来，脚踏在断裂的蓍秆上哽哽作响，如果天意不佑，莫如将天意踩在脚下。长孙无忌兴奋地想到，他听到了秦王的吩咐。

“去将玄龄跟克明叫回来!”

“出云观……”长孙无忌望着远方，高挑的屋檐一个接一个，每一个都试图划开苍穹触碰白云，分不清哪个是达官贵人的家宅，哪个是道观，甚至还可能是寺庙。时不时能听到钟声，仔细听的话，从走夫贩者的叫卖声里、马车车轴转动的声音里还能听到诵经的声音，或者那是道士在唱诵《道德经》？长孙无忌感到一阵昏眩。

刚出秦王府时，长孙无忌满腔的热血骤然冷却。“去将玄龄跟克明叫回来！”他倒是好，他向来习惯这样命令我，从孩童时他就扮演指挥者。但他的语气怎么可以这么轻松，这又不是当年“去把那只大鸟射下来”或者“那人的脸长得实在可恶，你拿弹弓把他的帽子打下来”之类的。你让他们走时就该问个清楚！生气着一路走到这里，长孙无忌才想起当时秦王还在宫里，而正是自己送两位学士出的门。

难怪秦王让我去接他们，他大概认为我早已经知道他们在哪儿。在秦王府门前足足呆立了半刻钟，一百多个坊、十万户人家，去哪里找两个刻意躲起来的人？可又实在没有勇气转回去告诉秦王自己一无所知，好在他出现了。

杜淹从门后转过来，大概还是小跑着过来的，弱不禁风的身子像随时要摔倒的样子。看到长孙无忌还在，他大松了一口气。“那两人在出云观。”说完这句，他又一溜小跑跑回秦王府。纵然秦王再忙，也用不着这样吧。长安城有近百家道观，上哪找一个出云观？

不知道打听了多少个人，长孙无忌终于找到了永兴坊。夏日的阳光如鞭，它无法抽出血痕，却可以逼出汗水，长孙无忌挥袖擦着额头的汗水。道观……他一边默念，一边四下探望，一处拥挤的人群吸引了他的目光。人头攒动，一个声音嘶哑却高亢。

“你们看到天象示警了吧，青天白日出现了太白金星，这是道君之怒！”越过人头，长孙无忌看到一位瘦弱的道士唾沫横飞，脸像被刀在两边各削去一片。要不是亲眼看到那张薄薄的嘴唇在张合，实在难以想象这么高的声调会出自他的嘴。道袍已经湿透，他却毫不理会汗水如雨般流过贫瘠的脸。

“诸位要是再不反省，只怕天降大灾于我大唐！不信，你们抬眼看看，上一次太白经天之时，渭河冲毁了一千多间民房。”

有人点头附和，更多的人起哄。

“胡言乱语。”

“牵强附会！”

用袖子遮着半边阳光，长孙无忌顺着瘦道士的手望着天边，阳光强烈，却越显得旁边的太白星冰冷，冷意甚至钻入骨髓，长孙无忌的身体不禁打了一个寒战。

“这佛教本就是西方邪教，专为乱我中原风俗而来。”道士话锋突然一转，“诸位，你们想想看，身体发肤，受之父母，不敢毁伤，孝之始也，可和尚却剃发出家，人立于世，上拜君王，下拜父母，可和尚上不拜君，下不拜父，可谓无君无父。”

起哄的声音渐少了，点头的人多起来。

“渔樵耕读，人之要义。要是都像和尚一样游手游食，这食物从何而来，他们倒是一味讲妖说法，恐吓愚夫，骗取钱物，在座的也被他们骗过香油钱吧？”道士声音越发大起来，“我泱泱大国岂无能人，要听一西来的和尚搬弄经文？我中原故土，自然只有尊李、孔之教，方成天下大治。”

“谁在这里聚众喧哗！”暴喝声响起，人群纷纷让开，一群披坚执锐的士兵在一位校尉的带领下冲了进来。

“校尉，贫道只是为大家解读天象！”道士脸上的线条生硬抽动，努力想挤出笑容来。

“去你的。”校尉挥手一掌，道士翻倒在地，“解读天象，你也配?！再在这里妖言惑众，请你到我们齐王府吃牢饭。”

齐王的府兵？长孙无忌这才发现自己走到了齐王府前。这道士也太不开眼了，长安人谁不知道齐王跟太子一样，都笃信佛教，跑到这里反佛岂不是自讨苦吃。

看到大兵前来，人们纷纷上前看热闹；看到道士嘴里冒血，人群一哄而散。

校尉领着士兵转身离开，仿佛不是打倒了一个小道士，而是打倒了道教天仙。

道士从地上爬起来，朝着走远的齐王府兵的背影啐了一口，血丝触目。捂着嘴，道士嘟囔着迈步。

有和尚就有庙，有道士自然就有道观。长孙无忌连忙跟上对方，没用多久，他的判断得到了证实。转过一个弯儿，出云观的匾牌出现在眼前。

“我们在外面水深火热，你们倒逍遥，躲在这道观里清闲自在！”阁楼清凉如水，望着棋盘上的散子跟旁边的茶杯以及穿着道袍的房玄龄跟杜如晦，长孙无忌叫道。

“这里可不清闲。”房玄龄微笑，“你也听到了吧，道观里的道士天天跟和尚辩经文，我的耳朵要生老茧了。”

“没想到这方外之地也是如此争执。”杜如晦摇着头，“有人就有争斗，就是出了家也还离不了这个争字。”

“太白金星是怎么回事？”长孙无忌想到了那位瘦道士的言论。

“我哪里知道，我虽然穿着道服，却没有通晓天机的能力。但依我来看，太白见于白昼不是什么太稀奇的事，至少跟什么天灾没有关联。”房玄龄亲自倒了一杯茶，“这道观的茶很好，辅机喝一杯。”

长孙无忌一饮而尽：“再来一杯！”

房玄龄又提着茶壶注满茶杯：“天现异象，无论祸福，变总是难免的。”

“变总比不变好。”杜如晦点头同意。

当然，世道变了，战无不胜的秦王被束之高阁，败失太原的齐王却成为主帅。曾经的秦王府是长安的海外仙岛，人人向往，可现在的秦王府成了漏水之船，随时有倾覆之祸。你们躲在道观，当然不知道这一切。

“变……”长孙无忌忍不住生气，“我们都要变成一堆白骨了。”

两位假道士对望了一眼，杜如晦小心走到楼梯那里望了望，阁楼的楼梯不稳，长孙无忌走上来时就引起了木板一阵阵痛苦的呻吟。

“秦王府最近发生了什么大事？”房玄龄指着蒲垫，示意他坐下来说。

于是，长孙无忌从齐王领兵说到齐王派人到秦王府要兵借以便挑选秦府壮士以益齐王兵马，以及太子要借昆明池送行之机杀秦王等人、进而逼皇帝退位的事情，最后说到秦王决定先发制人。

他们并非一无所知，看到两位被逐学士并没有太多的惊讶，长孙无忌想到。既然如此，他们还能安心在这里坐着当道士，他们不会以为出了秦王府就可以脱身这场最后的较量吧？

“你找到这里，”杜如晦拎起棋盘上的棋子又将它放下，“也就是说，秦王已经下定了决心了？”

“当然，秦王将卜卦的蓍秆都折断了！”

“秦王在卜卦？我在秦王府这么多年，倒从未看到过。”房玄龄说道。

“临事不决，问神灵有什么用！”杜如晦摇头。

“秦王的欲望之火已经被点燃，现在轮到你们了，你们说了，要帮秦王将这火变成现实，而不是让火烧成灰烬。”长孙无忌已经不想在这里多待一分钟，“秦王让我请你们马上回府。”

“回府？”两人相互对视，房玄龄倒是起了身，“我还要去见一个人。”

“见谁？”长孙无忌反问，“现在还有什么比见秦王更重要？”

“太史令傅奕。”

“见他干什么？”他不过是一个抬头仰望星空而不践一事的人，长孙无忌没有说出后一句。

“你可不要小瞧他。”杜如晦替房玄龄回道，“他可是个很重要的人物，眼下，他是唯一可以对太白经做出解说的人。”

“这有什么用？现在什么时候了，还管得上这个？”

“当然有用，解说自有它的力量，也可以说是一种权力。”杜如晦说。

谋士、军将、大臣，除了这些，秦王难道还需要靠天象的力量？

“大王要先发制人，可制谁？齐王？太子？或者……”房玄龄道，“只是制住了某一个人没有用，必须一击而掌控全局。我们需要一个所有人聚集的机会，这个机会我们给不出，或者傅奕能够办到。”

一个齐聚对手的机会？长孙无忌似乎明白了，但他依旧想到了其中的纰漏：“这位太史令未必会帮我们，他跟我们没什么交情。”

“交情不是唯一可以换来帮助的东西。”房玄龄整好身上的道袍，准备出发，“你别忘了，太子、齐王可是信佛的人，而傅奕比任何道士都反感佛教，光凭这一点，他就应该会帮我们。”

长孙无忌终于接受了房玄龄的说法，他转向杜如晦，自己总不能空手回去：“克明，你跟我回府吧。”

“我也有事，我欠了人家的东西，现在是时候还给人家了。”杜如晦拍拍身上宽松的道袍，故意不看长孙无忌乞求的目光。

“玄龄呢？克明呢？”秦王站在承乾殿外，从汗水浸透他的紫色长袍来看，他已经站了有一会儿了，这让长孙无忌有些不安，等看到回来的只有长孙无忌一个人时，秦王难掩失望的眼神，“你没有找到他们?”

“找到了。”

“找到了为什么不回来。”秦王困惑，但马上说道，“是了，他们该先回家看看。”秦王不自觉地点头，认为自己找到了正确的原因，长孙无忌感到汗水直冒。

至少自己得带回一个人啊，在两个假道士都起身时，长孙无忌这样乞求。可两人抛出神秘莫测的回答，我们不光是有事，而且是因为迟点回比早点回好。“秦王在等你们!”长孙无忌喊出这一句，差点要伸手拉杜如晦的道袍。正因为秦王在等我们，杜如晦说着，索性又坐了下来。

“他们不愿意回来。”长孙无忌回答，不敢直面秦王惊讶莫名的脸，我听到这一句时比你更惊讶，毕竟我是亲耳听到的。长孙无忌心想。这话是杜如晦说的，他坐下之后，抛了这一句。回去告诉秦王，我们不愿意回秦王府。

“为什么?”

秦王惊讶地反问，而自己也是如此问的对方。杜如晦给出了答案，长孙无忌却不敢直接转述给对方。

“我在问你！你不会被太阳晒昏了吧。”秦王盯着长孙无忌。

他会愤怒，秦王早已尝过被拒绝的滋味，可如果这拒绝来自最信任的学士，那就是背叛。长孙无忌咽着喉咙，嗓间发干，甚至在冒火。道观八角楼那座摇晃的梯子发出来的声音又回响在耳边，两位道士一前一后下楼，我无法隐瞒。

“他们说已经有敕旨下来不让他们奉事大王，如果今天私回秦王府，一定会坐罪受死，所以不敢奉教前来。”

“他们真这么说?”秦王错愕地望着长孙无忌，“辅机，你不会是在开我的玩笑吧，他们一定有事去了，马上就会来是不是?”

长孙无忌苦笑，他猜对了一半，另一半则完全错误。我无法隐晦，长孙无忌摇头。

秦王终于意识到这是真的，他开始轻声冷笑，然后大喊起来。

“敬德!”

其实不用这么大声，因为铁匠就在后面。

“你跟辅机再跑一趟，去将两位大学士请回来。”秦王在“请”字上顿了顿。

“舅老爷都请不回来，我的面子比他还大?”尉迟敬德摸了摸硕大的头颅，为难地说道，而他似乎想到了更好的主意，“大王，要不还是您亲自走一趟?”

“他们要叛我，我还亲自去请?”秦王说着，开始解腰上的宝剑，宝石镶在剑鞘，剑缨如新，它从未尝过人的鲜血，“你拿我的剑去，他们人不来，就将他们的头斫来!”

尉迟敬德咋舌，但秦王的脸冷冰，他接过短剑，挂在腰间。

“那我再去。”长孙无忌边说边朝尉迟敬德示意，对方紧随其后，一阵急步之后，两人站到了秦王府外。

“他们真不愿意来?”尉迟敬德在后面问道，“真不来，我也不好斫他们的头。实在不行，我把他们绑来也好。”

不用绑，在秦王交付宝剑之时，他们就一定会来。长孙无忌想起杜如晦低沉的声音。你折断了大王手中的蓍秆，可你是否折断了他心中的蓍秆？大王正面临着他一生中最大的挑战，如果他没有抛弃一切的决心，他如何在这场诸王的游戏中胜出？我们不回去，他若听之任之，那我们也不必回去了；如果他被激怒，那掌灯时分，帮我们在秦王府的后面留扇门。

“要不，这剑还是你拿着吧。”大汉在后面喋喋不休。长孙无忌望了望天空，那颗诡异的太白金星依旧浮现在太阳附近。现在还远未到掌灯时分，怎么领着这个大汉打发掉剩下的时间?

第六十四章　秦王的反击

【裴寂】

皇帝一杯接一杯地喝酒，绯红的果酒洒在了圆领上。这是皇帝第几次将酒洒出？或者只是饮得太快。皇帝的手圆润而有光泽，可抬起手试图擦去领边的酒渍时，裴寂看到了它的颤抖。

“圣上……”裴寂小声提醒，他不自觉地握了握袖里的东西，要是喝醉了，自己就不必呈上去了。“今天喝得太多了。”

“太多？不多，不多。”皇帝发出呵呵的笑声，“裴监啊裴监，何以解忧，唯有杜康，当年你比我喝得还多嘛。”

那是当年，一个是仕途不如意的离宫宫监，一个是仓皇避祸的太原留守，酒是最好的解药，也是最好的伪装。也许现在我需要用酒来伪装，而皇帝，却要用酒来解愁。裴寂禁不住在心里苦笑。

“齐王还在这里。”

“我的四儿子？”皇帝抬头，看了看站在下首的齐王，“你来干什么？你现在不是该检阅兵马准备出征吗？”

“父亲！”齐王终于逮住了机会，他朝裴寂投去了感激的一瞥，在这里他已经站了一刻钟，皇帝只是不停地饮酒，丝毫没有看他，“这个统帅我做不下去！”

“做不下去？”皇帝斜着眼睛望着他的儿子，脸上的红晕让这个眼神如同夏日的阳光一样鞭在齐王的身上，“是你要争这个统帅之位，现在突厥人都快打到长安城外了，你告诉我做不下去？你是准备像上次送出太原一样把长安送出去？”

齐王的脸涨得通红：“我要统兵，也得有兵可统……”

“没人听你调动？”皇帝捏着酒杯，沉迷于它的魅力。酒让他变得尖酸，酒把内心的不满全部激发出来，“那你告诉我，是谁不听你的调动？李靖？还是李世勣？”

“他们倒听调而动。”齐王的声音小了一半，“可二哥……”

“是秦王府的人，是他们哦，你二哥是不让你看府中兵籍，还是不听你调动？”

“不是……秦王府的兵籍就在我的手上。”

“那你还站在这里哭丧着脸？我大唐的统帅要是这样，我干脆把长安送给突厥人好了。”

齐王的脸涨成猪肝色：“秦王府的人天天安排人在我的府门前妖言惑众，说天下将大乱。”

“有这样的事情？”皇帝望向裴寂。

“最近是有些道士跟和尚在街头宣讲天象。”裴寂小声回答，袖里的东西似乎要跳出来，“太白经天，这已经是第二次了。”

“一两个道士，随他们说去。”皇帝并不想听这样的控诉。

“我要出征，他们就说天就要大乱，这是什么意思？”齐王愤愤不平，“况且，有的人还说太白经天是天下要大变。”

“哦？”皇帝放下杯子，“你抓住说这些话的人没有？”

“没有。”齐王讪讪说道，“他们跑得太快，我的府兵到时，他们已经跑掉了。”

“跑掉了？”皇帝盯着儿子，“你连长安城内一些造谣生事的人都抓不住，我现在怀疑是不是真的要把统帅之位交给你。”

齐王不说话，他愚蠢得像外面不停鸣叫的夏蝉，裴寂想着。太子好坏还有仁义的美名，秦王有善战的威名，可这位齐王，除了愚蠢的冲动，他还有什么？

“没抓到人，你就指控是你二哥？”皇帝无情地嘲笑着新任统帅，“他是你二哥，我们是一家人！”

“父亲说二哥是家里人，可二哥早已经不把我们当家人看了。”齐王突然大喊，这不但使皇帝大吃一惊，连裴寂都莫名惊讶。

“当日二哥平洛阳时，他多久才回来？整整半年之后，说是洛阳局势不稳，其实是在洛阳收买人心，父亲在长安，他却在洛阳立小朝廷！”

皇帝有了兴致，眼神里甚至带着鼓励，可这不是好的现象，裴寂盯着齐王，他还要说出什么，在这个关口，多说多错。

“父亲忘了仁智宫的事情？”

“你知道些什么？”皇帝反问。

“我……”齐王反而结舌了，“父亲说什么也没有那就是什么都没有，但父亲真的认为什么都没有?!”说完这一段颇为绕口的话，齐王赌气般望着父亲。

“还有吗？”皇帝继续问，“你对你二哥的指控。”

“当然有。”齐王似乎打定主意要将二哥的状告成铁案，他到底在急什么？裴寂不禁想问。

“二哥跟突厥人的关系天下皆知，一旦二哥有事，突厥人就南下，这世上有这么巧的事情。”

“那你认为呢？”

“二哥这是借御寇之名，揽兵权在手，为他篡夺铺路！”

裴寂叹了一口气，有的东西不能说出来，一说出来，就失去了它的威力，比如猜忌，所有人都疑惑秦王是否跟突厥勾结，而对秦王威胁最大的正是这种似是而非的猜测。

“齐王，我大唐只有尽忠为国的人，没有挟敌自重的人。”裴寂忍不住说道。

皇帝摆手，示意儿子继续说下去。裴寂恨不得上前捂住齐王那张喋喋不休的大嘴，它比长安街上的排水沟还要让人掩鼻。

齐王毫不理会裴寂的眼神，也不理会皇帝话语中的冷笑。“他公然违抗父亲的敕令，将程知节隐在府里，还私会李靖、李世勣，他要干什么？现在他更急不可耐，公然宣示天象、蛊惑人心！父亲，我们这个家迟早要毁在他手里。”

“他去见了李靖、李世勣？”皇帝望向裴寂，裴寂只好点头。

“所以呢，你要我怎么对付你的二哥？”皇帝回过头来，平静说道，气氛却压抑得像暴雨突至的夏日。

“趁他还未动手之前，先把他拿下，他既然要害父亲跟我们，我们就先将他斩杀在殿前！”齐王的脸色扭曲得就像一个屠夫，这可不是什么好的建议，裴寂呆在一边，什么也不说，什么也不能说，他倒奇怪皇帝会怎么回复这个杀气横溢的建议。

“斩杀于殿前……”皇帝的话里带着酒气，他喝醉了？裴寂想着，但不会醉到同意齐王这个没来由的请求。

“父亲要是动不了手，我可以替父亲动手！”

齐王的这句话就像粪球一样，裴寂等着皇帝的雷霆之怒。可奇怪的是，皇帝对这样手足相残的建议并不愤怒，他的语气平淡得就像在说他人的家事。

“你二哥有定天之功，你凭这些说辞就想把他扳倒？你何以平天下人之嘴？何以平秦王府之怒？”

他没有说到“冤”这个字，裴寂的心一动，他望着皇帝，皇帝的脸上写满忧伤，而齐王倒平静了。

齐王不是来邀杀秦王的！裴寂突然意识到。齐王不是一个笨蛋，他只是在试探，或者为某事做着铺垫。而皇帝已经露出了犹豫，这份犹豫终会成为齐王的底气。

自己都看出来了，皇帝不该看不出来，他是个比我聪明一百倍的人，可惜，亲情蒙蔽了他的双眼、阻塞了他的双耳。我们都老了，裴寂不得不承认这个事实。袖里的东西突然变成了杀手锏，齐王要是拿着它，会毫不犹豫地挥动，而我老了。

齐王还要张嘴。皇帝挥手，像扫浮尘一般扫走了儿子的言辞：“你要是再站在这里说个不停，我只好把统帅之位交给不那么啰唆的人，你的二哥倒是想要这个位子。”

齐王终于闭嘴，但转身离开那一刻，裴寂看到了他嘴角的微笑，皇帝看不到，他高高在上，错过了许多他本该看到的东西。

“别人都抱怨自己的儿子是无能之辈，可我的儿子个个都是孙仲谋。”皇帝的声音传来，裴寂把目光从殿门外收了回来。

“大儿子会下毒，二儿子会使计，现在就连这个四子也会告状了。”

袖里的东西沉重，我不该拿出来，皇帝不该看这样的东西，他已经受尽了诸子相争的痛苦。

“齐王所说的也不全是假的。”裴寂从袖里掏出那件东西，“这是今天早上太史令傅奕送来的折子。”

“太白见秦分！太白见秦分！”皇帝的手在颤抖，奏折直指着秦王的鼻子，“好一个太白见秦分，这下你满意了，上天都钦点你了。看看这后面，还有一句你更喜欢：秦王当有天下！”

啪的一声，奏折摔在地上，秦王低头垂目，并未去捡地上的奏折。

“这不过是术士之言。”

“术士？这是朕的太史令上的折子！”

“傅太史虽然穷极天下术数，但据说他本人都不信这些，儿子不知道他为什么上这道折子，更不知道什么叫太白见秦分！”

“不知道？”皇帝目光如电。“世民，你骗不了我，以前只有一个刘文静说你天赋异象将有天下，朕将他斩了，现在满长安城都在说你当有天下，朕是不是该上听天旨、下顺民意？”

“儿子没有半点非分之想，在儿子眼里，父亲就是天，圣命就是天意，儿子绝不做背父弃兄的人。”秦王的话语平静得像这两仪殿的青石地板，而皇帝的指责如拂过地面的风，除了扫起微尘外别无他用。

“背父弃兄，你说得好，可你也不要忘了，我不仅是你的父亲，也是你的君王，建成不仅是你的长兄，也是国之储君，将来，他为君，你为臣，这永远都变不了。”

"儿子明白这一点，儿子也从来没有想改变这一点。"秦王跪在那里，头低着，腰却挺直。

他这样的语气与其说是在开解自己，不如说是在激怒皇帝，裴寂奇怪对方语气的强硬，否定一切可不是辩解的好方法，这只能让指控者变得愤怒并失去控制。

"从来没有？"皇帝反问，他低头直视着自己的二郎："仁智宫的事是怎么回事？"

"儿子受父亲之令，平定杨文干。"

"这么说，你没有罪，反而有功哦?!"

"儿子不敢领功，也不敢受捏造之罪。"

"捏造之罪，那行刺太子的秦王府刀也是捏造的？"

"秦王府东征西战，有刀流于外间，难免被奸人所用。"

"好，好……"皇帝的身体在颤抖，"你不认也罢，那你跟突厥突利可汗结香火兄弟一事可赖不过去吧。我只听过我的二儿子交流广泛，三教九流俱全，可没想到你竟然还有一个突厥的香火兄弟。"

"儿子不会赖，这确是儿子认的，但这一切都是纵横之术，隋帝嫁宗女以安边疆，儿子只是为了离间突厥。"

"那怎么突厥人没被你离间了，反倒结伙南侵，来一次，我们大唐的府库就要空一次？"

"离间需要时间，贿敌也是权宜之策。总有一天突厥必自乱，那时就是我大唐马踏都斤山之时。"秦王抬起了头，他的眼里丝毫没有畏惧，裴寂心想，他早就想到了有被皇帝质询的一天，这些答案只是宣读腹稿，它们多半出自那十八学士之手。

"你……"皇帝被驳得失语，但愤怒却在上升，"那说说看，你把程知节藏在府里是怎么回事？他到底是你的家臣还是大唐的军将？你私访李靖、李世勣又是怎么回事？"

秦王沉默，这让皇帝找回了进击的节奏："你想夺统帅之位是不是？你想将李靖、李世勣拉到你的西宫小朝廷里，让大唐勇将俱在你秦王府，你以为这样，我大唐就离不开你？世民啊，你是能打，可我让你打你才能打，不让你打，你就不能打！”

“儿子想知道这是谁说的？”秦王咬着嘴唇，“是大哥说的，还是四弟？还是有别人？”

裴寂似乎看到秦王的眼睛瞄向他，他连忙把眼光移到别处。

“谁说的不重要，重要的是这是事实。”皇帝没有否认，却形同承认。

“这不是事实。”秦王断然回答，他的腰挺得更直了，“程知节只是暂住秦王府，他并没有说不去康州，吏部也没有说要他什么时候到康州。”

“没有？”皇帝望向裴寂，裴寂手忙脚乱，自己管着尚书六省，事如繁星，哪里知道给程知节的官牒上是否写着期限，裴寂差点如此说。

“我不清楚。”出口之后，裴寂发现这个回答很糟，他知道我无法马上印证，裴寂愠怒。

“而儿子去看看李靖跟李世勣不过是尽同僚之谊，大唐律法，没有说我们不得相互探访吧。”皇帝的怒火碰上了冰冷的河水，顿时熄了一大半。

“这必是大哥要害我，儿子只是想当好大唐的秦王，可大哥心怀戒心，处处为难兄弟！”

皇帝无法反驳，裴寂内心哀叹，难道坦承告状人不是太子而是齐王？

“大哥说我的坏话也不要紧，可他不该骗父亲，更不该做出辱没家门、让父亲蒙羞的事来。”

“你这话是什么意思？建成做了什么？”

裴寂感觉自己像掉进了泥潭，尹德妃，裴寂第一次见到她时，她还羞涩得如同一朵蓓蕾，怯怯地站在李建成的身边。太子将她托付于我，这是在拉着我的脚往下陷，而我紧紧抓住皇帝，秦王站在一边冷笑，默看着污泥什么时候漫过我的脖子，灌进我的嘴，从我的鼻子挤进去，直至淹没所有的人。当初的权宜之计，却为所有人挖了坑，尹德妃为什么会出现在不该出现的地方？我为什么要送隋帝的宫妃给皇上？这不是裴寂第一次反悔，那些错乱的关系如同残忍的白巾，勒住所有的脖子，而秦王是系巾的横梁。

只要将妃子送过去，留守就会顺应民心起事，裴兄一定能成为从龙元臣，其所得又岂是这些赌资可以比拟的？刘文静的声音响起，他已经死了，可他背后的那人就跪在这里。

“大哥跟尹德妃暗通曲款、淫乱后宫！”秦王终于说出裴寂最恐惧的东西，这是他的最后一张牌，他没有别的牌了，这张牌能帮他取得最后的胜利吗？不会的，绝不会的！裴寂暗自镇定，皇帝的脸已经发白。

“这些东西儿子不愿说也不该说，可不说我大唐要被天下人耻笑，我又怎么能看着父亲的名声被大哥如此践踏……”

“够了！”皇帝怒吼，微尘在空中激荡。四下寂静，只听见三个人的呼吸声。皇帝大口喘着气，迟暮之年在吞噬他的精气神。裴寂压抑着自己的呼吸，可怎么努力都隐藏不住自己的气息。秦王嘴唇紧闭，鼻翼却在耸动。

“我的儿子们啊。”皇帝犹直挺着身子，可发抖的身体却诉说着疲惫，“当初在武功老家，我们要仰人鼻息，却还是一家人，现在天下归于家门，却兄不知慈爱，弟不知礼尊。你大哥说你图谋篡位，你说你大哥淫乱后宫，我这做父亲的要听谁的？”

“儿子只说事实，儿子从未负过大哥，大哥却要我的命！”

“你还要争，你还要逞强。”皇帝把身子靠在案边，神情疲惫。或者我错了，我不该怂恿他踏上这条帝王之路，裴寂顿生悔意。

“你们说的，我一句也不想听，也不愿意听，我可以当什么都没听到。”

“儿子可以忘记，可大哥不会放过我，儿子一开始就错了，从打赢第一仗时就错了，儿子要不是逞能拿下这么多战功，也不会惹得大哥猜忌。儿子更不应该收降王世充、斩杀窦建德，大哥构陷于我，就是为了替世充、建德报仇。”

“什么？”皇帝从案上立起身子，连裴寂都惊骇。

“大哥跟此二贼相通！要不然，我血战山东都拿不下窦建德的余部，大哥一去就能劝降？大哥宫中的洗马魏征以前就是窦建德的亲信！”

胡说！裴寂差点喊出声！听齐王说过荒谬的东西，也听过秦王的狡辩，可都没有这个听来荒唐，可裴寂慌张地发现，皇帝竟然沉默了。

往往不是事实欺骗了我们，虚无而不着天际的谎言更容易让我们困惑。秦王比任何人更懂这一点。裴寂想要开口，皇帝却抢在他的前面。

“世民，你知道你现在说的是什么吗？”

“儿子明白。儿子绝不胡说！”

“你敢跟你大哥、四弟对质吗？”

“敢，要是儿子所说不实，自愿削藩为民！”

“好！好！”皇帝频频点头，说不清是气极还是下定决心后的快意，“明天早上，你到临湖殿来，你大哥、四弟也来，你们当面把话说清楚！愿意做兄弟的做兄弟，不愿意做兄弟的，也还有君臣之分，要是连君臣都不想做，我也不会勉强！”

大殿里沉寂得可怕，发亮的石板上还留有秦王跪着的印迹，或者那是我的错觉？裴寂想到，他总怀疑那个人还在殿内，因为殿里似乎还回响着他那些骇人听闻的话语。

“通训门什么时候开？什么时候关？”皇帝开口打断了沉寂，裴寂宁愿待在尴尬的沉默里。

“早上寅时开门，酉时关门。”

“未明已开，已夜未闭，它比承天门还要勤。”皇帝微抬着头，脸上难掩苦涩，“封了吧，这个门开着，别人的嘴就堵不住。”

我该闭嘴，裴寂想着，可他就是忍不住开口：“那太子……”

“让他走玄武门进来，跟我的大臣一样，多走两步路，累不着他！”

“好的，我回去安排。”裴寂回答。

“今天就封！”皇帝提高了声调，“再不封，我就要成为第二个文帝了！”

“是。”裴寂唯剩下从命。

他相信了？仅仅是秦王的一面之词，他就相信了？望着皇帝通红的脸，裴寂终于意识到事实已不再重要，甚至皇帝相不相信也不重要，秦王已经在皇帝的头脑里植入了猜忌的种子，这种不信任的萌芽比落实的罪状更伤害人的感情。通训门一封，太子不是多走了两步而已，群臣看到原本走内门的太子现在跟他们一样要从玄武门进去，这只会削弱太子的权威，这甚至会让那些自认为敏锐的大臣妄猜圣意。

意识到自己的失态，皇帝放缓了语气："明天你早点来。"

"啊……"裴寂抬头看皇帝。

"临湖殿，帮我看看我的这些儿子，哪个忠哪个奸……"

"这是圣上的家事……"

"家事？"皇帝嘴角挑起，裴寂看到其中的苦涩在泛动，"当年你把尹德妃送到我面前时，我就没有家事了。你又何必提什么家事？别人说你是东宫的支柱，这没冤枉你吧。你要来，让封伦、宇文士及他们都来，让他们看个明白，看个真切，从明天之后，谁要是再跟我说什么储君之事，我也只好做回暴君了。"

"那我通知他们。"

两仪殿重归寂寞，风吹动殿帐，抚过地面，也摇摆着裴寂的长衫云袖。这是一个开始？还是开始的结束？或者这是一个结束的开始？裴寂闻得到这夏风里的躁动。

第六十五章　东宫弃士

【魏征】

木槌发出沉闷的声音，将长长的铜钉打入榆木做就的城门，魏征感到这铜钉钉进的是他的心。

再没有比跟淫乱后宫更让人难堪也更危险的罪行，仅仅是谣传就可以断送一个人的一切。他答应我再也不见那位德妃的，尤其在这个时刻，秦王一点点失去优势，他那些自豪的战功现在成为他沉重的负担，而太子只要体现君子之风便好。

君子？魏征想起太子那张永远似笑非笑的脸，长安城内有没有君子尚不得而知，但太子大概难以称得上君子，可至少也不要成为道德败类。魏征转身朝显德殿走去。

高高的树荫难挡酷暑，魏征紧抿嘴唇，低头急走，显德门外人影稀疏，连守门的士兵都躲在了大门的阴影里，看到魏征过来，他们纷纷上前。魏征朝他们点头，并未停下。

皇帝做了一件愚事，木槌的声音似乎一直紧随着他。魏征暗自想到，到了明天，所有的长安人都会猜测这道门暗藏的故事，众人的口比史笔更锋利，也更刻薄，这样的猜测会传上好多年，版本会一个比一个下流。但如果是我，只怕也会愤怒地封上这道尴尬的大门。

是什么让皇帝做出了封闭城门的决定？皇帝又知道了什么？也许这一切，

只有太子才知道答案。魏征加快脚步，迈上台阶，哎哟的声音传来，一个绿影子晃动着倒在地上。

“摔着了？”魏征微微倾身，没有伸手去扶地上的人，“对不起，我走得太快了。”

十来岁的小宫女慌里慌张，用手撑着地面站起来：“没事，没事。”

微微点头，宫女侧身离开。望着她的背影，魏征迟疑了一会儿，突然冒出一个念头，他抬脚跟了上去。

宫女的脚步飞快，偶尔还回头张望，看到魏征的身影，她的步子更快。我没有见过她，她不是东宫的宫女，至少东宫的宫女不会不跟自己打招呼。魏征差点要小跑才能跟上宫女，她对东宫并不陌生，借着长廊的阴凉急走。

玄德门外，宫女往后看了一眼，毫不胆怯，终于，她转身朝门外走去。

她果然不是东宫的人，她却可以在东宫里畅通无阻，城门守卫甚至都没有盘问。

玄德门外已经没有了宫女的身影。我老了？魏征不肯承认这个想法，在瓦岗时，我也翻山越岭，没有理由会跟丢一个小小的宫女。最后他的目光落在了一辆马车上面，毫不犹豫，魏征快步上前，抓住了马的缰绳。

“魏洗马，你不会闲到要替我驾车吧。”

帘子拉开，宫女的脸露了出来，而声音则来自她后面。尹德妃略施粉黛，端坐不动。

“德妃！”魏征毫不惊讶，唯有愤怒。

“你要站在这里说话，还是进马车里来？”

“我就站在这里。”阳光直射，魏征却感觉马车里还燃着火灶。他固执地说道，拒绝皇妃让他心里感到痛快一些。

“那你们给东宫的洗马让个说话的地方吧。”

宫女从车上下来，与车夫走远。

“你不该来！你该知道通训门已经被封了！”

德妃的脸平静得像夏日的朗月，目光又炽热得像正午的骄阳。“我当然知道。”她低声说道，像个被训话的女儿，“我正是想告诉太子这件事。”

“难道太子连门封了都不知道，还需要劳您的大驾?”

“不是这样的。不仅是封门，圣上明日要让太子与秦王对质。”

“对质什么?”魏征问道，出口之后，他觉得自己太傻了。通训门被封，已经暗示着这个尴尬的话题。

“秦王的谣言……”她轻声说道，脸变得通红。

魏征忍住不去看德妃精致的面孔，强迫自己忘掉她话语里的退让。“还需要什么对质？你站在这里，就已经是证据!”

她的脸红得跟火烧一般，我说得太过分了吗？魏征将这个想法赶出脑海，软弱意味着失去力量，软弱意味着接受祸害。

“我只是想帮忙……”

“你远离东宫就是帮忙!”魏征脱口而出，车里一阵沉默。

“我知道了，我以后不会再来，魏洗马可以放心回去了。”

魏征看到闪光，却不愿想那是委屈的泪水。松开手上的缰绳，魏征后退一步。车里的声音犹豫：“魏洗马?”

“还有事?”

“那个，以后东宫就拜托魏洗马了，能守护他的只有魏洗马一人。”

幼稚的感情！魏征忍不住反问：“既然德妃忘不了旧情，为什么当年在太原又要接近圣上?”

眼泪从对方白玉般的脸庞滚落。

“你不想说也没关系，我本不该问的。”魏征又退后一步，给马车让开道路。

“是秦王。秦王让我去的，他告诉我，建成也在那里，他还说，留守要是高兴，说不定就会答应建成娶我……”车内的声音低婉哀伤，在魏征听来，却不亚于晴天霹雳。

高高的殿梁将酷暑挡在檐外，还未迈进殿门，清凉已经扑面而来，笑声跟夏风一样充盈着面前的大殿。

“四弟，你这招釜底抽薪实在是高明。没有了兵权，他还拿什么来吓唬我们!”

站在殿门外，魏征就听到了太子的笑声。齐王也在?!魏征皱着眉头，不该出现在东宫的人却天天往东宫跑。送走一个尹德妃，又来一个齐王。太子应该远离齐王，太子是口渴的羚羊，齐王掌控着水塘，可太子不该把嘴凑过去饮水，因为齐王是凶狠的江鳄。

“齐王也在?”魏征跨进大殿，“大军马上要北上，齐王不去整肃兵马?”

殿内突然静了一下，魏征感觉自己倒像这大殿的不速之客。太子的脸甚至阴沉了一下，魏征向他拱手：“殿下。”得到的回应却是一声细微的冷哼。

他像未成年的小孩，这次又在发什么脾气?我还有怨气要发呢!尴尬在魏征的心头缠绕。

“魏洗马，你来得正好!”齐王爽朗的笑声仿如一枚顽石投在水塘，“明天一切就可以结束了。”

“结束?”

“刚刚得到的消息，明天圣上让大哥跟他对质，他狡辩不了，明天过后，他天策府的牌子就要揭下来，十二卫将军的皮也要扒下来。”齐王颇为得意，似乎秦王好剥得像一根香蕉。

这就是尹德妃冒着风险送来的消息?看不出来这有什么值得高兴的，对质而不是定罪，太子的嘴辩得过秦王?魏征小声嘀咕着。

“秦王行事向来预先谋划，对质之事未必像齐王说得这么简单。”魏征说道。

齐王嘴角上扬：“这一次他就算有通天的本事也逃不掉了。圣上已经下了决定，说是对质会，只是做给天下人看的，临湖殿只怕要成为他的终老之地，魏洗马，你听说过隋朝太子杨勇被囚禁的事吧。听说那位胖小子天天爬着树朝外面喊冤，我现在迫不及待地想看他爬树的样子。”

太子微微皱眉，齐王连忙补充：“大哥，我不是那个意思，我是说他……”

“四弟，我明白的。”太子换上了微笑，“这次可准了?可不要再出纰漏!”

“你还不相信我?大哥啊，你要是跟我配合，那就完美了，这次你放心。”齐王拍着胸，“我已经试过父亲了，父亲还不能痛下杀心，但他想再回秦王府就困难了。剩下的事情，我们就替父服其劳。”

太子这次的微笑真切起来：“那就好，那就好。”

魏征冷眼望着齐王，他比太子还要兴奋，好像接下来当储君的是他本人。

“这次大哥的储君之位再无人动摇了，”齐王又喂给太子一枚大大的定心丸，随后，他压低了声音，神神秘秘，“依我所见，父亲似乎萌生退意，只怕用不了一两年，大哥就可以搬到太极殿去了。”

“不会，不会。”太子连忙摆手，可如花的笑脸出卖了他，“四弟，要真如此，我必册你为皇太弟，我们兄弟二人轮掌天下！”

愚蠢！魏征恨不得堵住太子的嘴。许诺可以拉拢人心，但许诺也会给自己戴上脚镣。何况面对的是齐王这样的人，击败一个秦王，却捧起另一个秦王。

“多谢大哥！”齐王赶紧回谢，魏征发现自己难掩冷笑，这换来了齐王不怀好意的斜视，“魏洗马似乎有不同的看法？还是认为我当不得皇太弟？”

“皇太弟之事不是我可以说的，但明天的事情真的这么简单？秦王岂是束手就擒的人？我看现在还不是什么皇太弟、皇太哥的时候！”魏征赌气般回答，明日之后，无论怎样都必须让太子疏远齐王，此人只可利用，绝不可以信任。可现在来看，他就是伤人害己的双刃剑，连利用都必须小心。

“哈哈。”齐王大笑着掩饰尴尬，“还有什么好担心的，秦王府的兵籍我已经看过了，不过区区八百人，这八百人还能把长安城翻个天？圣上的数万御林军、大哥的长林兵，还有我的府兵，难道还输给他的八百人？”

他说的并非没有道理，魏征发现自己无法打倒齐王的得意，可这一定有什么漏洞，我太熟悉秦王了，甚至比熟悉太子还要熟悉他，他可以说得上有些狂妄，但绝不乱为。他自视甚高，却从不轻视对手。或者说八年前，秦王还会往摆好的局里跳，今天的秦王绝不会如此，战场教会了他一切。但魏征说不出来问题出在哪里，这让齐王脸上的得意越发明显，而太子似乎也松了一口气，像个傻瓜一样望着齐王笑。

“好了，我也该回去了。”齐王站起身来，走到门口，他又回过头来，“大哥明天早点起床，明天我们一起去看场好戏！”

齐王似乎将所有的话题都带走了，魏征站在原地，打好的腹稿堵在嘴边无法说出来。

“你还有什么事?”太子问道，要是夏日同他语气这样凉倒是件功德，这听来不像是询问，而是在下逐客令。

“明天还是要小心。”这句话不是我最想说的，可它最容易出口，魏征想着，“不去不可以吗?”

“圣上下的敕令，我可以不去吗?”太子的眼睛变得陌生，这让原本充满怒气的魏征一阵彷徨。

“或者可以告病?”

“告病?我就是真生病了也要去!我怎么可以错过一举击败他的机会?难道说魏洗马不希望这样的局面?”

一连串的反问让魏征发慌。“我当然希望，可是……”

“可是什么?为了这一天，我等了多久?西宫将我东宫压得暗无天日，他有兵权，我们动他不得，现在四弟夺了他的兵权，连圣上都看透了他，我们还等什么?”

“一定要去，明天让齐王先去，殿下不要去得太早。”魏征说道。

“你这是什么意思?看你的意思，好像我们东宫的敌人不是西宫那位，而是齐王?”

“今天的齐王或许不是，但总有一天会是!”魏征终于找到了话头，“他帮着我们打倒秦王，但总有一天，他会成为第二个秦王，甚至比秦王更危险，你忘了我婚礼上的事?他可是什么事都敢干!”

“正是他什么都敢干，我们才找他的不是?”太子倔强地回答，“你把我当小孩?你以为我什么都不懂，连谁是敌人谁是盟友都分不清?”

“你要是分得清，就不会跟齐王走得这么近。”魏征提高声调。这些话难听，可我总要说出来，魏征索性说个痛快，“你要是分得清，就不会还跟后宫的人来往!”

太子的脸瞬间变得像殿外的夕阳一般红，我说中了他的软肋，魏征心想，或许我该说得更明白一些：“这些人帮不了你，他们顶多将你拉上河岸，转身就会将你推到泥潭。”“呵呵……”太子冷笑起来，红晕从他脸上消退，取而代之是愤怒的白脸，“照你说，我该跟谁走得近些？跟秦王吗？然后把这显德殿拱手让给他？或者跟你一样，跟秦王府的学士们称兄道弟，这样，他们就不会夜夜不睡觉想着怎么对付我？”

魏征愣住了：“殿下，这是什么意思？我不明白。”

“不明白？这个你总认识吧。”太子从袖里掏出一块小小的白玉，鱼符摊在太子白净的手上，比一把利刃还要刺眼。“秦府的学士送回来的，还让我向你转达谢意！”

夕阳拉长了身影，魏征感到自己的灵魂就像这影子一样，被不断地拉伸直至撕裂。

“我东宫的庙这么小，哪容得魏征你这样的大才，我看秦王府该有个十九学士了！”太子的脸狰狞得可怕。

“殿下……这是秦王的离间计，他在分化我们！”魏征记得自己拼命大喊，出口却听不到任何声音，仿佛喉间有个深洞，将所有的声音尽数吸走，连自己挥动的手臂都那样无力，甚至显得滑稽。

玉鱼符碎成一地，随之破碎的是洗马跟太子之间的信任。

十九学士？魏征嘴里发苦，拼命想挤出一点笑容，可面部僵硬，路人避而远之。一个失魂落魄的人的笑容比哭还惨，魏征想起初到长安时那些无人问津的日子。兜兜转转，我又回到了原点，时不济我奈若何？谋者当笑我，竟然还奢望将齐王驱离东宫，现在流落街头的人是谁？

我该怎么跟四娘说？想起这个问题，魏征的头痛得欲裂。我被赶出东宫了，她不会怪我的，或许还会高兴。远离大唐诸王之争，这不正是她所希望的？想到这里，魏征感到好受一些了。至少有家可以归，他的脚步快了一些。

“玄成。”转过坊角，魏征模糊听到一个声音。失意的人心里会张开一千只耳朵，这是幻觉，魏征告诉自己，然后继续前行。忘掉东宫、忘掉太子，或者还可以忘掉长安，到洛阳去、到山东去。四娘可会愿意？她会愿意的。魏征的脚步又轻松了一些。

“玄成！”这个声音固执。魏征抬起头，房玄龄的笑脸从路边一辆马车的侧窗露出来。

“你……”魏征坐在马车一侧，望着一身道袍的房玄龄，全身止不住发抖，“你还有脸来见我？”

“不要这么生气。”房玄龄细声细语，“知节。”他向外面招呼。

马车开动，赶车的是程咬金？魏征刚才气极，猛地蹿上车子，没留意到刚才车旁戴着毡帽的大汉就是曾经的瓦岗同僚。

“过河拆桥！”魏征难抑愤怒，“我想象不出长安城还有比你们更无耻的！杜如晦呢？他怎么不来见我！”

“他想亲自跟你解释，但他实在有事。”车轴转动，风从车窗布帘边钻进来，驱散着车内的沉闷。

“他真敢来？”魏征冷笑，“他真敢来，我倒要做一回粗人。知节，你该知道的，在瓦岗时，我是怎么对待邴元真的。”

“房学士要小心了，魏道士的拳头可硬了，邴元真打开洛仓城门私通王世充那天，他把人家打得满头是血，我都下不了那样的重手！”程知节爽朗的声音传进来。

“不至于此，不至于此。”房玄龄说着，却还摸了摸头，“玄成消消气，克明是做得过分了一些，但也是没有办法。”

“岂是过分？”魏征盯着房玄龄的脸，似乎看出点什么，“你们故意的，就是想离间我们，你们一定有阴谋！你们要怎么对付东宫？”

房玄龄微笑着反问：“你还在操心这个？”

“什么？”

“要是我的消息没错，玄成你被你的太子殿下逐出了东宫，你已经不是东宫的人了，不在其位，何必谋其事？”

“无孔不入！无孔不入！”我待在这里干什么？听他们炫耀？魏征想要离开，但尊严又让他端坐着不动，逃离便是认输，“我记得你跟杜如晦也被赶出了秦王府，怎么还在这里搅和？”

“没错，我也离开了秦王府，但我跟你不同。”

“有什么不同？我看不出来。”

“你是真看不出来，还是不愿承认，我们不是被赶出秦王府，而是被勒令不能进入，而你是被太子赶出来。玄成，这里面差得好远。”

他说得对，魏征无奈承认，他们是被外力所阻，我是被内力所驱。魏征冷冷哼道：“我看都是一样！都是流浪的谋士。”

“那倒也是。”房玄龄无意争执，他伸开双手，展示着身上的青布道袍：“拜玄成你所赐，我房玄龄也穿上了道袍。”

魏征装作没听懂，可房玄龄凑了过来，眼睛闪动：“玄成，尹阿鼠那出戏是你安排的啊。”说完，房玄龄挺直了身子，轻轻摇头，“我也没想到，一向直取不曲求的东宫洗马也会使这样的诡计。”

“房学士不要被魏道士的外表迷惑了，论诡计多端，瓦岗还真没有多少人比得上他。”程知节的声音从外面传进来。

“当然是我！”魏征索性承认，我又没干伤天害理的事，干那些事的是对面这些伪君子，“只是将你们逐出秦府已经是手下留情了。就凭你们做的事，推到刑场都不为过。”

“玄成，你是说可达志老母跟幼儿的事？”车窗外的光线暗了下来，可房玄龄的眼里闪着光，“你不会认为那是我们秦府的人做的吧。”

“难道不是？”

“你误会我们了，我们秦王府用得着对手无寸铁的人下手？”车子开始颠簸，他们要去哪里？魏征想往外望，可房玄龄说出的名字吓了他一跳，“是齐王府的人下的手。”

“齐王?!”

他倒有可能，不对，秦王的人向来喜欢泼脏水搞离间，他跟我说是齐王的人干的，然后又跟齐王的人说是东宫干的。

“你们倒会选人……”魏征冷笑。

“玄成，你总会相信的，我们会给你证据，但不是现在，我们还有很多要事去谈，没时间在齐王身上浪费时间。”

“我们之间能有什么要事？”魏征再一次望向外面，天变成淡青色，“你不就是想来看看我的笑话，证明一下你们的诡计已经得逞。”

“玄成……”房玄龄有意无意地侧着身，挡住魏征的视线，“是秦王叫我来的。”

“这么说，把鱼符还给太子，离间我们是秦王直接下的教令喽……”魏征冷笑，“输给秦王，我心服口服，天底下还有比他更有心机的人吗？”

房玄龄并不理会魏征的讽刺：“秦王让我转告你，他很后悔。”

“后悔？”

“他说当日要是用了你的十策，山东也就不会复叛，也就不会死那么多人……他说自己太大意了。”

他看过我的十策?！他却装作不认识我，被忽视的感觉在魏征心中燃起怒火：“他哪里是大意，他简直是狂妄，以为凭着坚甲利锐就可以战无不胜、扫平天下？他以为自己智勇无双，可在我看来，他愚蠢得可笑。”

房玄龄竟然点头：“玄成，你说得对。”

“同意！”程知节在外面说道。

“玄成，天底下没有全人，我们每个人都会犯错误，秦王也会，重要的是，我们能否承认自己的错误并去改正。”

他的话无法反对，但秦王府的人个个都擅长讲这样的大道理，然后行苟且之事，魏征提醒自己，却不禁被房玄龄的话吸引。

“秦王有许多缺点，也会做许多错事，但错不只是他一个人的错，提醒他、帮助他，这是我们的责任。”

“是你秦王府的责任，与我何干？”

“是了，是我的责任。玄成，你知道我最后悔的一件事是什么吗？”

魏征不去回答。

房玄龄的声音变得轻细起来，仿若自责：“人人都说我是秦府的瀛洲使者，秦府将才多是我招致的，可我犯了一个大错，我遗漏了你。”

魏征还以冷笑，他听到门轴转动的声音，车子进了一座大宅？马车慢了下来。

“这是我最大的遗憾，所幸这个遗憾还有机会弥补，明天不管怎么样，是太子登基也罢、秦王也罢，你都有机会一展才华，辅佐君王平国治天下。”

“你们想要干什么？”魏征猛然站起来，头撞到车顶，头皮生疼。

“你说得没错，我们是有预谋，就在明天，就在临湖殿。”房玄龄一脸平静，车停了下来，灯光替代了最后一线阳光，透过车帘穿透进来。

“好啊，果然没错。”魏征尝试着再次起身。

“玄成，再听我说多两句。”房玄龄带着乞求的目光。

“你说！”

“明日诸王之争，自会流血满地，但也仅是诸王之争，而不该成为天下之争，更不应该成为乱世之源，你明白我的意思吗？”

“你的意思是让我们束手就擒，不然就要让天下大乱？”魏征冷笑着，他们总能让难看的事情披上漂亮的外衣。

“当然不是，明天诸王自会决出胜者，同样，就会有败者，胜者拥有生杀大权，可败者不该被赶尽杀绝。”

他们把我拉到了哪里？也许我本不该上车，此时回去还能进去东宫？太子能否相信我的示警？魏征不安地张望。他肯告诉我这个，就已经打定主意不让我离开一步了吧？“你到底想说什么？”

“秦王，如果他胜，将赦免东宫、齐王府一切府署。到时，还请玄成居中调停。”

魏征惊讶地望着对方，他不像在开玩笑。“你的意思是，如果秦王胜出，我不但不反抗，还要帮着你们去劝降？你认为除了你们秦王府的人，天下都是笨蛋？”

“玄成，难道你要反抗既成的事实，你要让鲜血染尽长安，让烽火重回中原？你还想回到瓦岗那般的岁月，难道你想让这些大唐军将互相绞杀？不要忘了，我们还有外敌，突厥人说不定就在渭河上游！”

“你说得好像秦王必胜一样，要是太子胜出呢？”

房玄龄似乎鼓足勇气：“要是太子胜了，我们这些人只怕难逃一死，但还有很多人应该活下来，在洛阳的、在各地跟秦王有过交情的，他们是大唐的臣民，他们该活下来。”

魏征哼了一声：“他们活下来，然后为秦王复仇？”

“所以我更要找你，你要去劝降他们，让他们放下兵器、忘掉秦王、接受太子。”停了一下，房玄龄补充道，“这是秦王的意思。”

“有趣，但你们也太高看我了。”魏征一针见血指出其中的疑问，“我拿什么让他们放下复仇之剑？我的舌头没有剑利，我的脑袋只够砍一次。”

“放心，秦王也想到了这一点。”房玄龄微笑着站起来，率先从车上下来，然后掀开车帘：“玄成你看，厅堂的案上就有秦王亲写的教令，拿着这个，自可号令秦王所有的部下。”

秦王亲写？魏征探出头来，前面正厅里点起了大灯，案上似有一卷东西。有了秦王的手令，太子该会相信我了。

“好！我倒要看看。”魏征跳下马车，大踏步朝大厅走去，房门已开，空无一人，陈设简单，唯有一张大案，案上果然摆着一方绢纸。

“以玄成之才，何用手令？此事甚大，万望周全！”字迹娟秀，却字字透着嘲笑之意。

魏征猛然回头，马车还在，程知节却不见了，房玄龄也不见了身影。他跑出大厅，直奔大门，却听到落锁的声音。

双手砸在紧闭的大门上，魏征发出绝望的巨吼：“房玄龄，你又骗我！”

第六十六章　不眠之夜

【长孙无垢】

天犹未亮，王妃提着宫灯，照着秦王前行的路。

“承乾睡了吗？”秦王问着。

“睡了。”无垢点头，这是她从大内回宫之后，秦王问的第一个问题，他不问我大内的情况，也不问府中的将士，唯独问起了儿子。无垢无声叹息，此刻，他不是秦王，不是大将，将烦琐的羁绊排遣开去，只留下最纯真的，他只是孩子的父亲，我的夫君。想到这里，无垢忧心地望着丈夫。

“世民，天还早，你应该睡一下。”无垢轻声说道。秦王的眼里充满血丝，从宫里回来后，他一刻都没有休息，会见客人、调度军将、召回学士……而天亮之会，还有无比凶险的东西在等着他。

“我不困。”秦王回头望妻子。无垢从他眼里收获了慈爱，他斩杀无数豪杰，冷对天下枭雄，可谁像我这般幸运从中读到了温柔？可这双眼睛总不会永远关注我，这张脸孔总会有别人的手抚过。无垢在内心长长叹了一口气。

“倒是你该去睡一下，你才从宫中回来。”秦王劝道，“我只是想出去走走。”

“我陪你去！”无垢轻声说着，微微喘气。此刻的秦王是孤独的，他需要做出最后的抉择，他将要面对内心中最后一道大山，没有人可以帮他，但我应该陪着他。长孙想着，将宫灯抓在手里。

秦王没有坚持，他牵起妻子的手继续前行，脚步却放慢了，直到妻子的呼吸变得平顺。

出了寝殿，秦王向右边拐去，前面的空地上，临时搭着营帐，八百府兵尽在西宫，可有多少人进入梦乡？生死一战，没有人愿意将自己交托梦境。声音从未间断，火烛抗拒夜色，秦王绕开喧哗，向千步廊走去。

精雕的长廊在一对对宫灯中向前延伸，无垢细听着秦王的脚步，他要去马坊，无垢想起秦王最常去的地方，可经过马坊时，秦王并没有停下脚步，直到鹰坊前，他才意外地站住了，里面传出急促的咯咯声。

“是将军。”无垢提起宫灯，照亮鹰坊的大门，“它知道你来了。”

“去年秋猎之后，我再也没有打过猎，差点把它忘了。”秦王推开鹰坊的门。

大鹰扑动着雪白的翅膀，秦王将它从架上取下来，秦王轻叫了一声，连忙缩回了手，大鹰在他的手上啄了一下。

“它生气了。”无垢轻轻抚摸着大鹰如丝般的羽毛，将军低着头，收拢翅膀，仿若温柔的小孩。

“它该生气。”秦王点头，“鹰是属于苍天的，它在这小小的屋里待着太无趣。”

“叔宝上个月带它出去过。”无垢说道，而鹰发出咯咯声，似乎并不满意王妃的说辞。

“它听得懂，它在抱怨。”秦王将大鹰放在肩上，“偶尔的狩猎只会让它更向往蓝天。”秦王开始解开将军脚上的铜扣。

将军发出愉快的咕噜声，脚扣咔达一声被打开，它伸展翅膀，纵身一跃，从秦王的肩前跃到深邃的夜色里。

“大王……”无垢满腹狐疑。

“我不想它被四弟烤来吃。”宫灯照亮了秦王的苦笑，无垢突然意识到夫君在担忧。她上前，握住夫君的手。

“不会的……”无垢说不出后面的劝慰。

秦王将脚链扔到地上：“无论成败，它都不该待在这里了。”一声长鸣打断了秦王的话，白色的身影如同大球一般从天而降，将军收起翅膀，轻轻落在秦王的肩上。

无垢感到一阵欣慰："世民，它还不想走呢。"

"它该走！"秦王下定决心，他将大鹰握在手上，向上猛抛。将军再次腾空，在天空盘旋数圈后，终于融进夜色，除了渐远的鹰鸣，再也不见那团白色的身影。

秦王望着天空，直到连鹰鸣都消失。"没有人可以伤害它了。"秦王低下头，"无垢，我最担心的是你。"

"我？"无垢马上明白夫君的意思，"世民，你不用担心我。"无垢从腰间取下一个香囊，"像将军一样，我也有属于自己的双翅。"

"这是什么？"

"砒石。"无垢小声说道，秦王的脸色变得苍白，"我跟孙道长要的，你在东宫中毒归来那夜，我在想，要是你醒不过来，我就去那边陪你。"

"把它给我。"秦王声调严厉。

无垢将香囊放回腰间："世民，你要是有不测，我岂能独生？"

"你太傻了。"秦王摇头。

"我也没有说要用，我只是备着，你一定会赢的是不是？"

"当然，我会赢的，上天不会让我输！"秦王的眼神变得坚定起来。

无垢望着秦王的眼睛，黑夜让他的双眼深邃。我当然知道，她在内心喊道。从第一次见到你起，我就知道，你绝不会成为一个失败者。

"我相信你，他们也相信你。"无垢指着八百府兵宿营的地方。

"他们将身家性命系在我的身上，我不会让他们失望。"秦王说，"明天的这个时候，我会带着胜利回到这里。"秦王低头看着妻子，爱意满目，"为了你我也得平安归来，我说过不会让任何人再欺负你。"

他还记得，无垢的心中升起暖意，他将自己从地上扶起时就这样说过。彼时，自己将他当作守护神，专属的守护神，可现在不同了，他不再是自己独有的那个少年，他是功震天下的秦王，是八百府兵的希望，或者，还会是另一个人的守护神。无垢想起那个美丽的脸孔，冷艳得如同此刻的月夜。

“不只是我们。”无垢终于忍不住，我该说出来，我没有权力隐瞒，“还有一个人，为了她，你也该回到这里。”

“还有一个人?”

他真猜不到吗？还是希望我先说出来。

“没错。”无垢下定决心，“你中毒那夜，将你从黑暗对面唤回来的，不是孙道长的药，也不是我的眼泪，而是她拿来的解药。”

“谁?”

他真猜不到吗？还是希望我先说出来，我要不要说出来，无垢听得到内心的挣扎。

“齐王妃。”无垢轻声说道，说出口之后，无垢反而感到轻松了，她已经做出了属于自己的部分，而压力转到了秦王的身上。

“齐王妃?!”秦王表情惊讶，但无垢从那声音里并没有听到诧异。

“是她，她从齐王那里偷来了解药，连夜送了过来。”

“我没想到。”秦王像是在自言自语。很快，他抬起头，目光开始游离，“她不该这么做，太冒险了。”

他在担忧对方？无垢的心里冒出这个念头，但她努力将这个让人羞愧的想法挤了出来，“她没必要，可她这样做了，冒着莫大的风险。现在你的命里也有她的心血，为了她，你也该战胜齐王。明天你要夺回的东西，不仅仅是帝座。”

“你是说?”秦王难以置信地望着妻子，无垢轻轻点头，这让秦王差点跳起来，“这怎么可以……无垢，我跟她是有些前缘，但此生缘尽。”

“不，我已经答应她，让你跟她再续前缘!”

夫妻两人陷入沉默，一切都已经相互领会。秦王握着妻子的手，手心传递着感激。而妻子长松一口气，没有秘密相隔，唯有未来可以期待。夫妻一同眺望星空等待黎明，天露出白光时，房玄龄找到了他们。

“如晦回来了没有?”往回走的路上，这是秦王问的第一个问题。王妃看见了学士的疲惫，他依旧穿着那身道袍。

"刚回来。"学士轻声说。

"常何那边怎么说?"

"他开始还不肯答应，可他没有选择。"王妃听到学士的叹息："人做错事，就往往不再是他自己。"

秦王微微点头，"我们何尝不是，自己的错误是送给对手的利刃，除了忍受宰割，别无他法。这么说，他愿意出兵帮我们?"

"没有。"

"没有?"秦王望着学士，面露疑惑。

"没有!"学士肯定地说道，"他不愿意出兵，但他答应放我们的府兵进宫。"

"我们缺少兵力……"王妃细声说道。多一个人多一份胜算，常何手里有近百侍卫，而且还是身处宫中的近卫。

秦王没有说话，秦府的棋子只用到了一半。

"没有办法，叔宝已经拔剑，可常何宁愿授首，也不愿意出战。他说圣上对他有知遇之恩，他已经错过一次，不想错第二次。"

"他总算吸取到了教训。"秦王放慢些脚步，"能为我们打开大门就够了。"

"他不会使诈吧?"王妃满腹怀疑，她在玄武门外见过这个叫常何的人，脸上总露着微笑，对待宫女亦是如此。

"叔宝还在那里。"

秦王点头，算是认可了这个安排。"辅机呢?他已经走了吧?"

学士回答："他刚走。"

"这个时候，他回去干什么?"无垢大声说道，"他该留在府内!"

秦王抓起她的手，安慰她："我让他走的，学士也认为他回去比留在府里好。"

"为什么，多一个人就多一份力量。他就算不敢去玄武门，也该待在府里。"

"无垢，你把你的哥哥想成懦夫啦?"秦王微笑着看着妻子。

我不是想成，他向来比较懦弱，要是当年他勇敢些，我们也不会被后母欺负，无垢想起小时候自己被异母大哥推倒在地时，他转身就跑了。“我去找人帮忙。”无垢还记得他如是说，可他真的叫来了人，那个人的体温正从手上传递过来。我不该对他太苛求，我们都是小孩。无垢的脸色缓和一些，可秦王接下来的话却让她吃了一惊。

“他不是回家，他是去了死牢。”

“死牢？”王妃终于猜到了一些东西。

“他就是刑部的人啊，他该回去静静狱。”

静狱？无垢顿感安慰，他终究还是勇敢起来。

转出长廊，声音大起来，当秦王出现在明亮的巨烛下，声音慢慢安静，所有人都望向了他。

眼前，烛光照亮了一张张兴奋又困惑的脸，这是与王府命运紧系的一群人，他们与夫君共担荣辱、生死相系。无垢想着，紧随夫君的脚步。

秦王走向他们中间，众人让开一条道。

“秦王。”“王妃。”轻唤声此起彼伏，王妃一一点头回应。经过屈突通时，秦王停了下来。

“屈将军。”秦王开口，却被老将打断。

“大王，你是不是嫌我老？”

秦王摇头，马上又点了点头。

“我就知道，我也不用多说，待会儿你就知道我比在场所有的人都要年轻。”年纪不仅刻在脸上，也藏在身体里。最先提醒你的往往不是皱纹和白发，而是力不从心的动作。无垢毫不怀疑屈突通比很多黑发嫩面的人要更年轻。

秦王没有说话，他用力拍了拍屈突通的肩，肩膀发出结实的声音，老将一动不动。

“屈将军堪比廉颇！”右二护军段志玄在旁边说道，这位十四岁就远征辽东的大将并没被沙场磨去锐气，他站在那里器宇轩昂。无垢记得起兵那年，正是他逼降了其时还是隋将的屈突通，现在他们却互为上下级统率玄甲兵，之间没有任何嫌隙。段志玄站在屈突通的后面，仿若是对方的儿子。

“没错。”秦王点头，“可惜玄甲兵不能入城。”

“这点小事，我们足以应付。”程知节凑了过来，他身着长袍，胸前却隆起。他嘴上轻松，却还知道在里面套上铠甲，无垢不禁笑出声来。

“我可不是吹牛。”程知节察觉到王妃笑声里的调侃，他索性大声起来，“王妃，你看，有打铁匠的这双大手，什么兵器夺不过来。”程知节的吹捧引起了尉迟敬德的嘿嘿笑声。

“还有叔宝……噢，叔宝不在，没关系。”程知节又指向一把大弓，大弓从肩上冒出来，比头还要高出三分。弓背如同一条弯龙，弓的主人屯卫将军张士贵双肩宽阔，有着粗壮的手臂。

“信不过铁匠，总信得过忽峍贼的这把大弓吧。”程知节说道。忽峍贼？无垢想了一会儿，才明白这原本是张士贵落草时的称号。

尉迟敬德嘿嘿的笑声戛然而止，但仅仅用冷哼表示不满，这似乎鼓励了对方。

“当年，我跟秦叔宝都敌不过打铁的，这把弓一现身，打铁的立马丢下槊投降。”程知节拍着张士贵的背如同拍着自己的胸般保证。四周的哄笑声淹没了尉迟敬德的冷哼声。

“知节！”秦王嗔怪道。

“大王，知节只是给大家说说玩笑。”替程知节开解的是车骑将军侯君集，腰刀、大弓、铠甲俱全，可他不是一个纯粹的武将。秦王府里论武功他比学士强，比学识他又比武将强，无垢想起秦王对他的评价。侯君集倒说的没错，一眼便看穿了程知节的用意。这些笑话能带来笑声，却无法舒解真正的压力。从一双双眼里，无垢看到了紧张，甚至还有恐惧。

人群给秦王让开一条道路，秦王从队伍的后面一直走到最前面，最后穿过了学士的聚集之处。秦王望向杜如晦，他已经脱下了道士服，换上了儒装。杜如晦没有说话，只是微微朝秦王点头。薛收、褚亮、虞世南……除去正在病中的杜淹，这是刀剑的聚会，可学士俱在。夫君绝不孤独，无垢感觉心里安定了许多。

秦王越过学士，踏上台阶，他转过身躯，所有人望向他。

“他们说我秦王天下无敌、英勇无双，可我最清楚，不是秦王无敌，是你们无敌，我李世民每一分的力量都来自你们。你们强，则秦府强；你们勇，则吾何惧？”

无垢望着夫君，只觉得血被点燃。唤醒荣耀与自尊，鼓起信心与力量，八百府兵需要这些。

“最近有些坊间传言，说我们秦王府已经不行了，恩宠不再，将士离心。笑话！这是我李世民听过最荒唐的笑话。我们何曾离过心，当然，恩宠或许是不再了，但我们什么时候是靠恩宠夺取战功？”

“在我们虚弱时，他们轻视我们，他们为我们准备死亡，他们认为我们只有束手就戮，或许我们会死去，我们只有八百人，他们则有数倍于我们的人，但我们死时，手绝不会绑在后面。而那些轻视我们的人，我们现在就去告诉他，力量不是用龟甲来演算的，而是用手中的剑来决定！”

第六十七章　玄武门守将

【李元吉】

齐王癫狂般抖动着下身，将乳白的液体尽数注入王妃的身体。从那具洁白的躯体翻下来时，齐王望着高挑的床帐大口喘气，他已经忘了这是今夜的第几次。

身上的燥热稍稍退去，大脑却依然处在亢奋的状态。齐王歪过头望着宣泄对象，王妃扯过丝被，裹住自己赤裸的身躯，脸庞上闪动着泪珠。

“你得有多开心才会哭啊?”齐王带着邪笑，“感动了吗?”

王妃的眼神如冰刃一般。齐王俯下身体，伸出舌头，王妃晃动着脸，而最终齐王捏住她的下巴，将她脸上晶莹的泪珠一一舔尽，“当年你在他怀里也是这样冷眼相对?”齐王带着恶意的微笑。

“我没有!”泪水夺眶而出，这只换来齐王放肆而恶毒的大笑。齐王赤裸着身子站起来，阳根低垂无力。

“用不了多久，你在冷宫，他在囚殿，你们倒是殊途同归了。现在说点好听的，我说不定发发善心，将你们关在一起。”齐王背着妻子，从檀木衣架上取下丝衣，外面再披上透气的长袍。王妃只余下低声的哭泣。

“眼泪可救不了你们。”齐王望向了台案，上面摆着发亮的铠甲，每一片精铁用镀金的铁丝穿缀而成，为软弱的血肉提供了额外的保护，为此付出的代价是额外的负重跟更高的体温。犹豫了一会儿，齐王放弃了着甲的打算。

一场对质而已，齐王暗自嘀咕，他将佩剑挂在腰间。妻子背对着他，哭声已经消失。

正了正剑鞘，她该起来给夫君穿戴！齐王有些气恼，他望了望犹在床榻上的妻子，如玉的肩从丝被中露出，泛着月光般的色泽，双腿蜷曲着。

拥有美眷固然是人生快事，尤其这东西是从别人手里夺过来的。

二兄的脸在脑海里变得格外生厌，他夺走一切，父母的宠爱、百姓的拥戴、将士的忠心、能够摧毁一切的兵权以及被无数人夸张得变调的军功。

他是天之骄子，我是天之弃子。齐王咬牙切齿，因为丑恶而被生母嫌弃、被家人抛到外面，或许狼会啃食我的肉，或许泥沙堵住我的呼吸。齐王从别人的口里听到这个传闻，他回之以大笑，将恐惧跟恨意埋藏在心底。第一个讲述的人捧回铜钱，第二个重复的人被刺穿腹腔。他的养母，那个将他从门外抱回来奶大的人，又一次不识时务重提往事论及旧恩时，他下令将对方勒死。

“我不想再听到这个故事!”齐王大声喊道，养母则吐出苍绿的舌头，突出的眼睛里没有愤怒，只有惊讶。

弃子，弃子。齐王发出冷笑，王妃的肩头在轻微耸动。她像一件战利品，齐王想着，心中涌起莫名的痛快。他拥有一切，却拥有不了一个女人；我失去一切，但可以尽数追回。

齐王取下墙上的长弓，披在肩上，在踏出殿门之前，他回头望向妻子，并奉送慰问。

“记着留着点泪水，下午时你会用得着它们。”妻子的背影僵硬得如同石雕，齐王为自己的这个笑话逗得乐不可支，可齐王听到了另一阵古怪的笑声。

推门出去，齐王看到了正咯咯嬉笑的宇文宝，高高的个子却有着小雏鸡的嗓音，他的后面是杜淹瘦弱的身体。

他只属于这里，如同家犬，无论怎么鞭打他，都不会离开。齐王越过宇文宝看着他：“秦王府那边有什么动静?”

“秦王正在到处送礼托人。”杜淹回答，又补了一句，“似乎没多少人回应。”

当然，齐王的嘴角挑起微笑，一条将沉的船，纵然上面珠宝遍布，也没有人愿意登上去。确定之后，齐王没有看他，又把目光扫向了仍在傻笑的宇文宝身上。

“你笑什么?”齐王冷冷地看他。宇文宝的脸怔得如同被人迎面打了一拳，齐王哈哈大笑：“当然是我的笑话有趣!”

“是的，是的。”宇文宝忙不迭地回答。

除了个头跟一身蛮力，他实在没有什么可用之处。齐王打量着部下，长剑背在后面，腰间还有短刀。

“人都齐了?”

“齐了。”宇文宝指指下面，数名披坚执锐的侍卫已经等在下面，“都是府上数一数二的，绝出不了错。我们直接去临湖殿?”

“当然还要叫上我那位胆怯的大哥。”齐王回答，这个大个头突然给他一种不安全感。他抬头望去，天空泛白如同水泡过的皮肤。

从看到太子的第一眼起，齐王就发现自己的这位大哥一夜没有睡好，双眼浮肿得如此时天外的堆云。他还在担心什么？我为他铺好了通往太极殿的道路。

“四弟，你今天兴致很高。”太子误会了兄弟的笑容。他是个笨蛋，齐王想着，只是多出生了数年，好处便都被他占尽了，一时之间，齐王竟有些同情起自己的二哥来。至少他的东西都是用血换来的，而眼前这个人，冒着傻气，他凭着运气拥有一切。

“从今天开始，就再没有人敢威胁大哥了，能不高兴吗?”齐王说道，他发现太子已经换上了铠甲，剑已在腰，那把剑没有尝过人血，没有尝过人血的剑就是一堆废铁；他连弓都背上了，算了算了，兄弟中，就他的箭术最差，这把弓与其说是保护他的身体，不如说是安慰他那脆弱的心灵。

“我们走吧。”齐王说道，“父亲要我们早点去，也没有取消今天的早朝，你没猜到这里面的意思吗?”

“这里还有玄机?”

大哥的眼瞪得像离水的金鱼，要是没有我帮他，他早被二哥吃得骨头都不剩了。“当然有，父亲选在这个点，就是想尽快解决此事，然后在接下来的早朝中向百官宣布对二哥的处理。”太子的脸色越来越亮，听到好消息就笑，听到坏消息就哭，就是大姐也不像他这样。齐王索性再给对方一粒好糖：“马上，他就会像被挑断脚筋的山羊，再也蹦不起来了。”

最后这一句让太子犹豫起来：“这样会不会太过分了，他毕竟是我们的兄弟。”

“兄弟?”齐王再也忍不住冷笑，“大哥，你也太仁慈了，你把他当二弟，我把他当二哥，可他把你看作肉脯，把我当作工具。你迟早会被他吞掉，我迟早会被他扔掉。”

“或者还有别的法子？比如让父亲把他贬到蜀中去。”

“蜀中？大哥，你忘了仁智宫之变时，那本是他要打发你去的地方？他要是还有兄弟之情，又怎么会置你于死地？他要是还想着我们是同胞兄弟，又怎么会诬告你与德妃的事情。还有，当年他若记得我们是他的兄弟，怎么会不管不顾在太原怂恿父亲起兵?”

这句话震惊了太子：“太原?”

“没错，我们这位好兄弟算计我们可不是一天两天了。”齐王想起那段惊险的逃亡生涯，父亲突然举兵反隋，而自己和兄弟姐妹还在关中，隋朝大军四处围捕，“他连大姐都不管，我们逃到太原时，只怕让他好生失望。”

“那时他就要害我们?”太子难以相信，齐王突然想到了什么。

“大哥，你不会想替他求情吧?”

太子躲避的眼神证实了他的猜测：“你晕了吗?”

“玄成说，我应该替他求情。”

“玄成？你那位狗头洗马？你还听他的？要不是他从中作梗，事情哪会拖到今天？我听说你已经将他赶出去了。”

太子不语。

“他八成是二哥安排在我们这边的奸细，每次都护着秦王府!”齐王长叹一口气，“大哥，你听我的，我什么时候害过你？那次逃亡，我们俩不是什么难都蹚过去了吗?”

太子终于点头承认，他无法否认这一点，齐王想起父亲起兵时，两人仓促北逃，在驿道路口，大哥执意要走官道，以便迅速逃亡，是自己将他拖入了山林小道。事实证明，虽然他们饿得像逃荒的饥民，但总算保住了性命。

“那我们走吧！”齐王站起了身。

“等等，薛将军还没有来。”太子望着殿外，“现在太早了，他还没进府，我应该带他一起去！”

他在害怕，齐王微笑：“一个薛万彻有什么用，再说，这次还能有什么事？就算二哥不服，自有父亲的千牛卫对付他，要是父亲下不了手，我身边的可代劳。”

齐王指向宇文宝，护军露出傻笑，双手相握，把关节弄得咯哒作响，太子终于同意。

路上行人稀少，巡街的十二卫倒比百姓多。“父亲做了安排。”太子点头，神色放松了许多。

“那是自然，父亲只是一时被二哥骗了，要真下了决心，二哥也逃不过父亲的手掌心。”齐王跟在后面，马蹄声踏在发硬的黄地上，发出沉闷的响声。处理掉二哥，父亲很快就会发现大哥的懦弱，而边疆未清，帝国终究需要一位强硬的接班人，齐王露出微笑。

“四弟，你笑什么？”太子回头看他。

他背后长了眼睛不成？齐王忙回答：“我在想今天晚上回去就可以睡个安稳觉了。”

“我也是一夜未合眼。”太子适时停住，阳光依旧没有穿透云层。

“不知道我们的秦王殿下进宫了没？”齐王岔开话题。

太子四下张望，似乎期望看到二弟的身影。

“我看秦王大概早就吓跑了！”宇文宝尖锐的声音在后面响起，还附送上难听的嘲笑。

“逃跑？”太子望向四弟，“他真的会逃？他要逃到洛阳怎么办？”

“逃了才好！”齐王回答，“这样我的大军就可以先扫洛阳，再平突厥。”

“太子，你放心好了，大王做了万全的准备，我的长剑也等不及要割人头！”宇文宝拍拍所背的剑，脸上得意的笑容好像秦王的头已经拎在手上。

把秦王双手反剪，你的长剑倒可以一试，但要靠你，我还没有那么天真，你要这么厉害，也用不着逃到我齐王府了。齐王努力将这句话咽下，但它确是一把杀人的好剑，齐王看了那把长剑一眼，太子还在四下张望。

“不用看了，待会儿问一下常何不就知道了。”齐王提着缰绳，座下的汗血宝马有着瘦长的四肢，他的马，他的人，以后都是我的，今后一切都该是我的。于是齐王催着太子：“快点吧，说不定父亲到临湖殿了。”

“常何？”太子露出了迷惑的表情。

他的眼睛确实长在脑后，也只长在脑后，他看不清眼前的东西。“这一天玄武门是常何当值，秦王要是出入，先得过他这一关。”

这句话终于安定了太子，他策动坐驾，这是一匹有着金黄毛发的母马，好看却不中用。坐骑给不了人勇气跟智慧，父亲迟早会发现我才适合这个帝国，齐王轻扬马鞭，赶上大哥。

玄武门外除了宿卫兵别无他人，时间尚早，齐王望向天空，阳光还在天边酝酿。百官多半在路上，等晚些时候，他们才会知道这个帝国最轰动的消息。

在门外，宿兵整齐排列，云麾将军敬君弘全身铠甲，拱手为礼，脸上堆砌着笑容。太子点头回应，齐王则装没看见，不用这虚伪的客套，谁不知道你是秦王府的人，现在改换门庭也太晚了些吧。齐王在心中冷笑，过两天就送他去前线，突厥的狼会对付他。齐王打定主意。

一行人经过大门，中郎将常何正在检验门牒。太子策马向大门靠近，但突然停了下来，朝后面望了一眼。

“殿下进宫？”常何招呼。

这是废话，齐王想到，可除了废话，又没有多余的话可以寒暄。太子回过神来：“秦王可进去了？”

常何点头。

玄武门三个字刻在高高的城墙上，反射着清晨阴暗的光。常何侧着身子让开了大道。

我看不见他的脸，齐王盯着常何，他是太子的人？还是父亲的人？这个世界最靠不住的就是人心，齐王想起这位门将刻意跟自己保持着距离，有两次还婉拒了他的邀请。

收买不了没关系，要人俯首称臣，并不只有拉拢一条途径。齐王想着，经过常何时，他问道："秦王领几个人进去的?"

"四个。"对方回答。

四个？那个打铁的就是一个跟屁虫，齐王望了望背后紧随的宇文宝，到时我就能知道他那双黑手能不能夺走这把长剑。还有一个大概是病夫秦叔宝，那张苍白的脸就像无常鬼，送他一杆长箭再适合不过。第三个是程咬金？齐王否决了这个想法，他现在不敢现身，学士也不敢来，那大概是他那小舅子长孙无忌。第四个要么是侯君集，要么就是段志玄。齐王想起那本兵籍，用不了多久，这些人全都在我的帐下，我会让他们有个光荣的死，北边的沙碛地再适合不过。

齐王将马策动，跟太子平行，数人沿着长长的宫道前行，他们穿过右侧的一道宫门，进入一片楼台林立的区域，上面数面大池子上泛着银光，空气也变得清凉起来。

"看吧，我说了没事，二哥也就在外面横，在长安城里，他能闹出什么事?"齐王叮嘱他，"到时，你可千万不要发晕替他说话。"

太子点头："放心……"后面的声音却颤抖起来，"四弟！……"

齐王抬头，发现他最不想看到的人就在眼前，胯下骑着那匹黑龙。二哥脸带微笑，手摁在腰间的剑上。

"大哥、四弟，你们怎么才来？父亲已经在殿上等你们许久了。"

齐王终于明白太子为什么声音发颤，对方不是四个人。

黑山一般的尉迟敬德在，侯君集、段志玄、张士贵也在，秦叔宝不在，可程知节竟然也在！后面还有十余个看不清面孔的人。

"常何!"太子愤怒，第一个喊出的名字竟是守门人。

"他骗了我们。"齐王开始发慌，玄武门就像一个口袋，将他们装了进来。

“你们快过来啊。”秦王犹在招呼。

“不要去!”太子喊道。

我当然知道，齐王愠怒。远方隐约传来的喊杀声终于让他判定自己踏入了陷阱，“拔剑!”齐王对着后面的人招呼。

“大哥，不用想了，二哥要杀人了，你快放箭!”

太子战战兢兢地取下长弓，双手发抖，弓弦终于被拉起。“瞄准他!”齐王大喊。

太子一哆嗦，箭脱弦而去，窜入湖面，激起一朵无力的水花。

“你奶奶的，我们大王好意叫你们过来，你们却放冷箭。”打铁人大喊，他的手跟铁一样，齐王终于发慌了，太子更是四望：“禁卫们呢?!”胯下的金黄母马倒退着。

“我倒要看看他们秦王府的人有多厉害!”宇文宝拔出长剑，从后面策马而上，他像个勇士，齐王朝他投去感激的目光。

宇文宝挥舞着长剑，大声呐喊，提着缰绳冲了过去，随后他翻滚在地，额头上钉着一杆长箭，箭羽抖动，杀人的弓握在秦王府将张士贵手中，弓弦犹在发出狞叫声。他死了！齐王这才发现自己也没有任何可以倚靠的。

太子猛提缰绳，齐王抓住了马辔：“大哥，你去哪里?”

“回东宫!”太子手足无措。

“东宫回不去了!”齐王低吼，“常何出卖了我们，他还会开着大门让我们走?”

“那怎么办?”

“我们分开跑！你绕去临湖殿找圣上，我去武德殿搬救兵!”

秦王策马上前，兵刃出鞘，齐王看着太子向左奔去，他要的是大哥的储君之位，而不是我！齐王猛夹马鞍，朝右急走。

第六十八章　跳墙谋士

【魏征】

晨钟响起，在魏征听来却惊心动魄，宫门打开，上朝的百官正在路上，太子只怕已经入了宫。咬咬牙，魏征从高墙上跳下，着地的那一刻，魏征向前滚动卸去力道，痛楚依然从脚底传上来。我老了，身体僵硬，比身体更快老化的是脑子，一再被秦府的人戏弄，愚笨到那么明显的阴谋都看不穿。

秦王设下陷阱，他们还让我帮他们，真是可笑，他们真认为天底下的人都是为他们利用的笨蛋？

伸了伸腿，疼痛未减，也未变得更难以忍受，魏征环视四周，自己跳出的不知是哪家大户遗弃的大宅，梁上的门牌已经掉落，柱子上漆色斑驳，墙面也发白泛黄。路上还没有行人，也幸好没有行人，不然翻墙而下难免要惊动武侯，那些大汉的胆子无法与外表匹配，但纠缠人的功夫却是一流。

好在坊门已经被打开，转过墙角，坊间大路便出现在眼前，坊门在路的尽头。人多了起来，早餐铺的炉火正旺，刚烤出的煎饼香气诱人，魏征忍住胃里翻滚的饥饿感。顺着大路前行，疼痛提醒他不能大步跑动，路人怪异的眼神也提醒他尽量抬头挺胸。

一个儒士，身上全是尘土，面容发白，会常被当成空手而归的窃贼。忍着身上的痛感，魏征走出坊门，意外发现这里离永兴坊并不远。一夜未归，四娘一定会忧心，但此刻不是回家的时候，或许可以先去齐王府，魏征犹豫了一会儿，想到齐王那张阴晴莫测的脸，魏征迈开脚朝东宫走去。疼痛感渐渐消失，我还可以更快一些，设伏点在哪里？

不会在齐王府，不会在东宫，他们没有那么多兵力攻打两处，更何况，他们还要顾着皇帝的兵马。最终的地点呼之欲出，临湖殿！再没有比这更好的地方，皇帝、王子、重臣汇集，控制一殿，掌控天下。

魏征最终跑起来，活动的疼痛交给活动，我还未老，我还不能老，魏征闻得到空气里的杀戮之气。这是诸王之争，不是天下之争，房玄龄的话像是施了魔法一般，挥之不去。诸王之争就是天下之争，他们想撇清关系，想蒙骗天下人。

玄德门已经被打开，魏征的内心一阵慌乱，迟了，迟了。大哥明天早点起来，我们一起去，齐王那愚蠢得意的脸变得更加可恶。

“太子呢?!”魏征朝着门将大声询问，对方露出迟疑，对了，我是被逐出的太子洗马，太子想必已经知会了东宫的所有人。

“太子殿下呢!”魏征提高了声调，那位高大而木讷的将军穿着可笑的铠甲，他们没有经历过沙场，至少已经久违沙场，他们闻不到血腥之气在空中发散，他们听不到金戈的颤鸣，他们比身上的铠甲还要迟钝。

宿卫门将终于醒悟过来：“进宫去了。”

迟了，迟了，魏征站在门外茫然，太子向着秦王设好的陷阱走去。此刻太子身在何处？秦王的弓、秦王的剑、秦王的将，无一不是夺人性命的利器。

“去了多久?”魏征喊出来，才发现自己的声音大得惊人。

门将没有迟疑：“一刻钟左右。”

一刻钟左右？我还可以赶得上，魏征飞奔，没有疼痛，我是深山的道士，我是瓦岗的草寇，我追得上任何人。

安礼门紧闭，不在这个门，魏征继续迈动双脚，偶尔看到上朝的官员，他们点头招呼。上朝？这一天没有朝会，只有屠杀。魏征没有理会他们的微笑跟拱礼，越过一个个肥胖的身躯。秦王有多少人？无论多少都足以对付迟钝的太子跟狂妄的齐王，但皇帝却难以对付，魏征见过很多皇帝，远的近的，大的小的，但活的只剩他一个。要想战胜皇帝，秦王未必有胜算，除非……

临湖殿对质，多好的借口，魏征狂跑，心却在狂笑。十万兵马才能攻下长安，五万兵马才能攻破太极宫，而只需要五百兵马就足以攻下一座大殿，一旦控制皇帝，京城十万兵马都将成为摆设。五百兵马，秦王至少需要五百兵马，他怎么将自己的五百兵马送到宫里？

玄武门就在眼前，魏征一阵狂喜，一行人正通过玄武门，背弓执剑，黄色的马，那是太子！

“殿下……”魏征拼命喊出，却发现声音远不足以惊动对方，太子似乎停下来回望了一眼，但依旧向大门走去。那是陷阱！魏征越急，声音却越发不出来。

“魏洗马也要进宫？”一个身影拦在了前面。

“让开！”魏征去拨开阻路者，对方却纹丝不动，玄武门屯营将军敬君弘那张似笑非笑的脸拦在面前。

“秦王……”魏征出口，却发现对方的手握在刀柄上。他是秦王的人！魏征猛然惊醒，对方的手筋凸显，他要拔刀！魏征猛地向前一扑，将眼前的大汉扑倒在地。只要叫住太子，北门营兵未必全是秦王的人。

数个身影跑了过来，敬君弘已经从地上翻身起来。魏征绝望地看着太子消失在玄武门里。

迟了，迟了。魏征猛地回头，跑向东宫。

“万彻！”绝望狂奔的魏征望见了这个高大的身影，仿佛阳光穿射乌云倾射下来。东宫护军正从玄德门里出来。

“魏洗马？”薛万彻面露惊讶。

“你没跟太子进宫？”

“没有，我来东宫时，太子已经走了。”

他急什么？等着看自己最终的胜利？魏征叹息：“殿下上当了！”

薛万彻瞪着眼睛望向魏征，他也迟钝了？魏征想着，气得跺脚：“殿下上当了，秦王要在临湖殿击杀殿下！”

薛万彻的脸变得苍白：“真的？”

“我是开玩笑的人？”魏征又气又急，“我会跟你开这样的玩笑？”

松开弓弦。

这次差得更远，没有射中任何目标，箭擦着对方的头而过，但效果不坏，一声尖叫之后，他肥胖的身体从马上掉落下来，马没有迟疑，头也不回地径直跑得无影无踪。

“大哥，你跑什么?”李世民跳下马，一步一步走向大哥。太子倒在地上，手捂着腿上的箭伤，血从指间不断渗出。

“世民……二弟……”太子脸色发白，“你怎么敢，这是皇宫大内，父亲在哪里?”

他还要找父亲，他三十多了，他以后怎么君临天下？李世民在心里叹息，随手拔出了长剑。

太子眼睛盯着剑尖，剑尖猩红，它已经饮过鲜血，犹不满足。“二弟，你要杀我？我是你大哥!”太子的声音绝望。

“我也不想走到今天这一步，可不杀你，你就要杀我!”李世民发现自己竟然积攒不起愤怒来挥剑，太子侧着身子，拔了宝剑，无力挥舞，李世民用剑一格，将那柄镶有宝石的剑击出一丈之外。李世民伸臂，剑尖指着对方冒汗的额头。

“你要弑杀你的大哥!”太子突然狂笑起来，充满诅咒，“你的剑一旦染上我的血，就得接受上天的诅咒，弑亲者没有好下场！总有一天，你也会享受这样的待遇。”

狂笑让李世民的手颤抖，这让太子的眼神充满轻蔑。

“我可以取下你的头，割裂你的臭嘴!”尉迟敬德从后面赶上，他翻身下马，重铠在身，脚步沉重，连地面都在颤抖。恐慌重新在太子脸上聚集。

“二弟，不要让他动手，你要杀我，就看着我的眼睛下手，不要让贫贱的手来杀我，我是大唐的储君!”

你不再是储君，旧的死去，新的重立。李世民缓缓收回长剑，太子的眼睛瞪圆，里面注满恨意。

“你要杀你的兄长，为什么不敢亲自下手，你这个懦夫!”太子大吼，李世民转身，痛苦与仇恨的大喊撕裂着初夏的早晨，鲜血溅上衣袍，铁匠则盯着太子，看着对方的生命一点点随着呐喊消失殆尽。

“找到齐王了？”

李世民不去看地上直挺的太子，鲜血从胸口涌出，染过铠甲，在地面形成一片血池，立刻就有苍蝇在上面起舞。

“南池那边，贩盐的截住了他。”

“知节？他一个人？”

“他一个人，他让我来找你。”尉迟敬德又补充道，“就齐王一人，贩盐的难道还对付不了？”

“其他人呢？”

“都去了玄武门，长林兵已经来了。”尉迟敬德答道，将沾染鲜血的大剑在脚面擦拭干净，然后入鞘。

“长林兵也来了？”从尉迟敬德的点头中，李世民得到了确切的答案。

尉迟敬德牵来黑龙：“他们一个也进不来。”

“那我们先去会会齐王，知节未必能抓得住对方。”

惨烈的叫声时时传来，玄武门那边声音更大，鲜血将染红这座宫殿，一如它冷森的墙面。经过重玄门时，有人扑倒在地，三支箭斜射在背心。是齐王的人，李世民判定，可我那位滑头的四弟在哪里？

他要跑到哪里去？李世民沿着时隐时现的血迹前行，他要去武德殿。李世民想到，那是他旧时的住所，我也曾住在这宫内，武德殿在皇宫与东宫之间，常常在东宫饮罢，还要到武德殿小坐一下。

我们都是龙子，但龙椅上只能坐一个人。李世民绕过一具尸体。“他是我们的人。”尉迟敬德说道。李世民点头，帝位沾染着鲜血，权势向来由白骨堆砌而来。前面喊声渐大，转过延嘉殿，石阶前有两个人扭打在一起。两匹马在旁边悠闲自得，全然不知他们的主人正在殊死相搏。

说是扭打并不准确，其中一人稳占上风，死死压制着身下的人，他双手扭动长弓，弓弦套在身下人的脖子之上，要不是被制住的人用手掌抓住弓弦，只怕早已经被勒断气管。李世民听得到那个得意的狞笑声。

"贩盐的这么不济!"尉迟敬德说道，他猛拍座驾，吼声比马蹄要快。

"齐王！看看你爷爷我是谁?"

齐王从上面翻身下来，他抬头，惊骇写在脸上，在他的槊被尉迟敬德夺走之时，他的勇气就像重锤下的脆石，已被击碎，且被风吹走。

齐王的眼睛在尉迟敬德的身上停留了片刻，又望向了秦王。有那么一刻，李世民甚至觉得从四弟的眼里看到了乞求。

太晚了，血已沾刃，再也无法回头。李世民冷冷地望向他，传递着无情与冷酷。齐王察觉到了这一点，他苍白的脸上毫无血色，翻身骑上冰河，扬鞭急走。

那是我的马，是尉迟敬德用命换来的马，他不该占有它，也不该奢望不属于自己的东西。他还占有多少本该属于我的东西，那个身影在脑海浮现，美丽刺痛着李世民的内心。

程知节仍在地上大口喘气，他递给秦王一个歉意的表情。

"你在这里照看一下知节。"李世民对尉迟敬德说道。

"我没事……"随之而来的，是一阵猛咳。

尉迟敬德勒马，不知所措。秦王已经骑马走远。

前面那个人仓皇而逃，我跟他没有多少感情，甚至还不如跟大哥，可如果他是三弟，我还能追上去吗？刀已出鞘，刃已沾血，我没有回头路。四弟的汗血宝马飞快，黑龙奋蹄，犹未能逼近。

他在恐慌，这让他跑得毫无章法，玄武门外喊杀声震天，有多少人在那里厮杀？两千长林兵？要是一半甚至四分之一的人冲到宫里，一切都将改变。

只有两颗人头可以让玄武门外的兵退去，大哥已经授首，四弟犹在奔跑。秦王催动黑龙，马蹄急促，像战鼓一般，四弟听得到，他在害怕，他无法逃避，转过一个殿角，李元吉突然骑着大马窜进了一片树林。

高大的汗血宝马是草原的精灵，却无法穿越丛林，他还是那么愚蠢。愚蠢不是错误，愚蠢却贪婪却足以置他于死地。

在经过一片低矮的树丛时，树枝像鞭子一样抽打在齐王的身上，齐王翻倒在地上，他努力控制着身体，翻转身子，面部朝上，李世民慢慢策马走近。

他长得像父亲，李世民突然想到，尤其这张愤怒跟恐惧交加的脸。

“元吉。”李世民叫他，“你走不掉了。”

“你杀了大哥?”齐王瞪着他，李世民低头，他的袍角有一片血，这大概是大哥的血。于是，他点头。

“我们都没有你狠!”齐王往地上啐了一口，痰中带血，掉落马时他磕掉了牙齿。

“狠?”李世民轻笑，“我们谁不狠? 我们是兄弟，我们一样的狠，我要不狠，落地受死的就该是我。”

“你想夺大哥的太子之位。”齐王喊道。

“没错，我想夺，但那本该是我的东西，我只是拿回而已。”

“那你不用杀我。”齐王的目光变得软弱，“大哥已经死了，那太子之位就是你的，我去替你跟父亲说，让他立你为太子。我可以替你打仗，不，我不打仗，我永不领兵，给我一块地，再远再偏也好，让我活下去，母亲就生了我们五个，大姐病死了，三哥病死了，大哥不识时务，死得活该，但我是你的四弟，我什么也不跟你争!”

李世民静静听他说完这精彩的脱身之词，奉还了冷酷的一句：“你也拿了我的东西。”

李世民从背后取弓，大箭搭在弦上。

“二哥，你等等，你是说杨珪。”齐王战栗着，挥手挡住箭头，似乎这血肉之躯可以挡住冰冷的箭矢，“那是父亲赐的婚，我不爱她，我回去就将她送到你的府上。”

“她不是你的护命符，也不是你随取随给的。”李世民拉开弓弦，看到畏怯在他的眼里扩散。而对方的嘴角上扬，露出奇怪的笑容，他突然张开嘴，发出呼喝的怪叫声，一阵力量从胯下传来，黑龙猛地扬起前蹄。

这原本是他的马，李世民突然想到，他的身体被掀了下来，黑龙惊骇地跳动，最终扬动四蹄向外面猛跑而去。

痛楚从背上传来，李世民眼冒金星。齐王站了起来，他捡起掉在地上的大弓，一步一步走向二哥。

“二哥，你以为只有你是聪明的？”齐王狞笑，“这匹马吃了我数百鞭，才记住了我的声音。看来，它的记性并不差，而你的反而太差了，忘了这本是我的马，竟然还敢骑到这里来。”

“你赢不了的，失败是你的命。”李世民忍痛说道，侧身抽出长剑。只是一抬脚，齐王将剑踢到树丛之中。随即李世民的腰上也吃了一脚，疼痛让他不得不蜷曲着身体。

“我赢不了？现在是谁赢不了?!”

李世民肩上也挨了一击。

“二哥，你不是很厉害吗？站起来跟我打吧。”齐王围着他不停地转动，时时轮动着手中的长弓，“你不是挥师直入长安吗？”弓背打在秦王的嘴上，血从裂开的唇角渗出，“你不是万人敌的克星吗？薛仁贵都被你擒到了长安。”弓梢击在他的脸上，火辣的感觉在燃烧，“站起来跟我打！”齐王低头大吼，脚踩在他的脸上，臭泥的味道堵塞住鼻孔，“你打刘武周时的神武哪去了？”接下来的这一击特别用力，长衫都被弓背划破，“还有洛阳一战、虎牢关一战，对了，对了，还有豳州一战，战无不胜，攻无不克。真想让天下人看看，现在这个烂泥一样的人就是他们的秦王！”齐王高举弓猛然砸下，却落空砸在地上，咔哒一声，弓折成两半。

“断了?! 没关系，弦还在。”齐王伸出脚，将二哥从地上翻过来。

李世民试着扭动身体，只换来剧痛，哪里的骨头断裂了，他想着，却无法确定，齐王开始骑在他的身上，坐在他胸前，这给了他另一阵剧烈的疼痛。弓弦硬如铁丝，齐王俯身将它套在秦王的脖子上。

“我还要谢谢你。大哥死了，我替大哥报了仇，这下一切都是我的了。”得意的笑声响起，李世民感到脖上的弓弦在收紧，他无法呼吸，双腿猛蹬，只有绵软的土地，双手试着抓住什么，却只有落叶跟树根。

一切都结束了。李世民开始放松，哪里都痛，哪里都不痛，妻儿还在等着，见不到了，前缘已失，后缘无法再续。黑暗中，李世民听到了鹰鸣，我是突厥的香火兄弟，突厥的神鸟会为我指引黑暗之地的道路吗？

鹰鸣声越来越大，齐王大喊走开，脖子上的弦松了些许，李世民睁开眼睛，看到一只雪白的大鹰就在头上扑腾着翅膀，齐王抬头用手驱赶对方，这让他露出了命门，尖利的鹰嘴如闪电般啄进来，随着齐王凄厉的叫声，他右眼的位置现出一个血洞。

弓弦松开，弓弦发出绝望而恐惧的呼喊。李世民转动身子，手摸到长长的箭杆，他抓住上端，用力将箭矢送进四弟的脖子。

“我说过，你不会赢。”血液如泥浆一样，从模糊的创口、张开的大嘴、惊恐的眼洞、扭曲的鼻孔涌出。李世民扭动手臂，箭矢从颈后穿出，“你永远都是失败者!”

第七十章　玄武门喋血

【魏征】

只身回到玄武门前，第一个拦在面前的是敬君弘，这毫不出奇。

他被秦王收买了，金银、官位，秦王给得出一切，包括未来的承诺，他的秦王府僚多是如此网罗的。

“你让开！”魏征看得到他的身上还有灰尘。这让魏征记起自己的力量，我最好有把刀，可刚才跑得太急，没能跟薛万彻借把腰刀，长剑也好，道士时，我便持剑穿过村庄、越过田野，偶有匪徒尝过我的剑尖。

“我是北门守将，该走开的好像是魏洗马吧。”屯营将军的手放在刀柄上，笑容可憎。这是威胁的姿势？这并不高明，我不过一个人，手无寸铁，而他全副武装，身后还站着十余名禁兵。

“你放了秦王府兵进宫？”魏征问。

“我只管北门安全，什么人该进去，什么人不该进去，那是常郎将的事情。”

魏征怔了一会儿，他倒说得没错，魏征不得不承认，那是常何的事，如果秦王的兵进了宫，常何怎么没有拦住对方？魏征望向玄武门，不见常何的身影，他也被收买了？魏征不敢肯定，没有人是完全靠得住的，金银买来的人心注定标有价码，被购于更阔绰的买主。

“你既然不管门禁，就不该拦住我的路。”魏征往前一步，“我要进宫！”

“眼下只怕你还进不得。”敬君弘稍稍移动，但挡住了去路。

“为什么?”魏征只恨自己不是武士，嘴皮劈不开道路，剑可以。他看了后面一眼，放下心来，远处人影如浪而来。

“你为什么要进去?”敬君弘反问，“我听说你已经被赶出东宫，要是你还是东宫洗马，太子殿下自会领你进去，他没领你，你自然进不去。”

看来全长安城都知道我被赶出了东宫。魏征盯着对方：“秦王谋逆，你要替虎作伥?”

“哎呀!”敬君弘故作惊讶，“魏洗马，话可不能乱说，陛下召集诸王会面，哪有什么谋逆!”

“你不让开，到时你就是附逆之人!”魏征摸向腰间，没有剑，没有刀，恐吓劈不开道路。

敬君弘沉默，嘴角的笑意古怪，半天，他说了一句：“是附逆还是从龙，那要看赢家是谁。”

“北门列阵!”敬君弘高声吼道，屯门大开，营兵列队而出，八百龙牙禁卫密密麻麻拦住了魏征前去的道路。

“敬君弘，你要比人数，我们可比你多!”薛万彻大喊，他站到了魏征的身后。两千长林兵，一千东宫兵，刀劈开道路，剑挥出道路，血流出道路，胜者踏路而行，败者铺垫道路。

“敬将军真的不让?”魏征问道。薛万彻执剑在手。

“各为其主。”他的眼里没有恐慌，以八百对三千？秦王给了他什么？魏征不禁猜测。

魏征点头，他转向身后的薛万彻：“借我一把刀，我去夺门，这个人留给你!”他指着敬君弘说道。

第一个被砍倒的是一位年轻的龙牙禁兵，他跟诸王的纷争无关，他甚至不理解为什么要面对我。魏征挥刀从他的肩部斜砍而下，切开半个脖子，鲜血猛喷，腥味刺鼻。

抽刀时，魏征望见薛万彻猛挥长剑，但挥击被敬君弘一一化解。另一位禁兵挥枪冲上来，却被一位长林兵刺穿腹部。不停有人倒下，不停有人冲上来，魏征不记得自己如何挥刀，仿佛有另一个人用线控制着他，劈杀对手的身躯，格挡对手的进攻，躲过惊险的刺击。我在荒野杀过人，在洛水边杀过人，可没想到在长安、在宫城之下还会杀人。长衫撕裂的声音后，火辣的感觉像闪电般窜过后背，火辣过后，疼痛留在背上。魏征回头，斩下了给他带来创伤的手。禁兵的手指失去大脑的联络，依旧在地上抖动，这让魏征有吐的感觉。

刀剑劈开道路，魏征迈向玄武门；血铺就道路，多少白骨垒成帝座。这是诸王之争，不是天下之争？多么可笑的笑话，若这只是诸王之争，怎么倒下的是低贱的士兵？魏征反手拉破一位禁兵的肚皮，肠子溢出，禁兵恐慌地抓住外涌的内脏想要塞回去，却被后来者砸扁了头颅。

冲进玄武门，一切还来得及，秦王没有多少兵马。魏征大踏步前进，手中的大刀狂舞，营兵步步后退，这些营兵久疏杀场，他们与诸王无关，他们不该被牵扯进这场厮杀，可断送他们性命的却是自己的懒惰。敬君弘开始反攻，金属相撞的声音不绝于耳，他有荣耀的祖先，却不仅靠祖荫存世。薛万彻同样如此，这是世宦公卿之后的对决。如果两人只身对决，胜负的天平难以倾斜，但此刻不同，八百龙牙禁兵正失去阵地，唯有他们的将领不肯认输。也许拿下敬君弘，就可以一举结束战争，魏征格挡开一位禁兵的劈砍，内心厌恶这样的厮杀。

魏征迈向敬君弘，内心却迟疑，大将对决，向来不愿第三人插手，何况像薛万彻这样的名将之后，将道已经融入血液，岂容羞辱？

魏征脚步变慢，龙牙禁兵开始溃散，有人掉头离去，有人丢下兵器，尽管敬君弘抽空劈掉了一位降兵的头颅，却止不住部下的慌乱表情。玄武门就在眼前。魏征望向高高的城墙，脸色变得苍白，一阵聒噪声由远及近，数百人急奔而来。这不是齐王的兵，魏征判定，齐王的兵没有这般零乱。而那些人手握的兵器更为奇形怪状，或者用五花八门形容也不为过，长安城内，没有这样不成建制的队伍。

等这群人靠近时，魏征才明白过来，这不是什么秦王府兵，也不是什么禁兵，而是牢里的死囚。他们手上挥舞的不是兵器，而是枷铐、铁链、木棒之类的刑具。

“哪来的囚兵？”薛万彻用力挥剑，将敬君弘击退数步，他朝魏征喊道。

不用回答，一个穿着白衣的儒生从囚兵中走出。

“长孙无忌，你好大胆，身为刑部郎中，却敢私放囚犯！”魏征明知指责毫无用处，却禁不住怒斥。

“太子齐王谋逆，人人得而诛之！”长孙无忌回应，“戴罪立功，正当此时，诸位，死罪可免，活罪可脱，要想回家过太平日子，就看今天了！”

囚犯挥动木棒、铁链甚至脚镣冲上来，兴奋得如同重获自由一般，愚蠢的犯人，光望着远处的果实，却忘了脚下的刺丛。秦王府的人无所不用其极，还有什么他们干不出来？魏征气愤却又无奈地发现，这伙囚犯虽然动作笨拙，但个个如同不要命的恶鬼，连连败退的龙牙禁军趁机重新站稳了脚跟。

“薛万彻，你也占够了人多的便宜。”敬君弘挥剑猛击，并一边狞笑。而薛万彻一一格挡开来：“想不到堂堂的云麾将军要靠几个死囚撑场面，接下来几年，我都要靠你的故事来支撑酒宴了。”

“你跟阎王说这个笑话去吧。”敬君弘以剑当刀，猛力砸下。“当心！”魏征大声提醒薛万彻。

薛万彻闪过这一猛击，魏征的焦虑并无减退。我们在这里拖延得浪费得太久了，他后退一步，茫然地望着玄武门，门就在眼前，却遥不可及。

重剑的声音不再清脆，薛万彻的脚步变得迟缓，而魏征亦感到手心发麻，刀亦缺口。敬君弘一剑紧接一剑，呼吸沉重，但绝不手软。

魏征将刀从写有囚字的衣服里拔出来，它的主人提前领受了死刑。我是不是该施以援手？这个念头再次冒出，薛万彻肩头一偏，堪堪躲过致命的劈杀。

“你只有这点本事？”敬君弘猛踢一脚，“东宫实在是没人啊，太子竟然把你当宝！”

薛万彻没有理会，他脸色通红，左避右闪。对手则挥剑猛进，他在赌博，他没有多少筹码，死囚只能稍稍推迟失败，却改变不了战局，魏征突然意识到这一点。他停下增援的脚步，袭来的攻击越来越少，也许我可以先去玄武门，魏征想到，太子在里面待了多久？他是否已经遇袭？

魏征想要招呼，声音却沙哑得连他自己都听不出来。敬君弘左右劈杀，只待致命一击，他的脸上终于浮现了笑容，薛万彻在猛攻之下，立脚不稳，身体向后倾斜，敬君弘猛进一步，递出最后的一剑。

剑被握住，薛万彻的身体猛然前进，避过急来的剑尖，握住冒进的手，薛万彻横架长剑于对方的脖子："我只有杀你的本事。"

长剑横拉，血如飞虹一般，敬君弘的身子轰然倒地，头还停在原地。薛万彻高举头颅："你们的屯营将军已死！"

囚犯的尸体遍地都是，这些愚笨的人终于付出了代价。这是诸王之争，不是天下之争？现在还有谁会相信这个，连囚犯都牵进来了。

八百龙牙禁兵倒下一半，剩下的一半要么弃甲而逃，要么跪伏于地。长林兵亦倒下不少，但门前的战斗总算结束。

长孙无忌却不见了，他躲到玄武门里面去了？

魏征奔向玄武门，门轴的声音带着绝望的气息传来。

他们要关上玄武门！奔到门前，门缝里露出常何的脸，他的背后露着秦叔宝那张冷酷的脸。

他们守着大门，却在最后一刻才关上。这是放秦王进去的门，也是为秦王留着的后门，魏征突然想到。他们未必有胜算！魏征向前奔跑，门却已经合上，这是一天里，他第二次被大门挡住。

城门透着残酷的红色，门上硕大的铜钉透着嘲讽，门轴的转动将门前所有的厮杀归于零。数千兵马攻不开一座城门，魏征近乎绝望。

"他们守得了宫门，还能守住秦王府？"薛万彻走上前，剑尖仍在滴血，他的另一只手拎着敬君弘的头颅。他猛地挥动手臂，将这个头甩上了城楼。

"你是说……"魏征明白过来，他退后一步，大声喊道："打开城门，不然，我将率兵攻击秦王府！"

门内沉默，他们不要秦王府内的家眷了？魏征疑惑，却为自己苦笑，争夺名利的人哪会顾及家眷？

魏征掉转身子："走，去秦王府！"

薛万彻却一动不动，呆呆地望着上面，顺着他的目光，魏征抬头，看到城墙上尉迟敬德阴森的脸露了出来，手上抓着两个黑糊糊的东西伸出来。

这是两颗人头，乱发蓬生，血肉模糊，太子跟齐王的头！魏征感到头轰地一下被炸开。

“太子死了！”不知谁大喊一声。

“齐王死了！”细小的声音像波浪一样由近向远推去。

门前突然寂静得可怕，数千府兵一言不发。良久，第一个丢下兵器的声音传出，弃甲声响成一片。

“太子死了！”这个声音再次四起，大家想说的是我们败了，魏征想到。第一个人开始向后跑去。

“谁人敢逃?”薛万彻大喊，逃兵愣在原地，可过了一会儿，薛万彻露出苦笑，挥手示意他离去。不过一刻钟，数千府兵逃得无影无踪。

偌大的广场只剩下倒下的尸体跟直立着的魏征、发呆的薛万彻。

结束了，一切都结束了，错在哪里，败在何处，魏征想不起来，也不愿去想，脑袋嗡嗡作响。咣当声起，薛万彻的剑掉在了地上。

他还在这里干什么?魏征盯着这位东宫武将，他还不逃命?

薛家的人将荣誉看得比性命还重，魏征想起他的父亲，涿郡留守薛世雄就是因为大意败于夏王窦建德之手而忧愤至死。荣誉需要性命的献祭，可性命并不一定能换来荣誉。荣誉并不是勇者的专属，它也是愚者的选择、懦者的出路。

“你还不走?”魏征问。

“去哪里?”薛万彻反问，脸上露出奇怪的表情。

“逃命！”

“逃命?”他摇头，“殿下已死，成王败寇，殿下只怕坐实谋逆之事，我也成了附逆之人，能逃到哪里?”

“终南山……哪里都好，先逃出长安城！”魏征想起房玄龄的脸，可薛万彻对这个提示无动于衷：“我没能守住太子！”

“太子死了！你改变不了，你已经杀了敬君弘，也算报过太子之恩。”

薛万彻依旧不动。

“这是诸王之争，不是天下之争！”魏征怒吼。

薛万彻终于迈步，一开始脚步踉跄，跑开之后，他大步跑向远方。

第七十一章　大唐新储君

【李世民】

城门紧闭，李世民站在门里，将军收敛了翅膀，淡褐色的爪子抓住主人的手臂，咕噜着用嘴轻啄面前的手掌。李世民聆听着门外的一切，喧哗声渐息，尉迟敬德从城楼上下来，右手提着两颗被猩红血液浸染的人头，左手则抱着另一颗头颅。

“敬君弘死了，被薛万彻割下了头。”尉迟敬德用眼神示意自己的左手。猩红的血液染红了那颗头，敬君弘的眼神还残留着恐惧。

我曾怀疑过这颗头的主人的忠诚，李世民后悔地想。尉迟敬德将敬君弘的人头交给身边的士兵，顺手将右手中的头颅扔到墙角的板车上，头颅滚动着发出咕噜咕噜的声音。这是我的兄弟，李世民觉得心里发紧，但若不如此，在地上滚动的就该是我的人头。

头颅在板车的底部停下，披散的头发下露出苍白而恐怖的眼睛。大鹰挺直身子，向头颅的位置伸了伸脖子。那不可以吃，李世民抚摸着鹰背，最后他吩咐道：“找到他们的身子，将头缝回去。”

有人上前拾起头颅，扔进麻布袋里，两个头颅挤在一起，现在，他们在一起搞阴谋就更方便了。李世民转过身子，阳光变得炽热起来，空气中有熟悉的血味。

还没有结束，李世民告诉自己，他伸展了浑身酸痛的身体，脖上的火辣感觉犹在。尉迟敬德就近坐在台阶上喘气，张士贵将长弓取下，靠在墙角，从撞上太子后，他便来玄武门协防，腰间箭囊里的箭矢所剩无几。程知节脸上的表情透露着身体的痛楚，秦叔宝站在他的身后，替他检查身上的创伤，而后面则是常何躲避的眼光。

“去吧。”李世民伸长手臂，将军腾空而起，在空中滑翔了一会儿，向西飞去。它要回秦王府，去吧，去告诉无垢，太极宫已在我们的手中，但也许还有最难的一步需要去走。

尉迟敬德站了起来，长袍血迹斑斑，他干脆扯下长袍，露出发亮的铠甲，犹如杀神一般。

“常将军。”李世民第一个走向常何。这让对方有些迟疑，终于，他向前站了一步，立到了李世民的面前。

“秦王。”他恭敬地回答。

“玄武门依旧交给你，午时之前，不能开门放一个人进来。”李世民下令，仿若对面的人是秦王府的家将。而常何俯首听令，并不犹豫。

“我留在这里帮常将军。”秦叔宝从程知节身后过来。

“不用。”李世民忽略掉对方的暗示，“常将军一个人守玄武门足矣，你跟我去。”

程知节走过来，脚步有些沉重：“大王，我也去。”

“你还能走？”李世民低声问，发现自己的声音也有些沙哑，这全拜四弟所赐，而程知节受他所赐则更多。

程知节轻跳，落地时龇着牙：“痛，但能痛说明没什么大碍。”

他去也好，宫中再无激战，但较量并未结束，多一个人多一份支撑，倘若只有一人，我怎么走到临湖殿。李世民点头同意。

李世民想找马，却突然想起黑龙已经跑走，我终究还是被它尥倒，却不是因为它的野性难驯，而是缘于它的恐惧。也许走路去更好，李世民打定主意，向前走去。

随处可见伏尸，有人躺在地上哀号。李世民还记得早上的一幕，只觉得腰间的长剑犹颤抖着发出低鸣。李世民也忘不了今天第一个被斩杀的禁兵，眼神里的惊讶多于死亡来临之前的畏惧。我杀了多少个，才逼近临湖殿？十个还是二十个？箭囊空空如也，宝剑饱尝鲜血。直到临湖殿成为孤殿，但我终究没有迈进大殿。只要殿内的人还有选择，我就无法成为赢家。现在他没有了选择，但我仍未成为赢家。

步进后苑，尸体渐多，血水横流，死的历史用墨水书写，活的历史则用鲜血。这一天的晚些时候，这些血水就会被冲去，什么痕迹也不会留下。李世民想着，加快了脚步，转过数座长殿，西海池反射着金光，殿内的人在今天的早些时候登上池船，试图躲避，可水面并不宽阔，数支大箭之后，船上大喊切莫乱放箭，靠近岸栏的地方，尸体漂浮，水面亦染成红色。池水可以换过，或许，还可以填平湖池。沿着西海池前行，三层的临湖殿就在眼前。李世民慢了下来，这就是我住过的临湖殿，他们试图困住我的地方。

“我曾经以为自己会被永远孤立在里面。”李世民也说不清是自言自语，还是在跟后面的秦府军将诉说。没有人可以避免孤立地站在一个地方，现在这个孤立者轮到了父亲。他没有说出这一句就被一声呼喊声打断。

“大王！”杜如晦从殿上急步下来，他小心避让着台阶上横七竖八的尸体。焦急的表情褪去，欣喜的面容出现，“元凶已经……”

李世民朝杜如晦轻轻点头，他脸上的喜悦更加确定。李世民注意到他也提着一把长剑，这倒是第一次。

我没见过他挥剑，他的剑今天是否也饱尝鲜血？

“圣上在里面？”李世民问。

“在里面。”杜如晦答道，然后轻轻摇了摇头。

他还不认输？李世民在心中叹道，临湖殿外站满了侍卫，可那不是宫中的禁卫，而是秦王府兵，屈突通站在殿外，正朝这边张望，在他旁边，李世民看到了更多的秦府将领。

临湖殿已经成了囚笼，但囚笼内的人却是个固执的人，他越老越固执了，一些恼怒涌上李世民的心头。

深吸一口气，再困难我也要去做，我已经没有选择，我手上沾染了兄弟的血，可我还需要沾上至亲的血？弑父？这个可怕的词语第一次冲进李世民的脑海。

“你先不要进去，等皇上的敕令出来再进去。”杜如晦拦住了他。

李世民朝杜如晦投去感激的目光，同时松了一口气。“那就麻烦……”话未说完，杜如晦连连摆手。“我进去没用!”

靠近秦王，杜如晦低声说道：“陛下迟迟未发敕令，全凭心中一口气，但陛下的龙气我一个儒生怎么压制得住，或许借一下虎气倒有可能。”

虎啸龙殿？李世民明白过来，他望向身边的军将，最后把目光定格在尉迟敬德身上。

“你去!”李世民下令。

“我去?”尉迟敬德迟疑了一会儿，但很快点头，“我去就我去，我不信皇帝老儿不给大王腾地方。”他将手中的长槊递给后面的程知节，程知节却不接。杜如晦附耳尉迟敬德，低声说着什么。

“持槊入殿!”李世民再次下令。尉迟敬德怔了一会儿，没有说话，迈动如山的身体向殿阶走去，铠甲发亮，长槊滴血。

“你等一下，我先替你灭一灭龙焰!”李世民突然叫住了他，继而指着临湖殿的殿匾对张士贵说道：“引弓，朝‘临湖殿’三个字射!”

尉迟敬德踏着临湖殿的额牌迈进大殿，靴子踏在地面上发出不和谐的巨响，身体几乎将光线挡在外面，等他进去之后，阳光斜入殿内，檐下尘埃狂舞，那是巨箭从殿上震落的尘埃。当箭嵌进木板，殿内惊呼声起，但李世民不确定这其中是否有父亲的声音。

屈突通张嘴欲说些什么，李世民用目光止住他，侧身站在殿外，将耳朵贴向大殿。尉迟敬德的脚步声一声声传出，仿若踏在李世民的心上。除此之外，殿内同殿外一样沉寂。

脚步声终于停下，接着是金戈碰撞声，尉迟敬德在下跪，李世民心想。“陛下!”尉迟敬德的声音传出。

接下来是完全的沉寂。李世民可以想象殿内的情景，惊魂未定的父亲、各怀心事的大臣以及披坚执锐衣染鲜血的尉迟敬德构成了里面压抑的大殿。在湖外，李世民望见过父亲的身影，他只能用狼狈来形容。裴寂高胖的身形就在他身后，现在也是如此吧。接下来谁会打破沉闷，是皇帝的心腹裴寂？还是见机快的封伦？或者是宇文士及？当声音再次响起时，李世民感到了心颤。

“你是秦府护军尉迟敬德？”这是皇帝的声音。

“是我。”

虎啸龙殿。李世民心中念道，虎无法与龙匹敌，但此时殿内是游入浅滩的苍龙，而虎是杀气正盛的猛虎。

“既是秦府护军，不在秦府当值，跑到宫里来干什么？”皇帝的声音冷酷，听不到恐慌。

“臣来护驾！”

“护驾？”皇帝的声音夹着冷笑，“何人作乱，需要你来护驾？”

“太子、齐王作乱，秦王举兵讨逆。”尉迟敬德声音粗重，“秦王怕惊动陛下，遣臣前来宿卫。”

“哦。”声音停了一会儿，继而又起。“那外面的叛乱……？”

“反兵已被逐出玄武门。”这是尉迟敬德的声音，这个声音稍稍停顿，终说出皇帝不想听的结果，“太子、齐王已被诛杀！”

躁动的声音传出，有人低语，有人惊呼，这里面没有父亲的声音。李世民强忍着自己伸头窥探殿内情景的念头，不要怪我，杀死他们的不仅是我的剑，还有你的不公跟犹豫。李世民心想。他努力想捕捉殿内的每个声音，可死寂再一次笼罩着大殿。

良久，长叹声响起，李世民听出了这里面的悲伤与无奈，龙在浅滩，我将他逐向此地。

“何至如此，何至如此。”皇帝疲惫苍凉的声音穿过大殿，传至殿外，杜如晦向秦王投来一个眼神。他终于要认输了吗？秦王不敢肯定。

“于今何计？”皇帝的声音再次传出，他在自问，还是求诸大臣？李世民猜到他大概在问那位最信任的裴宫监，可意外的是裴寂的声音一直没有响起。

“于今何计？”皇帝又问了一次，这次有咳嗽声响起。李世民听得出这是封伦的声音，这位双面极臣不会错过这个最好的机会。

“建成、元吉本就功薄，当年太原起兵，他们无份参与，后又无功于天下，素来嫉恨秦王功高望重，这才共为奸谋。今天不为乱，他日必乱天下，幸好秦王讨而诛之，这不是坏事。”

不是坏事，李世民要叫好，可父亲该会悲伤，四个儿子，只剩下一个了。

封伦的声音继续传出：“秦王功盖宇宙，率土归心，陛下如果立秦王为太子、委国事，则天下定矣！”

有人冷哼，有人私语，李世民听不出分别是谁的声音。今日的血已经流够，李世民心想。我再也不想沾染至亲的血。随即，他松了一口气。

“封爱卿此言甚合我心。”皇帝举起白旗，“就依你所说，封秦王为太子！”

“请陛下降手敕，令诸军受秦王处分！”尉迟敬德的声音再次传出，太子之位、国事之任都不是最关键的，最关键的永远是兵权，这不会仅仅是敬德的主意，李世民望向了杜如晦，学士在后面微微点头。

“你起来吧。”这是皇帝的声音，随后有长槊触碰地面的声音。随后声音渐渐低下来，李世民仔细聆听，却听到了一些混乱的声音。

接下来的一刻似乎无比漫长，众人的神情却放松下来。李世民这才留意到屈突通的膝盖处有血渗出，侯君集、段志玄身上的血似乎并不只是别人的，连杜如晦的脸上都有青肿。这是生死的一战，所幸我们是胜者。李世民想开口说些什么，却知道现在还不是时候，只好把注意力重新移回殿内。

脚步声终于再次响起，却不是尉迟敬德的，这个声音轻许多。不一会儿，宇文士及的面孔出现，他脸上很难说是不是带着微笑。

“大王……”宇文士及向秦王拱手，“不，太子殿下，圣上已经册你为太子，我现在要向百官宣敕。”

李世民听到内心的包袱掉下，“太子！”他轻念这两个字，为了这两个字，他付出了多少努力，现在手上沾满鲜血。这一切都是值得的吗？日光猛晒过来，李世民这才发现自己浑身是汗。李世民朝宇文士及回礼，天策府司马没有停留，他急匆匆朝殿外走去。

一切都结束了，只剩下最后的部分，不是最难，却是最尴尬的。太子终于听到传唤。

“宣我儿进殿来吧。”

除去那些幼儿，我是他唯一的儿子了。李世民迈进大殿。尉迟敬德站到了一边，手中依旧握着长槊，地上有血迹。尉迟敬德面露微笑，而封伦投过来的笑意满含暧昧。李世民微微向他点头，竟有些羡慕起他来，他无须做出艰难的选择，他永远都在胜利者的一边。

封伦的后面则是失败者，裴寂脸色苍白，鬓角头发散乱，他在回避新太子的眼光，而最后，李世民与父亲的目光相撞。

那里面有什么？愤怒、痛楚，还是悔恨，李世民却发现，父亲的眼里空洞得无一物，那些情绪是被隐藏还是早已被遣散干净？

“父亲……”李世民跪下，却不知道说些什么。

过了一会儿，他感到有双手扶住他的肩。这双手枯瘦而无力，却固执地要扶他起来。

“我儿……”皇帝的声音沙哑而哀伤，“你起来吧，流言可畏，流言害了我们一家。”

苍龙老去，李世民突然鼻子发酸，继而哭出声来，父亲将他抱在怀里，犹如幼年一般。怀抱里没有怨恨，只有无尽的悲伤；没有愤怒，只有绵长的悔恨。

“父亲……”李世民抬起头，纵容泪水直下、言语哽咽，“儿子……”

父亲轻轻摇头打断儿子的话：“事已至此，事已至此……只是将来，史册上该如何记我李唐一家。”

李世民想了一会儿，回答父亲：“史册也是要人来写的。”

第七十二章　谏者

【魏征】

魏征瞪了玄德门的守卫一眼，面孔生疏，想来已经换成了秦王的人。当然，秦王已经不是秦王，天策府也不复存在，现在只剩下总领军国事的新太子。旧的太子不知道尸首何处，齐王也成了长安城的忌讳，所有的官员都在想着怎么撇清跟这两人的关系。成王败寇，千古不变。

我不该再踏进这里半步的。魏征想着，但我不得不来。为了身后的这个人，魏征望了后面一眼，薛万彻垂头丧气，在长安郊外的一处破庙魏征找到他。薛万彻本想逃到幽州，但在魏征的执意劝告下，他才愿意回到长安城。

这是诸王之争，不是天下之争。魏征想着房玄龄的话，这又是一个充满诱惑的谎言？只是为了哄骗东宫、齐王的府署好聚而杀之？魏征想起当年王世充就干过诱降而杀之的事情。如果这样，我万死难辞其咎，而身后的这个人将第一个为我的愚蠢付出血的代价。而接下来，会有更多的血要流，东宫、齐王的人已经塞满牢狱，是生是死悬于一线。

经过佛堂时，里面的佛音依旧，太子深信佛祖，可佛祖保不了他的性命，秦王倒不信，可为什么这里依旧充斥着佛香？或许新任太子有太多的东西要除旧布新，很快就会轮到这里。魏征毫不怀疑。

转过佛堂，动物的气息浓厚起来，还有一阵急躁的叫声传出来。

“花鞭也感到不安。”薛万彻在后面说道，魏征怔了一会儿，才想起太子有只叫花鞭的山猫。

要是太子把精力多放到正事上，而不是浪费在这里的鹰坊，或者就不会走到这一步。魏征加快脚步，鹰坊比佛堂还大，却比佛堂还无济于事。

长长的千步廊通向显德殿，路上时不时有宫女经过，连宫女都换了，魏征所见的全是陌生的面孔。我们也在替换之列。旧的宫女会打发到冷清的掖庭宫与马桶、污衣为伴，而我们却要接受生死的宣判。

显德殿外人来人往，其中不乏身着紫衣的高官，魏征看到了封伦瘦弱的身影，这位墙头草又找到了新的东家？封伦经过他时，盯着他看了一会儿，魏征看到他在轻轻摇头，当封伦的眼光落到薛万彻身上时，那种惋惜的意味更浓了。魏征回以冷笑，不愿继续承受对方廉价的同情，一朝天子一朝臣，我们是败者。魏征匆匆拱手为礼，薛万彻甚至都没有看对方。

“玄成!”房玄龄的声音传来，秦府学士的脸上写着轻松，“你终于来了。”

他倒迅速进入角色，已经把东宫、把显德殿当自己家了。魏征回应：“我当然要来，我现在还是太子洗马!”太子已经换了，洗马还有存在的必要吗?魏征准备回收对方的嘲笑，可房玄龄只有胜利者的微笑：“玄成，你还是嘴上不饶人。不知道你见了老朋友是不是还是这副模样。”

“老朋友?”

“王公?”薛万彻在后面叫出声。魏征越过房玄龄的身子看过去，一个男人正从台阶上忙不迭地奔下来。

“玄成。”来人急匆匆地来到魏征面前。叔玠！魏征吃了一惊，这位东宫同僚一路走下来倒未见气喘，流放的生涯让他强壮了？事情才过去数天，他就回到了长安城，难道他跟许多人一样投靠了秦王?

“叔玠，怎么是你?”魏征说道。这意外冷淡的语气让王珪显得有些手足无措，脸色通红、嘴唇颤抖想说些什么。

房玄龄用一阵笑声冲走了莫名的尴尬：“是我假借太子之令宣他回来的，长安事一定，无论输赢，他都应该回长安为大唐出力。”

他没有背叛？望着王珪忠厚的脸，魏征终于肯定了这个答案，继而松了一口气。紧接着愧疚感涌上来，王珪原本白胖的脸变黑变尖，他被流放到蜀地，开始我们还托信问询，可渐渐的，我们几乎忘记了他。

“叔玠。”魏征拱手，“这一年来，辛苦你了。”

“哪里哪里。”王珪连忙回礼，脸上的红晕更盛了。

“我已经在偏殿设宴，专为三位聚旧。”房玄龄说道，“现在还是……”

“对了，让秦王等久了。”魏征冷笑着，“哦，我忘了，是太子殿下。”

显德殿摆设依旧，只是气氛完全变了。似乎一迈进来，就可以感觉到这里已经换了主人。而变化又不仅仅如此，站在殿内，魏征明白，在这座宫殿群里，曾经位于中央的太极殿已经失去它的权威，现在，这座曾经的东宫首殿将跃升为长安的中心、天下的中心。

昨日的秦王、今天的新太子坐在那张旧榻上，旁边立着秦叔宝跟程知节，那位亲手杀死太子的尉迟屠夫不在，魏征想到，领着囚犯冲击禁门的长孙无忌倒在。杜如晦站立的位置靠前一些，他看魏征的眼神似乎还带着一丝愧意。杜如晦的旁边站着宇文士及，他那张小脸上的笑容写着自得。这是胜利者的集会，而我作为失败者，只能成为他们欢庆的佐料。

“你能来，让我很惊讶。”新任太子盯着他，表情严肃。魏征试图在对方那张脸上寻找一丝胜利者的喜悦，结果一无所获。新任太子没有着太子惯穿的黄色龙袍，但他悠然自得的样子，显然宣告着他是显德殿的主人。

“你宣我来，我就来了。”魏征回答。

“好，好！”太子冷笑起来，他笑得比大郎霸道，但治国从不靠霸道。魏征心想。

“驱逐我学士的那件事是你设计的？”太子突然停止笑声，冷眼盯着他。

望了望旁边的房玄龄，这是跟我算账的时候吗？魏征挺胸回答：“没错！”

“你总算肯认！”太子语气冰冷，“你身为东宫洗马，为何离间我兄弟！”

魏征似乎看到房玄龄在朝自己使眼神，他是想让我认输，有我的认输，胜利的成色才更足？下意识的，魏征又望了望后面的薛万彻，这位前东宫护军自从进来以后，还没有说过一句话。他将生死系在我的身上，他相信我的话，才来到这宣判之地。

“我不是离间，我是劝太子早定决心。”魏征答道，我不是离间，我在劝他早除祸患。想着薛万彻发红的眼，魏征将这句咽下，可这也足以让新太子脸色变白，连王珪都朝他摆头。蜀地的寒苦让这位同僚改变了吗？他什么时候也知道奉迎胜者了？魏征脱口而出：“先太子要是早听我的话，必无今日之祸！”

王珪脸色大变，魏征听到薛万彻的低叹。我为了一己之快连累了他，还有那一百多囚禁在死牢的人。

这句话沿大梁盘绕，最后消失得无影无踪。大殿里沉寂得像一块铁板，直到太子的声音在这块铁板上发出响亮的大笑。

“好个田舍汉！”太子起身，大步走向魏征，立定后，他深鞠一躬：“魏公，刚才多有得罪，还望不要在意，以后还要请魏公多教教世民。”

“教你？”魏征愣了一下。

“魏公曾经上书天策府，献计十策，世民愚笨，没有采纳，我与玄龄每次说起这件事，都后悔莫及，以后还请魏公尽弃前嫌，赐世民十策、百策、千策，以治天下！”

魏征望着这个向他弯腰的人，那一脸的诚恳倒不像是装出来的，或许他要收买人心，用一个魏征来告诉天下人，他已经掌控长安、掌控天下。但这也是我的机会，魏征用余光看着身边发呆的薛万彻。

“十策百策不敢，但眼下就有四策，殿下要是想长治久安，这四件事必先做不可！”

“魏公请说！”

“其一，先太子虽然逆谋，但终究是皇帝嫡子、太子同胞，还请太子以礼葬之，允我扶棺送行。”说出这一句，魏征内心一阵痛楚，那个敦厚的人没有逆谋，他只是失败者。

“那是自然。”逆谋者停了一会儿，首肯道，他是真正的逆谋者，魏征想到，但他还是胜利者。

“请魏公说第二策。”胜利者似乎不愿意在这上面多停留，他催促道。

“其二，薛护军忠心护主，虽有杀伤，但事在急迫，请殿下赦其罪！”

“我早有此意。在玄武门外时，”太子点头，“薛将军其时各为其主，能忠于所事，此是义士。我不但要赦他罪，还要任他为右领军将军，大唐安危以后还要靠薛将军出一份力。现在突厥人就在外面不远处，等着看我大唐的内讧，我们不会给他这个机会。”

我们已经内讧，魏征差一点要反唇相讥。

薛万彻呆在原地，魏征捅捅他的腰，他反应过来伏地谢恩。

太子上前扶起薛万彻，用力拍着他的肩膀：“不要有顾忌，大唐不会埋没你的将才。”

至少保住了一条命，魏征深吸一口气。

“其三，先太子、齐王左右一百余人尽在死牢，另先太子、齐王部属在外者亦有数百，请殿下赦免其罪。”

“党羽不诛，后患无穷。”宇文士及突然接口。

如果可以，我会让他尝下我的老拳，魏征盯着这位天策府司马，现在他的职位是什么？尚书还是中书令？自己的官职越高，他人的生命就越同蚂蚁一般低贱吗？

“先太子及齐王在时，权大势众，谁人敢说不与其为伍？就是宇文公也不敢说与先太子毫无瓜葛吧。”魏征盯着他，直到对方低下头，“如果太子殿下执意扫而诛之，只怕人人自危，这岂是治安之策?!”

“但只怕有的人心里难自安，就是我再怎么做，他都未免做出点事情。”太子说道。

“谁?”魏征问。

“燕郡王李艺!”房玄龄说道：“殿下总军国事，前日已经召他，听说他不但未来，还领兵欲奔幽州。”

“倘若殿下大赦天下，他仍然一意孤行，那是他自取灭亡。”魏征说道。

太子点头：“那好，玄龄，你亲去中书省宣我的教令，诏告天下，二凶余党，尽数赦免。”

“只是赦免只怕不够。”王珪在旁边说道。

“叔玠请说。”

“虽有赦令，但天下自有侥幸之徒争相捕告以邀赏，望殿下明令禁之。”

他没有变，他还是那个志量隐正的儒生。魏征朝王珪投去赞赏与欣慰的目光。

“好！好！”太子击掌，“有两位谋划，天下何愁不治。玄龄，就依叔玠所言，要有捕告东宫、齐王府余党邀赏，以诬告反坐论。”

“我已经拿出诚意，李艺如果还意图不轨，少不得要使雷霆手段。”太子转向薛万彻，“薛将军不会怪我吧。”

“如果李艺反叛，我愿亲手斩他头颅。”薛万彻回答。

不是每个人都可以救下来，但至少已经救下数百数千人。

“愿闻魏公第四策。”太子继续说。

“鹰坊里的东西养之于国何益？不如纵之。四方贡献不断，皆是民脂民膏，不如罢之，殿下总军国事，兼听则明，偏信则暗，应大开言路，听百官陈治道。”

“这明明是三策归一策嘛！”太子大笑，“这三条都好，鹰坊的东西早已经放生，剩下的事情克明去办。”

“可我刚才还听到花鞭的声音？”

太子露出疑惑的表情。薛万彻说道：“是那只山猫。”

“鹰确实已经放掉，但这只山猫要是随便放出去，只怕长安人都吓得睡不着觉了。”杜如晦替太子回答，话音落下，笑声一片。

魏征没有笑，他笑不出来。我献过十策，你没有用。魏征心里默念，但今后我会有百策、千策、万策，到时就会知道你是为了收买人心，还是真心求谏。

第七十三章 疑阵

【萧美娘】

“你已经有二十多年没到关中了吧。”萧后一边说着，一边打量着眼前的景色。夏未远离，秋天未至，叶子却开始镶上金边。泾河水平缓而下。它将注入渭河，萧后感觉自己的思绪正随这滔滔河水而下。渭河边那座都城才是我的，先王修建它，夫君装饰它，它是我们君临天下的象征。萧后想着。

“二十六年。”义成肯定地回答。萧后从她的眼神里看到了迷离，她跟我一样渴望回到长安，那里有她的过去，更有她的藏心之人。

“娘娘离开长安也有十年了吧。”义成反问道。

“十年?!”萧后语气不那么肯定，离别仿佛就在昨天，楼船在浚清的河道上停泊，夫君登上楼船，岸边尽是不能随驾的宫女，哭声让河水波动。我梦江南好，征辽亦偶然。但存颜色在，离别只今年。萧后轻念着这首诗，夫君在船头写下这首诗赐给泪水中的宫人，他还期待着回到长安，可一别就再也回不去了，而我，则成了四海漂泊的亡命人。

“阿娘，长安好吗?”淮南银铃般的声音响起，“我想去长安!”

她已经忘了长安的样子了，萧后抚摸着女儿的发梢：“我们有机会回长安。”

义成在旁边苦笑。萧后却不以为然，她以为我许下的是无用的诺言，就像老太婆哄骗小女孩？我们迟早要夺回来的，或许她放弃了，可我没有。

望着后面飘扬的狼旗，萧后挺了挺身子，显得更有信心。金色狼旗、白色狼旗、黑色狼旗，还有数不清的旗帜围绕其间，“这一次我们一定可以的。”萧后说道，与其说是对女儿的保证，还不如说是对自己的安慰。

“娘娘，唐朝的秦王掌控了长安。”义成轻声说道，像不忍心打破萧后的美梦。

“是的，我们迟了一两步。”萧美娘有些愠怒。要不是在幽州耽误了太多时间，我们或许赶得及，在他们兄弟相争之时杀到长安城下。美娘望着女儿，她身上的某处正在发生着不经意的改变，原来瘦弱的身体丰润起来。什钵苾是个好丈夫，却不是一个好将领。

“秦王也不是不可战胜的。”萧美娘说道，连她自己也不肯定。

“我的夫君会击败他，这位秦王！”淮南说道。

如果你的夫君没有那么多小心思，或许我们可以，萧美娘没有说出来，她唯有点头：“是的，秦王不过是唐人吹嘘的神话，刀剑不信这个。”

淮南受到鼓舞，面露喜色，而义成则脸色忧郁，“唐朝也不止秦王。”她说道。

她还在想着她的那位行军总管，或许他已经在唐朝诸王的倾轧中当了牺牲品也未定，“当然，唐朝人还有不少会打仗的。”萧后冰冷地念起那些名字：“李世勣，我听说这人原本是个农庄主；还有尉迟恭，那个打铁汉，突厥人的弃将而已；还有他们从各地搜罗来的人，不过是些田头舍汉。”萧后冷哼，却故意不提及李靖的名字，“阿甜，他们赢不了你的夫君，作为突厥的可敦，你该骄傲自己有一群虎狼之师。”萧后说道，她怀疑自己是否听到了义成的低叹声。

她总得做出抉择，在爱人与家国之间。

义成脸上的忧郁更盛了。

“姑姑，你不要担心，我们会赢的。”淮南安慰她。

她才不是担心输赢，萧美娘几乎忍不住要说穿可敦的心事，可女儿的惊呼声阻止了她这个疯狂而不合情理的想法。

“看！我们出动了。”

数路骑兵从营中奔出，狼旗在前招摇，马蹄急促。

“阿娘，我们一起去看看。”

“好啊。”母亲欣然同意，“我们可以亲眼看看突厥的狼怎样捕获羊！”

金色的狼旗最高最大，耸立天际傲视沙场，黑白两色的狼旗则在旁边威风凛凛。三面狼旗齐聚，而长安城内只剩下一位皇子，这没有理由会让胜利溜走。萧后策动胯下的突厥矮马，内心充满希望。

突利最先看到她，因为淮南大呼着夫君的名字，将坐骑驱得像跳跃的云雀一样。义成则满脸笑容，纵容淮南的任性。这是沙场，萧后想叫住女儿，可女儿的背影让她无法唤出严厉的话来。

“可汗！”萧后径直骑到颉利可汗的前面。这位突厥的首领脸上带着些许的焦虑，他也在担心长安的变局？秦王成为太子会更有威胁？未必如此。秦王还有许多挑战，萧后记起夫君就任皇帝之际的那些血案，通向帝位的路从不平坦，“唐营有动静吗？”

颉利摇头，什钵苾跟摸末在他身后，什钵苾身背大弓，腰挂长剑，摸末则提着一把长槊，两人点头向萧后致意。义成从后面骑马上来。

“你们未来之前，我们便已经在这里僵持半月余。”义成替可汗回答，“他们闭营未出，任我们如何挑战都不应战。”

半个月？萧后望了义成一眼，所以你们就僵持在这里，听凭秦王处理他的家事？萧后努力克制着自己的不满。

“唐人素来怯懦。”摸末说道。

哼哼，唐人可不怯懦，在朔州外是谁被人夜袭吓得连夜弃营而逃？萧后说：“闭营不战只是他们的诡计。”

“娘娘的意思是……”

“唐王李世民在洗刷玄武门前的血。”萧后说道。难道就只有我明白？还是他们集体在装傻，他们集兵此处，不会又仅仅是为拿些廉价的礼物吧。萧后尽量平静，“一场杀戮不是宫变的结束，而仅仅是开始，他有更多的人需要对付，现在是我们的机会！”

摸末第一个响应："娘娘说得对，我们该马上进军！"

可汗不语，萧后盯向女婿，什钵苾则选择回避。他并不热络，豳州时他表明了态度，但可汗的金箭矢依然还有号令诸部的效力。

"可汗，"萧后说道，"你知道唐朝关中的兵在哪里？"

"娘娘，我知道，他们在关中有十二军。"颉利可汗回答，并未因为这个失礼的问题而恼怒，"他们称之为府兵。"

"那么可汗一定知道，这些府兵只是轮流守卫京师，此时，这些府兵仍在调动当中……"

"他们也在等府兵聚集？"摸末问道。

萧后点头，胆小鬼向来都不笨嘛。"可汗，我们悬军千里，却在这里跟对方僵持？等唐军援军汇集，我们还能回去吗？"

可汗的脸色终于变了，良久，他终于开腔："可对方坚守不出……"

萧后望向对面，唐军营门紧闭、军旗盛立，拒马、鹿寨、土垒、陷坑以及一些铁蒺藜就将数十万的铁骑挡了半个月？什么狼骑，不如叫羊群，只需犬吠就可以吓住他们。只有一位突厥的军将，大概是某位特勤领着百余骑在叫阵。

"一个特勤不足以叫开对方的营门。"萧后说道，拿眼睛望着女婿。淮南站在他的身边，瞬间明白母亲的意思："你去叫阵！"她用崇拜的眼神望着夫君。

什钵苾满布伤疤的脸抽动了一下，他终于拉动手中缰绳。

"还是让我去看看唐人是不是铁了心要做缩头乌龟！"抢在什钵苾之前，摸末手提长槊冲了出去。

"他又抢功！"淮南指着他的背影大叫。你该感谢他替你夫君挡了一次不情愿的出击，萧后白了女婿一眼。

"就算摸末去，唐将未必迎战。"颉利可汗说道。

"再不出战，只能说明唐军在这里布下的是空城计，今天夜里我们就可以袭营。"萧后转头说道，"进攻总比僵持管用！"

谢天谢地，可汗总算点头。

萧后心满意足，自己的判断不会错，今天夜里踏平此营，此地离长安多远？不会超过百里之遥，萧后记得自己曾经跟夫君来这里狩猎，总计不会超过一天的骑程。

“可汗！”义成叫道。

“他们出战了！”淮南兴奋地喊着。

出来了？未等回头，战鼓声已经传来。摸末的马似乎迟疑了一会儿，马会体察到主人的畏惧，他不会是想着唐军不会出战，才自告奋勇的吧？萧后突然想到，却不禁幸灾乐祸，这下他可捡到便宜了。

摸末的坐骑停了一会儿，终于没有回头，这似乎让颉利也松了一口气。挑战半月，对手一出战，自己人却跑了回来，腾格里都会愤怒这样的胆怯行为。

战场太远，只见摸末挥舞着长槊进行冲刺，对面的唐将身材魁梧，似乎有摸末两个身躯大。这个人好像在哪里见过。萧后望向义成，却看到义成脸上带着失望，她在失望出战的不是自己的夫君？萧后又好气又好笑。

淮南则紧握缰绳，伸长了脖子。萧后似乎在什钵苾的脸上看到一丝冷笑，他认识对面的唐将？这个想法刚冒出来，就听到一阵遥远的欢呼声响起。扭过头，摸末仍在策马狂奔，身后的唐将高举双槊炫耀胜利，而欢呼声正出自他身后的唐兵。

败了？我连看都没看到，萧后简直不敢相信。摸末灰头灰脸地空手跑回来，兵器已经成了对方的战利品，他垂头丧气，全无出阵时的神气。突厥的子民个个是狼，但显然这匹狼缺少尖牙利齿。萧后望了摸末一眼，她担心自己没法藏好嘴角的鄙夷。

“兄弟，你不用气馁。”什钵苾意外迎上去，“你碰上的是唐朝有名的大将，擅长夺槊，听说他连唐朝齐王的槊都夺过。”

“谁？”颉利上前，问道。

“尉迟恭。”

“就是那位刘武周的旧将？”颉利惊讶。

什钵苾点头：“是他，他还在豳州抢过我们的马。”

“哼，原来是他。”摸末的脸色不再苍白，“我刚才只是佯败！我已经看清楚了，唐营内没有多少兵马。今天晚上我们就去端了他们的营。他这么喜欢抢别人的槊，我会再送他数条，插在他的身体上！”

连颉利可汗都忍不住苦笑，而淮南更直接笑出声来，这换来摸末恶狠狠的瞪视以及母亲的呵斥。

“淮南！”

什钵苾握着妻子的手，脸上全是纵容。他是一个好丈夫，不是一个好将领。

“可汗你看！”义成喊道。众人回望，那位尉迟恭已经打马往回走，可并没有回营，反而从营里重新奔出一支近千人的骑兵，集结之后，这支唐军朝长安方向奔去。

“他们要撤！”摸末大叫，“看吧，我说得没错吧，他知道我探清了他们的虚实，他们不得不撤退！现在我们就追上去！”

颉利在迟疑，连萧后都困惑。

“疑兵莫追。”什钵苾说道。颉利点头，决定采纳这个胆怯的建议。

唐营里空无一人。拒马、鹿寨、军旗俱在，要不是亲眼看到唐兵撤去，他们会认为这只是一座鬼营。

“他们真如娘娘所说的在虚张声势，我们就杀到长安去。”摸末恶声说道。

羞辱心在他的心里作怪，明知如此，萧后还是向摸末投去鼓励的眼神：“我们不能再等了，多等一天，我们多一分危险。”

“要是今天出战的是别人，我们或许还有机会，但今天出战的是尉迟恭。”什钵苾说道，他骑马在营地的空地转，打量着这座将突厥数十万大军挡了半个月的营地。

“什么意思？”摸末愤然问道。

“尉迟恭是李世民心腹大将，他在这里守了半个月。”什钵苾不急不慢。

萧后心中一动，颉利脸色凝重，义成像是失魂一般，离长安越近，她就越要做出这个样子吗？萧后甚至忘了去想什钵苾的话。

摸末大概也明白在场的就他不明白，愤怒的红色已经染红他漂亮的脸蛋：

"你说话能不能说清楚?"

"如果李世民没有完全控制住局面，他怎么会将心腹派到前线来对付我们?"什钵苾勒停马，带着微笑望着自己的表亲。

摸末张嘴，但终究没有声响从他的嘴里冒出。他说得对，萧后有些愠怒，但不代表着我们就要打道回府。

"唐朝的府兵还未到!"萧后说道，"我们还有机会。"

可汗迟疑着，每个跟唐朝秦王对阵的人都会变得狐疑，萧后曾经听夏王窦建德说过这样的话，却是第一次亲眼见证。

"唐将为什么要弃掉这座营垒?"可汗说道，"他们原可以用这个多挡我们两天，除非他们认为这座营垒已经不再重要。或者，他们的府兵已经齐聚长安，正结阵相待。"

"这是他们的疑兵计!"萧后禁不住大叫出声，"我们上过他的当!"

"娘娘。"什钵苾叫住岳母，"唐人局势如何，只要去长安一探就知。"

"谁去?"萧后脱口而出，"谁能去?在这个两军对阵的紧张关口。"

"我去!"女婿平静回答，"我亲自去!"

第七十四章　渭桥刑马

【李世民】

“我们还有多长的时间?”李世民坐在显德殿里，此殿比承乾殿要高，可坐在这里远不如坐在承乾殿里舒适，以前我是秦王，替父效命，现在我是掌军国事的太子，替己治国。第一次考验不是父亲给出的，而是突厥奉送的。李世民想到。

“也许旬日，也许明天突厥人就要到长安城下。”房玄龄答道，“我们的疑兵阵只怕骗不了多久。”

“我们还需要多少时间?”李世民问向了杜如晦，唐朝的新任兵部尚书。

“至少需要旬日。”杜如晦停了一下，继而解释，“十二府兵正加急赶来，薛万彻已经去泾州调李艺的天节军。”

“李艺回泾州了?”

“回来了。在朔州支援了柴郡王之后，他就率兵返回泾州。”

他当然要急着回来，他是太子最强力的外援。李世民想着，并暗自庆幸，多亏我那天真的四弟，在最关键的时刻竟然将他调去朔州拒敌。这位燕郡王回到关中发现天下已经大变时，会是什么心情?

“他会应诏前来吗?”李世民问道。

“已经派人前去泾州宣慰，加燕郡王为开府仪同三司，食实封一千二百户。”房玄龄答道。

位同三公之位，他倒成了大唐的极臣。可就算如此，能安抚他的反骨？“李艺这个人刚愎固执，只怕他不会这么容易听命。”李世民说出自己的担忧。

“薛万彻说，要么他领天节兵来，要么就取李艺的头来。”杜如晦似乎将希望放在了这位东宫旧将身上。

“天节兵我们先放在预算之外。”李世民说，“其他兵马呢。”

“辅机去了豳州，魏大夫去了山东，柴郡王跟任城王正从驻地驰援，江南兵马多数已在路上。只要时间足够，我们可以聚集数十万兵马，足以将突厥人围定在关中。”

辅机只是去扼住突厥的退路，魏征也只是去招抚在山东的东宫旧部，他们拉不来兵马，其余唯有期待。我们有数十万兵马，可只有长安的数万兵马才是汇聚在拳上的力量。李世民望着太极殿的方向，父亲会在看我的笑话吗？

“给柴郡王跟任城王传令，不必急于奔赴京都，可驻兵原地，静待突厥退兵。”

杜如晦抬头望了太子一眼：“这两路是最有战斗力的，他们与突厥交战数年。”

“他们也最辛苦，一路都要面对突厥的阻援兵。等来到长安，还有多少战力？不如让他们原地休整，以逸待劳。”李世民下定决心，“不能等援兵了。我们要做好突厥人发动进攻的准备。”

“长安城内兵太少了。”杜如晦摇头。

要不是我那位四弟光顾着盯我府下的人，而早点召集府兵，长安就不会这样了。虽可以把责任推给死人，但后果仍然要活着的人来承受。

“突厥有多少人？”李世民反问。

“号百万。”杜如晦答道。

“这是虚数，但数十万是有的。”房玄龄补充。

“依我看他们只有两个人。”李世民抚摸着手上的突厥宝剑，宝石反射着耀眼的光芒，“一个人想战，一个人想和。”

杜如晦跟房玄龄对视一眼。“只要我们能找到这里面的区别，数十万大兵于我们而言就只有两种人。”李世民继续说道，他看到两位谋臣的犹豫。治国谋政是他们的特长，但军旅之事不是。我还需要更有魄力的大将，李世民想到了一些名字。紧接着他否定了一个名字，这个人此刻正从殿外走进来。

“辅机。”李世民站了起来，他看到自己这位新任左武侯大将军脸上的急色，“你怎么回来了？”

长孙无忌身着紫色长袍，汗水在圆领浸出污渍。

“李艺反了！”长孙无忌几乎是喊出这一声，“他率兵占了豳州。”

少了一路援兵，多了一路敌人，尽管这也是意料中的事。李世民点头：“你径直回来了？”

长孙无忌的脸红了一下，或许是跑得太快的原因。“我收到消息马上回来报信。”

“玄龄。”李世民下令，“你赶紧叫人去追回薛万彻，我已经反了一路兵马，不能再失去一位大将。”

“我去安排。”房玄龄立刻动身，身影消失在殿门外。

只怕来不及了，李世民想到：“有多少人会响应他？”

“这个倒不用担心，李艺此人孤傲，估计没多少人跟他同盟。”长孙无忌说道，红晕从他脸上渐渐消退。

“但愿如此，不然我又要失去一位谏议大夫。”李世民想到魏征那张似乎永远充满义愤的脸。他的百策千策，我还未听。

李世民又望向殿外，他的中书令房玄龄去而复返。

“已经派人去宣薛将军。”房玄龄说道，但这显然不是他匆匆返回的理由，“突厥人要求和谈，他们的人现在就在长安城外。”

“谁？”

“突利可汗。”

李世民下意识地摸向腰间的宝剑，宝石摸上去温润无比：“让他来。”

“是不是去迎一下？”杜如晦迟疑了一下，建议道。

他是让我亲自去接？李世民摇头：“不，让他自己进来，我就在这里见他。”停了一下，李世民又说道：“把李靖叫来，让他也认识认识我这位香火兄弟。”

李世民坐着没动，房杜旁边站着长孙无忌，连宇文士及跟封伦亦到场，而李靖站在最外面，他的呼吸并不平顺。突厥人有数十万兵马，但在此殿内，他们只有一人。李世民望着下面的突利，他故意召集所有可以召集的人，以期给这位突厥使者以压力，他是送来和平，还是兵戈？李世民在对面这张被划花的脸上看不到答案。

突利挺腰站立，并没有行礼，他打量着显德殿，目光一一扫过殿内的人，在跟宇文士及的目光交会时，他微微点头算是打招呼。最后，他望向大殿的主人，脸上露出难出言说的表情。

“我以为会在太极殿，我听人说，太极殿才是接见客人的地方。”

李世民意外地从香火兄弟的眼里看到了忌妒，我胜出了，而你还在屈服。李世民回答：“我也听说狼头旗并不飘扬在都斤山。”

“狼头旗四处飘扬。”突利针锋相对，却避开李世民的话题，“每片草原，每个山头。”

“包括我中原？”

“未尝没有可能。”突利盛气凌人，“此刻它就飘扬在长安城外。”

“凭什么！”李靖在旁边喝道。

突利转过头望着李靖，没有回答这声喝问，反而问道：“这位是李药师李总管吧。”

“你认识我?!”李靖惊讶。

“你很厉害，我们尊重每一个击败我们的对手，尊重的第一步便是记住他的名字，认得他的样子。”

“我大唐猛将如云，只怕你记不过来。”愣了一下，李靖说道。

“也许是吧，但很多人不在这里。”突利又扫视了大殿，脸上露着微笑，“你们大唐有许多事情要处理。”

我该把叔宝、敬德们叫过来，李世民心想，“突利可汗，你到这里来不是为了见我大唐军将吧。如果是这样，我可以保证你会全见到他们。”

“殿下这个保证我不会当真。”突利不急不慢，“但作为回礼，我会介绍殿下认识我突厥的猛将，而且不用等候，他们就在渭河边。”

“你这是在威胁我？”

“我只是据实相告。”

李世民望着突利，这张脸冷静，不似在豳州碰到的那位不满的人，他已经失去欲望？那他为什么来这里？

“你要想什么？”李世民问。

突利怔了一下，他没有目的。这个迟疑让李世民意识到。

“你们陈兵我京都，总不会是来庆祝我当上太子的吧。”李世民摸向腰间的宝剑，突厥有两个人，一个求和，一个求战，眼前的这个人是否变成求战的人，“我听说去年冬天你们过得很艰难，你们需要什么，我不会拒绝，尤其你还是我的盟弟。”

这个善意的表示似乎激怒了突厥的可汗，突利盯着主人，过了一会儿，带着怒气的笑容浮现，“我们要土地。”停了一下，突利脸上的笑意更浓，“太原是座好城。”

嘲笑声四起，连李世民都禁不住愕然，他应该争他该争的汗位，而不是向我索取土地。

“你认为我会送你们太原？”

“不送，我们就夺，只是到时，我们会发现更喜欢你们的长安。”突利带着挑衅的笑容。

“凭什么？”李世民喊出声，发现跟他一样说出这三个字的至少有三个人。

突利再次环视，脸色平静，“我与颉利可汗的百万大兵就在长安城外。”

殿内寂静得可以听到人的心跳声，他在激怒我，李世民心想，我不会被他激怒。他以一阵笑声打破沉寂，“可汗。”李世民叹息，他从位子上走下来，一直走到突利的前面，盯着他脸上的伤疤，他内心的伤同脸上的一样多吧，“我们是香火兄弟，我自问不是一个吝啬的兄长，赠你的金帛可以从长安铺到塞外，可你依然集兵来犯。”

“我们不是来犯，我们是拿回本属于我们的东西。”突利依旧固执，“当年你们起兵之时向我突厥称臣，臣上贡金帛在情理之中。”

“你把我们的善意当作软弱!”李世民差点承认自己被这个鲁莽的突厥人激怒了，“你们以为发兵就能得到所要的，所以敢倾国深入我汉境，你却不知道你们正把自己的族人引向覆灭。”

突利还以冷笑，“这听起来像是威胁。而威胁要是有用，我们连长城都过不了，但我们现在就在渭河饮马。”

“这不是威胁。”李世民突然说道，“李总管，你来告诉我这位香火兄弟，我们唐朝准备怎么全歼这支百万雄兵。”

李世民坐了回去，房杜脸上的惊讶比突利还多，而李靖更是怔了一下，直到李世民再次望向他，他才站了出来。

突利挑衅地望着李靖。

“你刚才说你跟颉利可汗有百万雄兵?”李靖问道。

“是的。”

李靖露出一丝微笑，“你在突出自己的位置。”

“什么?”

“你说的是你跟颉利可汗的百万大兵。”李靖说，“我以前只知道突厥唯金头箭矢为从，现在分出左右了？这倒值得向你祝贺。”

“我们只有一位大可汗!”突利回答，脸上的绯红出卖了他的慌乱。

“好吧，全当你口误，但你们真的要太原?”李靖继续发问。

“当然。”

“那我很好奇，得到太原，是送给颉利，还是你自己?”

“这不用你操心。”

“我只担心别人没有你这样的雄心壮志。”李靖说道，“你们曾经得到过太原，通过刘武周的手，可你们守不住。占有太原意味着离开故土，在没有鲜草覆盖的地方与我们作战。你们知道守不住，所以也不会有这样的奢望了。那些酋长，奚族人、契丹人、薛延陀、回纥人，他们对城池没有兴趣，说白了，他们追随而来，只关心自己能得到多少金帛，而我们从不吝啬这些，等那些酋长拿到金帛，还会有多少人在渭河边守候?”

“金帛换和平……你们惯用的手段。”突利爽快承认索取太原只是他的一时兴起，“好吧，就算如此，这些金帛会变成刀剑与箭矢，我们会给予一定的休战期。半年，还是一年，这要看突厥雀飞起的时机。”

“那你们得有机会将这些金帛换成刀剑。”李靖马上说道。

“你什么意思？”

李靖长长一声叹息：“你大概是来察探我们的军情吧，难道你没看出点什么吗？”

突利再一次环视大殿，迷惑越明显，李靖的笑容越轻松。

“唉，我以为你已经看出了。”李靖替白狼旗主惋惜，“你没看到这里就我一个武将吗？你既然认识我，不会不知道一些唐朝的大将吧，夺你们的马，还将你们郁射设的大槊夺走的尉迟敬德你们不会不认识吧，还有李世勣、秦叔宝、程知节，你该听过这些名字吧。”

突利还以沉默，但他脸上的表情告诉在场的每一个人，他听过这些人。李世民饶有兴趣地观察着这场对话，他看到突利脸上的慌乱越来越明显，李世民难掩得意的笑容，这似乎更让突利不安。

“他们都不在这里。”李靖嘴角的笑意浓得足以吞下一个迟疑的陌路人，“你猜他们去了哪里？”

“泾州？豳州？朔州还是灵州？”李靖自问自答，“他们全在你们的归路上，等你们腰间缠满金帛，是否还挥得动手中的大刀长枪？”

突利的脸变得苍白，他突然大笑起来：“那我要谢谢你，回去之后，我会将你的这番话转告，这下他们会放弃金帛，而要你们的长安！”

“你回不去了。”李世民在上面冷冷回答，“我今天先斩你，明天再擒拿颉利！”

突利瞪大眼睛，仿佛不相信这话从对方的嘴里说出来。

“我是使臣，两军交战，不斩来使！”

“对弃誓来犯之人，我想不必遵守什么规则。”李世民轻声说道。

突利的手按在剑柄上，但他不会真的笨到拔剑吧。李世民为盟弟叹息，他本不该来，是什么让他做出这样愚蠢的决定？

宇文士及轻咳一声，“突利可汗未必是背盟之人，我看他是不得已听命于颉利，他既然来了，就是信任我大唐。”

“我看还是以礼遣还为好。”封伦接口说道。

“以礼遣还?!”李世民望着香火兄弟愤怒的脸，“他们惯将我们的仁义当软弱。”李世民朝殿外大喝，“来人!”

突利拔出长剑，咣当一声，长剑掉在地上，李靖用脚踩住利剑。

禁兵披甲而入。

“将他先押下去，等我擒了颉利再跟他说话。”李世民下令，不顾香火兄弟的怒吼。

突利的抗议声似乎还在殿内回响。

“你刚才把我们的作战计划全部告诉了他。”李世民对李靖说道。

“我不想说谎话，也现编不出合适的谎言，殿下让我说，我只好有什么说什么。”

“不欺售欺，或许李总管这假亦真真亦假的说辞倒能骗到他。”杜如晦说道，“突利说得也不全是假的，只怕突厥人真的已经兵临渭河。”

“我们必须要迎战，不能让他们渡河到长安城下来，长安城经不起第二次动乱。”房玄龄似乎心有余悸，当日他留守秦王府，被东宫余兵冲击，差点被攻破大门。要是突厥人兵临城下，谁敢保证那些臣服的逆党不会再次倒戈?

“长安城内只有数万兵马，不能轻出!”宇文士及断然否定这个提议，“况且李艺占据了豳州，要是他跟突厥人合势……”

“不会。”长孙无忌挥手，仿佛这个问题如空气般被挥散，“李艺这些年跟突厥人没少交战，况且以李艺孤傲的性格，他也不会跟突厥人搅到一起。”

“你说得倒容易!”宇文士及不满年轻人的手势，反唇相讥。

交战的人未必不会站到一起，孤傲的人也未必不会低下头颅，要是你早点进入豳州，就不会有这样的麻烦，李世民强压下对好友的不满。

“李艺的事情暂时顾不上，但突厥人未必知道李艺反叛的消息，就算知道，也不敢轻易与他接触。在他们搞清楚之前，我们就要让突厥人从渭河边退去。”李世民为臣子的争执画上句号。

"药师，计划是你泄露的，怎么退兵也该是你的事。"李世民依旧问向了李靖。

李靖从地上捡起那把突厥宝剑，用指轻弹剑身，长剑发出长啸。"破敌之计就在突利身上。"

"你已经有破敌之计？"李世民问道，尽量让自己的语气带上惊讶。

"殿下将突利关起来时，就已经留下破敌之计了。"李靖说。

"是什么？我只是气愤。"

李靖不经意的微笑被李世民捕捉到，他知道我的计策。李世民暗想，但这该由你说出来，你要成为北征元帅，就该证明自己。

"突利不惜犯险到长安来，不过是为了探听情报，这说明他们并不像说的那样有把握，更不像他们说的那样团结。"李靖说道，"他们的关系很脆弱，内心更如同弓弦一般紧绷。对于脆弱的关系最好的武器是金钱，而要让对方的精神崩溃掉，莫过于一些神秘的东西。"

"你先说神秘的东西。"李世民来了兴趣。

"我们可以在他们驻营上水处施毒。不用多大的毒量，只要毒倒他们一些马，就足以让他们以为这是上天的惩戒，夜半，可以放狼进去，他们相信马嘶会是不祥之兆。"

"下毒？这是我父亲用过的招数。"长孙无忌说道。

"这个管用吗？"李世民问。

"管用！"长孙无忌带着骄傲。他的父亲是突厥人的噩梦、隋朝的长城。"突厥人以为天降恶水，连夜拔营遁去。"

"管用就好！"李世民突然想到，"那狼呢，我们去哪里找一群狼？"

"狼没有，但据我所知，现在东宫里就有一只山猫，还有许多野性犹存的恶犬，齐王府的兽坊里也有不少这样的东西吧。"李靖回答。

李世民拍案叫绝："玄成要是知道你这个主意，只怕也要佩服你。"

"魏公？"李靖一头雾水，房玄龄跟杜如晦笑了起来。

"是他。先不管他，你说说金帛之策。"

"殿下可舍得倾空府库？"

“这是天下之财，用以养天下人。”李世民发出叹息，“但形势如此，做个守财奴有何用？”

“那就好，请殿下倾空府库，尽付突厥诸达官。”

“他们各得其财，怎么会关系破裂？”宇文士及疑惑不解。

“请殿下去渭河面见颉利，亲自奉上金帛。”李靖解释，“但要将突利扣住，并且给他最大的一份。”

“等你回来，这太极殿是时候交给你了。”父亲的话犹在耳边。黑龙扬蹄踏过玄武门，鲜血已经被洗刷，门前甚至比别处更干净。地面上的血迹容易抹去，可人记忆里的血迹比任何污渍都要顽固。经过城门时，李世民仍能闻到血腥的气息。

有的东西洗不去，但会被人遗忘，李世民安慰自己，历史只会留下胜利者的光辉跟失败的耻辱。多久的胜利才足以抵消一切？没有人保证这个期限，但一次失败就足以暴露一切。覆轨并不远，前朝炀帝一去扬州，瓦岗山的檄书便天下传诵。

我不会失败，我向来不会失败，李世民挺直身子，马蹄轻轻叩响地面，房玄龄紧随其后，依旧是一身儒装。长孙无忌跟李靖则并行在后。辅机竟然全副铠甲，身为武将的李靖也不过披了一身轻甲。李世民想笑出声来，但终于还是忍住了。宇文士及骑在最后，胯下的灰斑马蹄步犹豫。他本不用来，但他出使过突厥，长安城内就他对突厥最了解。

外面几乎见不到行人，北门屯营守卫森严。经过屯营时，李世民没有停下，后面有一阵略急的马步声，宇文士及从后面赶了上来。

“殿下，屯营过了。”

“我知道。”李世民不急不慢。

“我们……”迟疑写在他的脸上，宇文士及擦了擦汗，“我们不是去屯营领兵吗？”

“不用，就我们去渭河。”李世民侧头望着惊讶的中书令。他也算经过大事的人，跟自己的兄长宇文化及弑杀隋炀帝，与李密、窦建德争雄中原，又出使突厥，这么多经历都没有让他变得胆大一点？

“我们五个？”

显然，他识数，李世民点头，“就我们五个！”

“太冒险了！”宇文士及惊呼出口，长孙无忌嘴角动了一下，准备赞同这个判断。

“那怎样才不算冒险？”李世民策动坐骑，“闭上长安城门，然后看着突厥的骑兵四处劫掠？”

“不是……”红色爬上宇文士及的脸，“等诸军大集再迎战也不迟，至少，我们要率些护卫前去，五个人……这太轻敌了。”

“不是我轻敌。”李世民放慢马步，“是突厥人太狂妄，他们趁我国内有难，倾国而来，竟然敢深入到关中之地，无非是以为我们挡不住他们，要是再闭门拒战，只会鼓励他们放兵大掠。等他们渡过渭河、陈兵城下，谁能保证可以阻止他们？”

“那我们也该等等，府兵正在路上，用不了多久。”

“没有时间了，突利已经被我们关了三天，颉利等不到突利回去，就会生疑，一匹疑惑的狼有可能退去，也有可能冲进来，在他冲进来时，我们得挡在他面前。”

“可是……”宇文士及欲言又止。

“宇文相公，殿下此举也是情势所逼。”房玄龄在旁边说道，“再说，数骑有时候胜过千军万马。”

“你要害怕，你可以留在这里。”李世民突然说道，这引来宇文士及的大声抗议。

“我没害怕，我只是谨慎！见突厥人怎么可以没有我?！我可是出使过突厥的人！”

李世民脸上浮现出笑容：“突厥人也在等我们吧，他们的大营现在怎么样？”

李靖回答了这个问题：“昨天从渭河上漂来十余匹死马，晚上，突厥大营的马嘶声都可以直接传到长安城。”

从这个声音里，李世民意外听到一丝激动。

他在激动什么？换作我，也会如此吧，李世民不禁在心里叹息。

“颉利可汗安好！世民在此见礼！”李世民拱手，朝对岸大声喊道。渭河桥横在中间，说不清是为连通还是隔开两岸，一面金色狼旗被沿渭河岸而下的夏风吹得呼呼作响。颉利可汗方正的脸从一顶圆形头盔下露出来，身上铠甲上的薄片用丝线连缀起来，李世民怀疑那些是金线，在阳光的照耀下正发出耀眼的光芒。

天气很热，李世民有些同情他，转而庆幸自己今天只穿了一件圆领衫。

颉利可汗骑着披有铁甲的战马，他的声音洪亮。

“太子殿下安好？去年冬天，你还是秦王。想不到再次相会，你已经成了太子，只怕不用多久，就该称你为天子吧。”颉利可汗的话里很难说没有嘲讽之意。

你会有机会的，臣服在我的太极殿内，呼我为天子。李世民想着。

“我也没想到，才别半年，可汗又劳师动众，千里而来。”

“殿下新登储君之位，我们岂可不来贺喜，说不定我们还有机会观礼殿下的登基大典。”

“可汗客气了，竟然倾国来贺！世民真是担当不起。”李世民回答，目光所及，尽是突厥的军旗。突利没有夸张，算上四条腿的，他们当真有百万之众。

“那是突厥的郁射设。”宇文士及指着颉利旁边的英俊少年低声说道。

黑狼主？李世民盯着他看了一眼，然后目光落在颉利身边的少妇身上。她比颉利可汗有胆量，一身紫色的长袖衫，衣襟用金线装饰，领下袖口以及衣襟上点缀着金色与绿色的宝石，腰间的一把长剑为她的华丽添上了英气。

“她是突厥的可敦，隋朝的义成公主。”宇文士及说道。

“哦……”李世民仿佛感到了那张脸的慌乱，因为她的坐骑不停地踱步，而李世民努力克制着不去看李靖的脸。

“她旁边那位就是萧后了，你的岳母？”李世民望向义成身边年纪大一点的贵妇。他曾经在上元节的长安街头见过对方，彼时只隔了数步之遥，那时，长孙无忌压低声音告诉他，那位身材高大却穿着民服的汉子就是微服的隋帝，而他身边艳丽的贵妇就是萧后，当时李世民亦大吃一惊。十多年过去，他仿佛还能从河对面那个身影上看到些许当年绰约的影子。

“前岳母……”宇文士及在擦汗。

“可汗既然来了，何不现在就入城痛饮！”李世民隔江大声喊道，“突利可汗已经在我的殿内等候。”

一阵躁动清楚地传递过来。

他们在怀疑，猜忌的种子已经发芽，正等待破土而出。

“殿下盛意，却之不恭，只是不知道殿下的长安可住得下我这百万雄兵！”颉利的声音传来，宇文士及退了一步，“殿下，我说过的。”

李世民将马策前一步：“关中乃是百战之地，三尺之土尽是白骨，莫说百万，就是千万也装得下，只怕可汗不愿过来。”

阳光照在渭桥上，护桥木桩在河面静卧，承载着发光的青石墩。

“它只有半里长。”宇文士及低声提醒。而李靖铁青着脸，挡在宇文士及的后面，彻底阻止他再退一步。

对岸的突厥大军像被风吹动的湖面，铁甲翻动，马鸣如鼓，他们要过河来？他们真有这样的胆量？

李世民又往前三步，取下背上的大弓。

“突厥百万之众来会，世民却以区区数骑相迎，似乎失之礼数，请让世民唤些唐朝儿郎前来相迎！”

弓弦被拉满，嘣的一声后，大箭冲天而去，弓弦铮鸣，继而一声尖锐的鸣嘀声响彻天空。

“殿下？”宇文士及困惑不解。

“我们不止五骑。”房玄龄安慰着新任中书令。无数的大旗开始从天际上露出来，很快便填满渭河之东的天空。铠甲开始统治渭河之东的大地，银色的明光甲让天空都显得黯淡。

“黑旗！李世勣终于来了。”房玄龄兴奋地说道，一边根据军旗的颜色念出唐朝的军号：“参旗军、井钺军、羽林军、鼓旗军、骑官军、玄戈军、平道军……没有十二个，但也差不多了。”

这是父亲重建的十二军，他或许曾希望亲自指挥这些大军。李世民突然想到了长安宫里的那个老人，重重宫殿里，光线被挡在外面，老人暮气沉沉。他是铁匠，打造兵器；而我是剑士，负责挥刃。

“世民！天节军也在！”长孙无忌激动地指着远处一面大旗，那上面确实用青线绣着“天节”两个大字。

李世民倾听着渭河对岸的马鸣声，那些马声里带着恐慌，他判定。

“我大唐儿郎至矣，还请可汗过桥入城！”李世民大声喊道，颉利紧闭厚厚的嘴唇，不愿给出他的答案，而哗哗的声音难以抑制地响起，十余名酋长已经做出选择。

那是突利管辖的部落？李世民想到，颉利可汗怒视着他们，可依然无法阻止他们翻身下马，朝着渭河之东俯首罗拜。

大军在渭河边的原野停住，数骑脱阵而出，最前面的是骑青色大马的杜如晦，一位着明光甲的大将策马在后，再往后是盛甲的禁兵，一位旗手举着红色的天节军旗，夏风吹起大旗。

“是薛万彻！”房玄龄的声音里充满惊喜。

“是他！”李世民不忘回望大舅子一眼，长孙无忌的脸微红。不过一刻，数骑已经奔到眼前，杜如晦朝太子点头，然后站到了一边，将真正的主角让到了前面。

薛万彻骑着一匹杂白的母马，左手提着缰绳，平常提槊的右手提着一个黑木方盒。

“这是？”虽然猜到了里面是什么，李世民依然问道。

“李艺的人头。”薛万彻回答，打开手中的木盒，乱发上凝结着血块，李艺的眼犹圆瞪着一切，似乎死前一刻都无法相信自己的命运。“我答应过殿下，要么带天节军来，要么带李艺的人头来。”

李世民带着赞许看向这位幽将，却从他的脸上找不到一丝欣喜。他手刃曾经的上司，这里面肯定有许多故事，但如果不是他主动提起，最好不要打听。

“你两样都做到了。”李世民说道，“天节军的将士全数在此？”

“一个不少，听候殿下调遣。”

“好，好。”李世民禁不住点头，“我大唐再无内乱，这样我们可以看突厥的好戏了。”随即他转向杜如晦。

“克明，让诸军退后三里结阵。”

“三里?”宇文士及诧异，“这不是给突厥人让开渡河的空间。”

“我们邀请对方入城，总要给人家腾些地方吧。”李世民回答。他的兄长兵败身亡，这位小弟也出力不少吧。看到宇文士及困惑的表情，李世民无法不在内心嘲笑对方。

“这太危险了……”宇文士及嘀咕着，但看到他的话无法引起共鸣，便及时收住了嘴。

杜如晦跟薛万彻离去，数刻后，大军开始移动，向后退去并重新布阵。

“可汗，我军已经后退三里，为你的百万大军让开了地方，可汗要是愿战，请现在就过桥，我绝不做半渡而击的事。如果愿和，就请可汗亲自过来，我以五骑与可汗缔盟。”

对岸陷入了沉寂，但终有人打破坚冰，一阵粗野的声音响起：“我们愿和!”随即呼声四起，金狼旗正在失去它的权威，李世民替颉利叹息。他没有别的选择，当第一位酋长向我跪拜时，他就失去了控制力。

颉利的声音终于响起，无论多么不情愿：“太子殿下，我愿和。”

渭桥的木板发出吱呀的声音，颉利可汗走在最前面，身板宽阔，铠甲合体。他有野心，却没有与之匹配的能力，更缺少一些运气。李世民替这位突厥头狼惋惜。义成公主则让他眼前一亮，他忍不住瞄向他的行军总管，李靖仿若遭雷击一般，不像往日般气闲神定。我指望着他横扫北庭，他却首先需要战胜自己的过去。

再后面，自然是那位郁射设，他比我还年轻，李世民突然想起了自己的四弟。他已经死了，李世民马上将这个想法清扫出去。其后，他意外地发现那位萧后也来了，她终究是老了，跟长安街头的记忆相比，仿若隔世。不经意，李世民在这位亡国皇后的眼角收获到了愤怒，那是带着诅咒的眼神。

最后踏过渭桥的是一匹白马，马上无人，连马鞍都没有装。

“可汗。”李世民迎了上去，“我要感谢你的仁慈，你做出这个决定，救了数以万计的性命。”

颉利的脸色若不是被阳光照的，便确是变红了。

“殿下言重了，我们突厥人善战但绝不是好战之人。”颉利说道。

刚才还号称百万大军，直抵长安，现在就变成与人为善之徒？李世民回答：“这是自然。”

“公主！”李世民转向义成行礼，“隋朝虽然亡了，但你血管里还流着汉人的血，唐朝也就是你的新娘家。”

义成怔了一下，似乎才反应过来，随即还以如水般淡的微笑。在这片河岸，她的眼里大概只有一个人的身影。李世民心想，却无意听到一声冷笑。

“我们杨家的人还没死光，义成也不需要一个新娘家！”

“萧娘娘。”李世民向这位曾经母仪天下的人奉上笑容，“论辈分，您还是我的婶婶，长安也永远是您的家。”

“家？”萧后讥笑，“殿下的兵似乎不这么想，他们数年来追着我这个未亡人不放，大概认为长安该做我的坟墓。”

“娘娘，打着唐旗的人未必是唐兵，我们不会赶尽杀绝，何况我们还是亲戚。”

隋后脸上的嘲笑意味更浓了。

“我现在庆幸跟你们李唐只是表亲，而不是亲兄弟。”

李世民的手在抽搐，别说得好像你们没有兄弟相斗、父子相杀一样。李世民将这句咽下，迟疑了一会儿，他掏出了一个锦包，朝萧后扔去：“娘娘这样对待帮助过自己的人？”

萧后伸手接过，脸上写着狐疑，犹豫了一刻，她打开锦包，一对小巧的球形金耳坠展现在萧后的掌心。萧后的脸色开始变得苍白，这让李世民不经意地露出得意的微笑。

“这是……”萧后努力克制自己发出惊讶的声音，而短暂的得意过后，李世民意识到自己犯了一个小小的错误。

有的东西就该永远藏在最深处，他决意将目光从萧后身上移开。

“这位是郁射设？”李世民看着黑狼旗主。

“阿史那摸末。”年轻人自报姓名，脸上带着莫名的傲气。

他有一张帅气的脸，但只怕跟我那位四弟一样，是个有勇无谋的匹夫。要是他稍有点勇气，只怕就会是我去对岸求和，而不是坐在这里。

最后，李世民望向了那匹白马，它毛发光滑，难以找到一丝杂色。蹄是青色，马并不高大，但这是一匹上好的突厥马。

“殿下，我愿与你刑马为盟！”可汗说道，变戏法般掏出两个绿色的玉碗。

“刑马……”李世民明白过来，可白马浑然不觉，低头寻找着青绿的嫩草，伸出厚厚的舌头卷入青草细细咀嚼。他比我更想结束这场对峙，然后拿着我大唐的金帛回去，就像突利所说，他们会用这些财物打造利器，等待下一次寇鸟南飞之时。

“殿下不愿意？”颉利问。

“怎么会？可汗如此有诚意，世民求之不得。”李世民抽出腰间的宝剑，“这是可汗之地的雨后剑，用它施礼，可汗不会反对吧。”

颉利点头同意，李世民将剑递出：“药师，你来！”

李靖接过长剑，神色恍惚，他不会笨到要斩下颉利的头颅吧，看到李靖翻身下马，手中提着剑朝颉利走过去，李世民突然冒出这样荒唐的念头。爱情是魔鬼，可一名大将为情所困就太可笑了。李靖绕过颉利可汗，走到白马之前，白马终于感觉到了危险，不安地用蹄踢地。

“大唐突厥以此马为誓！”李靖大声说道，随后刺出长剑。“两国后世无相攻伐，有相攻伐者，令其命如此。”剑从颈部刺入，血腥味扑面而来，颉利将碗交到郁射设的手上，黑狼旗主跳下坐骑，白马轰然倒地，双蹄不住地跳动，李靖的身上则沾满马血。黑狼旗主伸出玉碗在白马的脖子处接上马血，递回给可汗。

“殿下，请！”可汗将血碗递过来，腥味刺鼻。

李世民接过来，血色浓郁，或许我只需要将血抹在嘴唇上，李世民不记得在哪本书上看过刑马之仪，但颉利可汗仰脖，已经将马血倒入嘴中，喉结蠕动，他挥手擦去嘴角的马血。

你我都明白，白马之死换不来和平。李世民举起血碗，一饮而尽。

从玄德门进入东宫，李世民从未如此疲惫，马血让他昏眩，劳累袭上身体。

“你们回府休息。”李世民对随行的人说道。突厥的大军正在撤走，但他们什么时候会再来？“明天早上你们再来。”李世民吩咐，“明天要欢送我那位香火兄弟，你们都来作陪。”

李靖第一个告辞，紧接着是宇文士及，而学士没有多说，他脸上的疲劳更甚。长孙无忌似乎还想跟着进来，李世民一挥手就打发了朋友。

“世民。”刚进宫门，妻子已在等候，旁边停着一辆马车，或许是因为阳光，她平素苍白的脸上多了一些红晕，“突厥人退去了？”

“退去了，得贿便退，他们还能有什么新的招数。”李世民望着妻子，她还穿着在弘义宫时的旧衣服，“我答应给你做些新衣服，可府库为之一空，只怕又要迟些时候了。”

太子妃摇头：“衣服再多，也只穿一套不是，我现在的衣服很好，府库空了，也没什么打紧。”

李世民欣慰地牵起王妃的手：“你倒不在乎，可这次退兵，不少人立下大功，府库空了，拿什么去赏他们，没有金帛，便只剩下官爵。可你知道，金帛再多也不过是物品，官爵再低也意味着权力。你说，该给这些立功的大将封些什么官爵合适？”

“世民，你不该跟我说这些！”笑容突然从妻子的脸上抽去。

“什么？”

“我不过是一个妇人，怎么敢同你商议政事？”说完这一句，笑容重新回来，“我只管我可以管的。”她指向身边的马车，“妹妹，你出来吧。”

太子妃握了握夫君的手：“我说过，要让你们再续今生缘。”

马帘掀开，李世民感觉自己的头更昏眩了，杨珪脸带羞涩地展现在他的面前。

第七十五章　圣人可汗

【萧美娘】

金线勾勒的锦包只在水面上浮了一会儿就沉入到渭河。

突然杀来的骑兵？曾经的救命恩人？萧美娘苦笑，曾经的秦王、现在的唐太子是指望我会感谢他。

不会的，他在把我当傻瓜，我不过是他利用的工具，一件用来对付政客的工具，这样的施援是一种耻辱。

萧后没有再看那个锦包一眼，也决意不再想这后面的故事。

她策马跟上大军，一支满载而归的败军。锦包沉江而下，失意却如江水一样在脑海里四处泛滥。

大军蜿蜒前行，经过豳州时，萧美娘骑马踏上五龙坂，其时的兴奋犹在记忆里翻滚，但羞怒感更甚。我把女儿嫁给唐王的香火兄弟，这是多么愚蠢的决定！

但决定一经做出，改变它要困难百倍。美娘想起了她的女婿从渭桥过来之时，可汗用愤怒的眼神相迎，可敦也投去了怀疑的目光。我早该知道，他不是去打探消息，他是去奉送情报，并献上忠心。狼有卑劣跟高贵之分，高贵的狼从不乞食，从不背叛，卑劣的狼则反之，我将女儿嫁与了一匹劣狼。

女儿欢天喜地前迎，仿若渔妇跑向从海难中回归的渔夫，全然不顾母亲的白眼。我不再是她的依靠，萧美娘心酸地想到，她大概也已经忘了她的父亲。

颉利可汗一反常态，没有给什钵苾一个欢迎回家的拥抱，而是掉头走掉，把突利可汗尴尬地剩在了原地，可敦挤出的笑容勉强得像馊掉的面皮，而摸末眼中的妒火可点燃整个漠北草原。什钵苾的身后紧跟着数十辆马车，不消说，里面装着他香火大哥慷慨的赠送。

“这些东西是……”

女婿结巴地解释着这些东西的来由，摸末用讥笑打断对方，“进一次长安城就能得到这么多好处，难怪你抢着要去，但我不会妒忌，也就你能独闯龙潭，要我去只怕早已经丢掉了这条命，更不用提赚这么多好处了。”

突利脸色铁青，在岳母眼里，他脸上的伤疤从没有像今天这样难看。或许我应该把女儿嫁给摸末，至少摸末懂得忠诚。萧美娘记得自己当时叫了淮南的名字，可女儿紧握着夫君的手，脸上笑意层砌，全然不闻母亲的呼唤。

接下来是漫长的归途，费时是来时的三倍还多，唐朝人又一次用诱饵挡住了突厥的利剑，运送货物的车辆在路上压出深深的车印。

经豳州，进入泾州，想到突厥人在此浪费掉宝贵的半个月，萧美娘心中又刺痛了一下，这也是什钵苾的错！萧美娘望向前面，女婿跟女儿并肩骑马前行。要是他爽快地答应我出兵，就不会误了战机。

从泾州出来后，经庆州、延州一路向北，半路上，长安的使者从后面追上，通告太子登基的消息，可汗回以贺礼！秦王成了唐帝，复国之梦越来越远，可原本不该是这样的。

可汗率领大军绕开了灵州，他在害怕，当可汗宣布取道夏州时，萧美娘从他眼里看到了畏惧，他害怕驻守在那里的唐朝江夏王。来时，他可不是这样，大军一路南袭，江夏王何曾被他放在眼里。饥饿的狼永远要比饱餐之狼勇猛。萧美娘回头看颉利可汗，他跟妻子同行，却迅速捕捉到了美娘的目光并回以笑容。饱食之狼失掉勇气，却替以淫欲。今天早上起行之时，可汗借口帮美娘上马，手却没有像他的石板脸看上去那么老实，借着薄薄的纱衣，他的手摸过美娘仍保有弹性的臀部。可敦毫未察觉，从渭河之岸起，她就神情恍惚，丈夫用手出轨，妻子却在思绪里外遇。萧美娘不知道该同情哪一位。美娘轻轻推开那只如田鼠般骚动的手，末了却在可汗手心轻轻挠了一下。男人，萧美娘心想，婉拒比引诱更有威力，但不要忘了在他身上系上无形的绳索。

蹚过无定河，绕道朔州，大军向定襄进发，突厥人决定在那里做最后的聚饮，然后分道扬镳。我们用不了多久就会重来，到时，我们会更有力量，颉利可汗如此保证。可你们会更团结吗？孤狼连草原都无法称雄，何况远征中原。萧美娘反问，直到羞愧在可汗的脸上呈出红色。他是真不知道问题出在哪儿，还是没有勇气跟决心去解决？他粗糙的手借机擦过我的乳房时可没有这么犹豫。

白狼差不多算是唐人，黑狼也野性难驯，行至半路，摸末离开大军领着部众到四处劫掠，美娘想不通为什么一个年轻人对财产如此痴迷，土地才是值得用命去搏的，其余财富不过是我们脚下这片土地的产出。而金色狼旗？美娘冷笑，这片大旗仍在前面飘扬，但在美娘眼里，它跟太监的裆部一样无力。

无聊的征途，无趣的战利品，最后还要回到让人备感弱小的定襄城，明知那座边城是唯一属于自己的土地，美娘依然对它提不起兴趣，越靠近它，她越是思念渭水边的长安。那才是我的都城，我离长安越来越远，这会不会是我离长安最近的一次，回程中，美娘无数次悲哀地想到这一点。要是这样，我还不如死在迷楼，死在我的夫君身边，那样至少我还可以跟夫君同埋一穴，而现在我却要死在这黄沙遮日的塞外。

若不是政道还在定襄，我绝不回到那里，萧美娘甚至想到。可定襄低矮的城楼依然无可避免地出现在一片黄坡之后，大军的行军速度明显加快了许多。

淮南欢呼雀跃，回头大声向母亲招呼："阿娘，我们到家了！"

这不是你的家，美娘在心中回答女儿，却不得不用脚去蹬坐骑，可汗跟妻子从后面跟了上来。

"娘娘，我好久没有见到政道了。"可汗说道。

我也是，为了你们愚蠢而一无所获的南征。但萧美娘回答："你马上就会看到他，他长高了不少。"

"谁能想到你已经当上了奶奶。"颉利恭维。与其说好听的，不如实践曾经的诺言，萧美娘还以微笑，颉利误会为这是对方谦虚的否定。

"义成，你说我说得对吗？"颉利对妻子说道。

“啊……”义成回过神，“对，当然，她看上去比我还要年轻。”

“瞎说，”美娘骑马靠近义成。愚蠢的妹子，你这是鼓励你的夫君接近我？“你们这样哄我，算是敬老吗？”

“娘娘绝不老！”可汗呵呵笑道。

定襄城门终于完整地呈现在眼前，城门由榆木做成，坚厚结实，可以抵挡冲车野蛮的攻击，但与帝家的奢华无关。柳妍一只手牵着政道站在城门之前，淮南跟丈夫已经不见了影子，两人想必已经入城。

美娘在门前下马，政道给了祖母一个热情的拥抱。我什么都没带给你，美娘带着歉意，抚摸着孙儿的头发，抬头的时候发现柳妍脸上施着胭粉。一个年轻貌美的寡妇，在我离开的时候，她会有什么故事？她要是够聪明，就该用自己的身体去换一支大军，而不是一滩浮白的液体。

“酒宴准备好了吗？”萧美娘克制着不去猜测脱掉儿媳纱衣的是某个侍卫或是某个汉臣，“可汗难得来定襄，我要设宴招待可汗与可敦。”

“准备好了。”媳妇略微低头，轻声回答。

“娘娘，”义成用手加额，“谢谢你的好意，我太累了，我想好好睡一觉。”

想要将某个人忘掉，莫如用酒将他在心中淹死，睡觉没有用。萧美娘想如此说，却不敢肯定。酒精只管一夜，每当酒醒之后，夫君的样子却更清楚。

“阿甜，睡房已经收拾好了。”不等美娘回应，柳妍说道。

“睡觉？那岂不拂了娘娘的好意。”可汗开口说道。

“可汗您去吧，我实在是太累了。”义成有气无力，将丈夫推了出去。

接风宴丰盛依旧，场面却冷清。摸末没有赶回定襄，此刻不知在哪里收罗自己的战利品。什钵苾跟妻子早早离开，这个可耻的叛徒是否已经在自己女儿的肚里播下种子？萧后难以抑制地去想，他最好没有，但有也无所谓，或许更好，这样我的外孙就会成为一族之长。义成如她所说，进城后就没有露面。换作我，我也愿意找一个没有人的地方，发呆、哭泣，咒骂命运。萧后举起美酒敬可汗，一个粗犷的男人向来难以察觉妻子内心的异样，何况还是一个把目光盯在别人身上的男人。

可汗一饮而尽，酒渍在浓胡处闪烁，脸色比烛光还红，大红脸上方的眼神迷离得像发情的大猫，而不是狼。趁他是猫之时，给他套上颈圈，然后驱使他、鞭打他，美娘禁不住想。

歌舞终于停了下来，这是最后一场，奏乐也已停止，按照突厥人的习惯，该在外面的空地上燃起篝火，喝酒、唱歌、赞美天神，摆动身肢乞求赐福。可今天没有篝火，只有欲火在某人身体里炽热燃烧。要是现在可汗站起来扑向她，她也毫不奇怪，唯有厅内的一些人不该看到这些。

媳妇依旧在，先前招呼客人、安排活动，她做得有条不紊，倒有七分管家的样子，可管家不该只会干活，还要学会观察。

“你该回去看看政道了。”美娘吩咐媳妇。

他现在没有你还是不能睡着吗？在北逃的道路上，无数次的惊吓让这孩子变得神经衰弱，没有母亲的怀抱就无法入眠。想到可汗在眼前，美娘没有问出口，她转向身边的随从：“你们也都下去吧，我跟可汗还有军国大事要谈。”

“对！”可汗马上附和。媳妇点头，随从鱼贯而出，她最后一个迈出大门，在房门处她迟疑了一下，又转过身来将房门掩上。这个机灵的动作让美娘格外厌恶，她知道些什么?！如果她能多笑笑，就该我来掩房门，她坐在这房内。

脚步声消失，萧美娘手提酒瓶站起身来，今天她刻意挑了一件镂空的丝衣，这是唐朝的贡物，且当作兵器好了。夏风吹动衣裙，肉体若隐若现，她款款移向可汗。我的脚步难说轻盈，至少比不上那些舞者，连萧美娘自己都困惑魅力来自哪里。最后，她打消寻根问底的打算，既然有价值，就值得去兑现，何必去深究。

“可汗，可喜可贺。”萧美娘确认自己的笑脸足够真诚，“这一次又是满载而归!”

“哈哈，狼在羊群自然是有呼必应。”可汗的眼神似乎已将美娘的薄纱除下，他直直望着美娘在他身边坐下，恣意的狂笑让胡须都颤抖。

“突厥人，不，草原人都会感激可汗的，没有可汗，谁能带领他们从灾年里走出来?”美娘提起酒瓶，将可汗面前的空酒杯注满，“只不过两次入侵，唐朝府库为之清空。”

“没错，”可汗突然皱着眉头，“我都在发愁他下一次拿什么给我们？”说罢，颉利笑得前俯后仰，手却不老实地摸向美娘的腰间。

“上一次抵达豳州，这一次到达渭河，我毫不怀疑可汗下次将骑马纵过朱雀街。”美娘推开对方的手，将酒杯塞到他的手里，却难以避免这位头狼借机握住她的手。

“可汗，”美娘没有抽开手，要让狼心甘情愿地套上颈圈，总要给他一些甜头，“到了那一天，你就是圣人可汗。”

“圣人可汗？”

“是的，圣人可汗！我的夫君就曾经是，自天以下、地以上，日月所照，唯有圣人可汗。到时，你只需坐在长安的太极殿内，四方贡品就能阻塞官路。”

“这听起来不错。”可汗将酒杯倾空，“就在下次，或许就是这一年的冬天，等大河冰封，我们就可以去长安。”

“可是，可汗……”美娘深叹一口气，“只怕有人阻止您。”

“你说唐王？”颉利坚定地否定对手，至少听上去如此，“他挡不了我们，上两次是他运气好，但一个人不可能永远靠好运取胜。”

“我说的不是唐王，唐王取胜也不全是好运。”美娘再次为他倒酒，看着他喝下去，“祸害在我们自己身上，你仔细想想，是谁在关键时刻与唐王私会，是谁不在可汗规定的时间汇兵？又是谁跑到长安，让我们陷入被动？又是谁的部下在渭河边向唐王罗拜，让我们不得不接受和谈？我们原本可以挥师长安，如果那样，我们此刻就是在长安城里，而不是在这个小小的定襄城！”

“你是说什钵苾？”颉利停下酒杯，连握美娘的手都松开了。

美娘抓住他逃脱的手，“是他，你没看到回来之时，他满载唐王的礼物，我敢保证他那些箱子里的东西比可汗的要好很多，我亲眼看过！”

“是吗？”愤怒在可汗的脸上积聚。

“他跟唐王是香火兄弟！他岂会坐视你杀进长安，或许唐王给他的还不止财物。”

“你是说……”

“可汗应该清楚，他原本也是汗位的继承人，当年他还小，可现在他长大了，还是诸部之长，有自己的狼头大旗，享着‘小可汗’的名号。”

“他敢！”啪的一声，颉利将酒杯拍到案上，“他的那些部落兵岂是我附离勇士的对手！”

“他自然不是可汗的对手，可他要是跟唐王联手呢？身体内的突刺再小再弱也会要人的命。”美娘轻声诱导，“我们为什么败给唐朝？那是因为今天的长安城内只有一位皇帝，而我们却有两位可汗，这削弱了你！”

颉利露出些许慌乱：“那该怎么办？”

“擒住什钵苾，夺去他的可汗之位跟幽北之地！”

“他不会善罢甘休的。”颉利可汗摇头。

“那就让他去见他的父亲，唐王能做到的，可汗你比他要软弱吗？”

“当然不！”颉利断然否定，可转眼又变得胆怯，“他有兵马，那些蛮人不好对付。”

他竟然叫幽北之族为蛮人，萧美娘觉得好笑，却不敢笑出来，“他管辖的部落？他们会走的，装满猎物的猎人不都想着及早回家吗，让他们回幽北，他们会感激可汗你的。”

“那什钵苾也会跟着离开。”

“不会，你忘了，他是我的女婿，这里是他的半个家，他不会急于离开的，我保证让他多待两天。”萧美娘解释，“等突厥的兵马尽在可汗之手，还有谁是可汗的敌手？长安城将是可汗的，东都洛阳也是，还有扬州，可汗，你一定没有去过江南。我敢说，你会喜欢那里的，你将成为突厥第一位圣人可汗！”

“圣人可汗！”颉利眼神迷离，突然抱住了美娘。

“可汗……我们在谈正事……”

“你要我做圣人可汗，也该让我先尝尝圣人可汗的滋味。”颉利抓住美娘的胸部，“娘娘。”颉利手忙脚乱，他撕开萧美娘的丝质内衣，“那年你跟圣人可汗来草原，我就喜欢上你了。”

颉利咽着唾沫，一口含住了美娘粉红的乳房。

这个可怜的家伙，他究竟是看上我，还是想圆他过去的梦？美娘躺下，除去对方的长衫，指引着这个粗壮的汉子进入自己的身体。

第七十六章　使臣

【李靖】

黑烟笼罩着村庄，泥墙倾倒一地，木梁多半已成黑炭，剩下的部分仍在燃烧，马蹄印杂乱，尸体随处可见，有的胸被刺透，或者是被斜刺着从背到颈拉开一条令人恐怖的伤疤，这是被人骑马从后面挥刃造成的伤。血水汇集，血路已经干涸，一位少女的衣裙被撩起，胸部袒露在外，乳头被人咬掉了半截。

李靖将她的棉裙放下、衣衫合好："将这些村民好好葬下，他们多半有自己的祖坟。"

随从应命而去，李靖继续前行，有人被吊死，身上的绸衣被鞭得支离破碎，财富带来死亡，在说出家里的藏宝之地前他一定饱经折磨。

"卑劣！只有最卑劣的狼才会做出来的事，稍有人性的狼都不会滥杀无辜。"薛万彻从后面跟上来，长剑在手，剑尖在淌血。进村之时，在路口撞上数个贪婪的突厥人，薛万彻没有浪费这难得的发泄怒火的机会。

"是黑狼。"薛万彻说道，"我先杀了两个，剩下的一个什么都说了出来。当然，既然他已经说了，留着也没什么用。"

薛万彻掏出一块帛布，擦去剑上的血迹，还剑入鞘。

凶手是黑狼旗主？"这或许是我造成的。"李靖喃喃低语。

"药师？"薛万彻疑惑地望着他。

"我让陛下将黑狼主的金帛拨给了突利，他妒忌突利的所获，然后把怒气撒到了这些村民身上。我以为分配不均会让狼群内讧，但我没有想到，他会先从别处找补偿。”

“你不必自责。”薛万彻绕开血迹行走，靴子依然被血染红，“我们也会让他付出代价！”

“代价。”李靖肯定，“当然！我会擒住他，不但是他，还有突利、颉利，我会牧马都斤山，将他的狼群驱逐到阴山以北！”

“你是说……”薛万彻惊讶起来，“我说的是以后，你不会说是……”

“这次！”李靖在心里呐喊，我等不了许久，我见过她的样子，她的表情难说愉悦，她的身形变得瘦削，我犯下何等的错误，才会让她从雁门关外消失！我不会再错过任何一次机会，也不愿再把命运交给时间，就这次！

“我以为只是袭击一下黑狼旗……”薛万彻想了一下，摇头，“我们办不到，我们没有那么多的兵力，也没有做好这样的准备。”

“他们同样没有准备！”李靖脱口而出，作为一个情人，冲动是优点；但作为统帅，冲动会是致命的缺陷，“我们有大军。”

“三千兵马称不上大军。”薛万彻指出差距，“突厥人有数十万！”

“狼群会分散，尤其是饱食之后的狼群。等那些从狼之徒退走，突厥人还有多少兵马？顶多只有数万。”

“那也不是一个可以轻视的数目。”薛万彻终于意识到自己的这位老朋友不是在说着玩，脸上开始呈现出急色，“陛下只是让我们送他们出关，擅自用兵只怕……”

“放任他们抢掠，然后眼睁睁看着他们离去？”李靖反问，终于有活着的村民出现，他们大多哭号着往家的方向狂奔，没有家，只有废墟跟亲人冰冷的尸体。有人麻木如幽灵游荡，经过时，村民冰冷的眼神让李靖难以直视，那里没有信任，唯有冷漠。一支无法保护百姓的军队赢不了信任。

“药师，我们不能凭怒气就用兵。”

“我不是愤怒。”李靖马上否决，却难以回避内心的质问，我在愤怒，但或许还有其他的原因。我见过她的容颜，时隔二十多年后。对一个诺言来说，二十多年太漫长；对一个女人来说，二十多年太残忍。我真的在让战场之外的东西左右自己？

“万彻，我想了很久了，突厥已是强弩之末。”李靖说道，“突厥连年霜旱，骓粮乏绝，内斗不止，众部欲叛，只要我们出其不意，兵临城下，有多少部落真的愿意替突厥人效死力？这些年，突厥人将他们当奴隶、当佣兵，他们只等一个反戈相击的机会。还有那些北疆之地的汉人，突厥将他们划归定襄，可他们何曾不盼着南师北上？”

薛万彻似乎被说服了，可他想了一下，依旧摇头：“动兵不是容易的事，何况要灭突厥，就我们现在的兵马简直是痴心妄想。”

“敢想才有可能，你忘了汉将陈炀灭亡横行北疆的匈奴也不过用了区区四万戍边杂兵。”李靖说道，带着欣喜，“而且我们也不止有三千兵马！”

一面黑旗出现在天际，马蹄声隐隐约约。

“黑狼旗？”薛万彻惊呼出声，手摁在剑柄上。

“不要急着拔剑，万彻，那不是黑狼旗，而是新任并州总管的大旗。”

“李世勣？”薛万彻望了一会儿，手从剑柄上离开。

数百骑兵从坡上缓缓而来，李靖策马前迎，黑旗张扬，他已经见识过这面旗帜的锐气，做名将是孤独更是可怕的，李孝恭庆幸有我，我何尝不庆幸大唐有李世勣。李靖拱手，李世勣在马上回礼，身上照例只穿了一件无护甲的圆袍。唐朝的大将里，不喜欢穿铠甲的除了李孝恭便是这位李世勣，李孝恭以儒生自居，又有藏拙的必要，而这位前瓦岗大将不着铠甲的理由却有些奇怪。将有福将祸将，福将自有天佑，祸将嘛，全用铁皮围住也没用。在一次酒宴上，李靖听过对方的这一番高论。

“李总管怎么会来？”薛万彻说道。

“护送一个人。”李世勣边回答边用眼神示意，在后面不远处，一辆马车正陷在秋雨积就的泥坑里，马夫抽动马鞭，试图驱使马拉动车厢脱离大坑，咔嚓声传来，车厢猛地一沉，掉在泥水中。“哈哈，这辆车终于坏了，护着它，我们一天只能行数十里，这可不是好玩的，我们在路上已经碰到数拨突厥游兵，要是突厥大军合围上来，我可没有药师你那样的大才可以脱身而去。”

"是谁?"李靖问道。答案自己钻了出来，从车上跳下来时，宇文士及的脚沾上了烂泥，他随即用脚猛踢车轴，就算隔着数个马身，李靖依然可以看到对方脸上的痛楚，"他怎么会来?"

"陛下让他出使突厥。"

"出使?"薛万彻不解，"我们刚跟突厥人在渭桥刑马为誓。"

"突厥人又送了两千匹羊、两百匹马到长安，陛下特地让宇文士及回礼。"

两千匹羊、两百匹马？李靖琢磨着这个信息，朝正在怒火中的宇文士及走去。

"宇文阁老。"李靖翻身下马招呼。

"药师?"宇文士及回头，"你也在这里?"

"陛下让我送突厥人出塞北，但显然，有的人并不恋家。"李靖指着村庄里的黑烟，"你要是到了定襄，可别忘了提醒他们。"

"狼总是野性难羁。"宇文士及点头算是答应，"但有什么办法，圣上说要和，我们也打不过，只好看着点，将他们打发出长城以北就回去烧高香吧。"

狼除了野性，还有贪婪跟凶残，你要是看过我刚看到的，就会加上这两个词，也不会烧什么高香了。李靖望着这位沾着污泥的使臣，奇怪在这个关头皇帝还要派他出使，两次时间隔得太近了。

宇文士及检视着身上的长袍，看到身上的污泥已经牢牢沾住长袍后，宇文士及露出泄气的表情。

"宇文阁老是能者多劳啊，安抚突厥非阁老不可。"李世勣试图用恭维安抚他。

"李总管还是别叫我阁老了，圣上隆恩，让我做中书令，我还以为能在长安过两天休闲日子，哪知道还是一个跑腿的。"宇文士及挥手，怨气不胫而走。

他不是个勇敢的人，但本质不坏，至少跟他的大哥来比，他还算是良善之辈。李靖闪过一个念头。

"阁老要是去定襄，务必早去早回，不可逗留。"

"为什么？我还想在定襄好好休息一下，这一路给颠的，你们看，连马车都散架了，等等……"宇文士及突然跳将起来，"你该不会……"

“进攻!”李靖断然回答,“攻取定襄,擒拿颉利!”

“进攻?!”李世勣惊讶道,而薛万彻却耸耸肩,做出无奈的表情。

“胡闹!”宇文士及想起自己还是中书令,“圣上让我去和谈,你却要进攻?”

“和谈?”李靖指着身后腾空的黑烟,“言语对狼无用,金帛只会让他们狂妄,夷狄之人畏服强者,只有刀剑才能让他们臣服。”

“和谈是圣上旨意,你不会想做汉将陈炀吧,你不要忘了陈炀的下场,你想做一个晚景凄凉的大将?”

“如能平边患,做陈炀又如何?”

“胡扯!我在定襄和谈,你在外面攻城,你干脆就在这里把我杀了好了!”宇文士及气愤不已,“对了,我可以不去,你要攻就去攻吧,我不会去送死。”

“你必须要去!”李靖冷冷地盯着他,“你去了突厥人才会放松警惕,再说,陛下派你去定襄,你要是这样回了长安,怎么复旨?”

“好,好。”宇文士及冷笑起来,“你真要攻定襄,我也不拦你,就凭你的三千兵马就想攻破定襄城?说不定到时还我要替你向颉利求情。”

“我的人是少了点,”李靖微叹一口气,“不过,你不是给我带来了李总管还有他的数百骑兵吗?这下我的胜算更大了。”

“胡说!他们是来护送我的,不是跟你去乱来的!”宇文士及气得肚皮都在颤抖,他早就该骑行,而不是坐在马车里,等他从定襄城出来,他就会需要骑术了。李靖想到,把眼光投向了李世勣,他愿意做一个护送者,还是跟我去立不朽的功名?

“阁老。”李世勣开口,脸上带着些许歉意。“我不只是来护送你的,圣上让我率兵前来,除了护送你之外,还要听从药师调度。”

宇文士及脸色发白,继而大笑起来,“圣上果然武略滔天,是我太愚笨了,我早该想到,我区区一个田舍夫何劳李总管亲自护送!”

第七十七章　奔狼

【宇文士及】

看到定襄城门时，宇文士及松了一口气，昨天李世勣借口大军不宜接近对方城池，只给他留了十余名骑兵就率领大军离去。他要去参加李靖的军事行动，巴不得甩掉我。这位面色和善的人有无数的鬼点子，宇文士及想起自己的大哥宇文化及的覆亡多半要算在他的手上，那时的李世勣还是瓦岗大将，大哥执意攻打他驻守的仓城，结果错失战机。

没有他跟他的五百骑，我还不是一样抵达终点？宇文士及整整衣衫，前面的定襄城门就像一只巨兽的大口等着吞噬新鲜的血肉。

城门打开的那一刻如同巨齿开合，走出来的人却冲淡了一丝恐惧，主人热情地相迎，颉利可汗的脸上甚至带着莫名的笑意，嘴角上扬让他古板的脸多了一些弧线。意外的是，宇文士及没有看到可敦，而看到了城池的主人萧后。虽然早就预期这样的会面，可看到前岳母的面孔仍难免尴尬。好在这位前岳母的心情似乎不错，她一改以往鄙夷的目光，对他的到来还以礼节性的笑容。

只怕用不了多久，你们就不会对我笑脸相迎了，宇文士及在内心苦笑。客套之后，主人将他引进定襄城，城池的街道并不宽阔，城墙倒高高耸立，足有二十尺，城墙看上去像是新的，黄土夯实，厚达数丈，我这位缺乏安全感的岳母对这座边城进行了加固。我倒要看看那位狂妄的李靖要怎么攻破这样的城池，他没有攻城云梯，甚至连槅木都没有，难道他的战马会飞，还是准备徒手爬进来？只消一排弓箭手，就能断送他李靖的一世英名。

宇文士及下意识地抬头望向城楼，却不知道自己是庆幸还是失望，城楼只有寥寥不足百名的守卫。突厥人是天真还是犯傻？真以为一匹喷血的白马就能带来和平，他们自己只怕不会相信，但却认为我们会看重那碗浑浊的马血？

“早知道殿下要登基，我们就去长安多待两天，错过了殿下的登基大礼实在有些遗憾。”颉利在前面引路，他连轻甲都没有穿，只有腰间的长剑拍打着他壮实的臀部。

你们要再多待两天，只怕我们的殿下今年都别想登基了，宇文士及在心里回答，“陛下对此也很遗憾，所以才特地让我前来感谢可汗的大礼。”还有在边境开马市的事情，宇文士及想着，却及时打住，两军交战在即，还开什么马市？况且这个问题也不能谈下去，表示了感谢，这就够了，然后在李靖攻打定襄之前及时脱身。

“那马市……”颉利试探着说道，“我们有无数的好马，而你们有数不尽的金帛，我们可以交换……”

“是的，是的，”宇文士及感觉天气闷得让人无法呼吸，“陛下跟我说过，但这一次我来得匆忙，陛下说地点时间都要商议，等朝中定下方案，就会再派人前来。”

“问他没用，我这位女婿办不了这样的正事。”萧后在旁边嘲讽，宇文士及却松了一口气。

“是要商议，我看定襄就很好，至于时间可以定春秋两季。”颉利边走边说，“这里很快就会成为大城。”

这里很快就会成为血城，宇文士及隐藏着内心的不安，“可汗的建议很好，我可以马上回长安，向陛下汇报可汗的意思，说不定，这一年的秋天就可以开市。”

“你好像很着急？”萧后盯着他，这让宇文士及感觉头皮发麻。他们夫妻都是敏感的人，或者说是喜欢猜忌的人。

“马市一开，对两国都是好事。”宇文士及解释，却怀疑自己的声音是否显得没有底气。

“不急不急，”颉利猛拍他的肩膀，“马市的事我会派人去长安说，你是唐国的宰相，还有更重要的事情需要你。”

“什么？”

“我们要在都斤山的神地祭拜天神，告知我们与唐国的结盟，这样的仪式怎么能没有你在，你正好可以代表唐朝天子。”

还要去都斤山？宇文士及只觉得天旋地转。

“你没有见过我们都斤山的秋天吧，”颉利热情四溢，丝毫没有理会宇文士及的脸色正变得如同雨洗后的灰墙，“到处都是鲜花，你会喜欢上那里，说不定去了就不想走了。”

我现在就要走！宇文士及在心里呐喊，却发现岳母用充满怀疑的眼神看着他。

“我相信一定如此。”宇文士及回答，“可汗什么时候动身回都斤山？”

“你等不及要看鲜花草原了吧，很快，等摸末回来，我们在这里举行一次聚宴，宴会结束，我们就会踏上回程，在秋天到来之前就能到达我们的汗庭，到时，你可以见证我们的盟约经过天神的许可。”

我期待你的郁射设永远都回不来，至少被李靖他们围住，给我数天时间，我或许可以编造一些合适的理由离开这座即将陷入战火的边城。只需要两三天，突厥人虽然热情，但并不难骗到。

宇文士及点头：“好，好，这样最好。”

或者我该现在就开始想逃脱的借口，宇文士及想着，城门打开的声音传来，随后一阵马蹄声响起，宇文士及回过头去。郁射设一身黑甲、头戴鹰翼头盔，率领一队骑兵径直冲上大街，直至可汗面前勒停大马。

“可汗，我回来了！”

夏日漫长，未等太阳落山宴会便已经开始，萧后派了她的儿媳前来相迎。柳氏之美，足以祸国。宇文士及跟在后面，想起这句曾传于长安的流言。艳红落日衬托着她的身影，她还是孤身一人？宇文士及随即肯定，我的岳母可不会允许媳妇外嫁。

大概是察觉到背后不老实的目光，柳氏的脚步匆匆，身形生硬，领着宇文士及在院里穿行。

隋王的王府比不上长安达官的一座院落，甚至比不上我的，宇文士及终于将目光从引领者的身上移开，开始打量着这座宅子。这座王府受到精心的照料，虽是西北边城，却有着江南的气息，鲜花随处可见，间或有一两处小池子。这些东西是出自我的岳母之手，又或者不是，说不定是眼前这位柳氏的杰作。长安美女众多，谁能祸得了国呢？宇文士及开始叹息起眼前人的命运来，但随即苦笑，我哪有余地去同情人家，李靖跟他冒进的兵马此刻说不定就埋伏在城外某处，等第一支箭射上城楼，我就会被绑上城楼当盾牌。

院中的嘈杂声彻底掩盖了脚步声，角落里、屋檐下摆满了食榻，大多数人盘腿坐于地上的毛毯上，牛奶的香味跟各种香料的气息混合在一起，至少我还可以做一个饱死鬼。

走过一段不长的石板路，一座飞檐的大殿呈现在眼前，很难用雄伟来形容它，它连大兴宫的偏殿都比不上，我那心高气傲的岳母如何忍得住这样的孤寒？低叹着，宇文士及迈步进去。

柳氏略一低头，算是招呼，便径直坐到了儿子的身边，不明就里的人多半会把她当作隋王的侍女而非母亲。

宇文士及发现自己是这场宴会最后到的人。

可汗热情地起立，大声招呼他往前坐。大汗之位独在大殿的上面，剩下的则分立两侧，右边是白狼旗主突利可汗，他起立举杯致敬。他倒不记仇，宇文士及依然记得显德殿内他的怒吼。而那个孤傲的黑狼则坐在原地，他那样的点头算是对我的招呼？李靖应该在城外抓住他，而不是奢望进攻定襄全面开战。

堆起笑脸，宇文士及对两侧的达官一一致敬，突利坐回位子上，眼神便再也没从妻子的身上离开，淮南穿着绿色轻纱裙子，腰挂短柄小剑，低声细语，时不时发出如微风般的笑声，她是个可爱的女孩。她还是我的小姨子，宇文士及想到，那我跟突利岂不成了连襟？这倒有趣，我们的皇帝跟突利是香火兄弟，我跟他是连襟。宇文士及意识到突利对自己的善意笑容多是因为这隐秘的亲戚关系，他倒像我们汉人多一点，尤其是脸上的伤疤，更像一个受了黥刑的汉人。

经过黑狼时，宇文士及的笑意更浓，似乎让这位英俊的少年有些不适，他身体摇动，终究还是没站起来。笑容比刀剑更有力量，宇文士及想起父亲的话，堆起更多笑容，像胜利者一般从黑狼的身前走过。

“阁老。”颉利可汗以唐朝的称呼唤他，“快请就座，你迟到了，该先罚三杯。”

“是的，是的。”都是你那该死的祭天大会让我头疼，关在屋里，我毫无头绪，或者我可以骗过这些突厥人，可我骗不过我的岳母，任何谎言都无法在她面前披上衣衫，“是该罚。”宇文士及举起酒杯一饮而尽，酒带着浓厚的奶香味，并不难入口。突厥人可以喝这种马奶子酒通宵不醉，要是换成剑南烧春看看？或许不及入夜，你们全会醉倒，而我就可以趁机离城。

看到最后一滴酒进入宇文士及的嘴里，颉利可汗哈哈大笑，可敦坐在旁边，仿若呆木，其面色苍白得更像大病初愈，宇文士及放下酒杯时，她终于意识到宾客的到来，扭头淡淡一笑。天哪！她像行将就木的人，宇文士及在内心惊呼。看来可汗有可能需要一个新的可敦，或者一个唐朝公主可以起到比那匹白马更好的作用。宇文士及在榻上坐下，丝织的地毯带着凉意。食榻上的羊排用香料烤就，抹以蜂蜜，散发着诱人的甜味，可宇文士及索然无味。李靖的大军就在外面，现在说什么和亲公主岂不太荒唐。

还是喝酒吧，酒液提供不了方法，却能让人忘记问题，宇文士及再次举杯，这样的豪迈博来了可汗赞许的笑声。大不了再次成为人质，他们总会需要人质，我也品尝过人质的滋味，等李靖发现消灭不了突厥人，陛下自会前来和谈，到时，我就值一大笔金帛，突厥人了解我的价值。宇文士及又喝下一杯，喉咙已经适应了奶味，酒更容易下肚了。一杯接一杯，有时，宇文士及跟可汗举杯，呼名而饮；有时，他跟那位傲慢的黑狼举杯；如果突利可汗的目光从他妻子身上移下来，他也会跟这位伤疤佬喝上一杯。宴菜换了数次，卤肚酱汁浓厚，整只的鸡填满香料，鹿肉则尽量保持原有的鲜味，连突厥人不常吃的蒸鱼都有，这是我那位前岳母准备的菜肴，宇文士及试图跟岳母饮上一杯，却发现这只会招来鄙夷的目光，她还在记恨扬州的事，要是她忘了倒是怪事。

音乐伴随着宴会，宇文士及注意到几乎全是中原的音乐，连舞伎的舞蹈也是，先是清商伎，后是安国伎，西凉伎之后则是龟兹伎。舞者长着中原人的面孔，先为宾客表演了长袖如云的巾舞；当手摇铃铎不断旋转的铎舞跳起来时，可汗用他的大手拍着扶案应和，而挥动长拂、低唱白鸠的拂舞最为优雅。就算是曾经的长安，要想在宴会上一次看到这么多歌舞也不是易事。我的岳母想在这里复制长安，至少在宴乐上如此，在这一点上，她倒是成功了。

音乐声开始低下来，舞者已经退去，可汗站了起来。

他要发表致辞？宇文士及迷惑着，考虑要不要站起来，但可汗并未开口，只是朝外面呼了一声："附离何在？"

这声音太过突兀，让宇文士及的半边身子从榻上滑了下来。

殿外冲进十余名全副武装的附离。

他们知道了李靖的计划？他们来抓我?！宇文士及感觉裆间有热气流下，要是站着，只怕要瘫倒在地，我是不是该乞求？宇文士及犹豫着，却惊讶地发现附离们直接扑向了尚与妻子对视的突利。

"放开我！"突利大喊。

他的叫屈声跟在显德殿里一模一样，宇文士及往后一步，刀剑无眼，寻找安全的角落或是当下最重要的，何况薄薄的裤子根本无法掩饰水渍。

"夫君！"淮南又叫又踢，双手却被两个像男人一样粗壮的妇人紧紧握住，"阿娘！"最终，她把希望寄托在母亲身上，可皇后的脸冰得能让夏日变成严冬。宇文士及注意到那位黑狼的脸上同样写满惊讶，他也被蒙在鼓里，对了，他刚回来，知道的不会比我多。可奇怪的是，突厥的可敦也瞪着大眼，显出难以理解的表情。

"凭什么抓我?"突利挣扎着、吼叫着，怒视着突厥的头狼。

"凭什么?！"颉利可汗重复着，像在玩味这三个字，"还需要我说出来吗？上天给我可汗之位，令草原众生臣服于我，你可把我放在眼里？你可听从金箭之令？先祖定下铁律，不服金箭之令者，十设可以围而攻之。"

"我没有背叛！"突利喊叫着，试图摆脱身后的附离。

"你不必狡辩，每次出征时事情都坏在你的身上！"颉利说道。他的指控模糊，或许是因为我在这里，不然，他可以直接指控对方是陛下的香火兄弟，他可以指控对方轻入长安，让我们有机可乘。宇文士及猛然想到这一点，可他为什么又要让我在场？对了，可汗是想给陛下一个警告。他不仅要请我去观礼祭天，而且要让我见证突厥清理内奸，要让我见证他怎么擒拿陛下的香火兄弟。可惜他们找错了方向，猜忌的种子长成参天大树，将它砍倒会先压伤自己。

只怕陛下乐见此景，宇文士及肯定这一点。

突利脖上的青筋毕现，伤疤变得恐怖："出征失败都是因为你的贪婪！"

"我的贪婪？"颉利脸上的横肉因为恼怒而颤抖，"谁从长安得到最多的金帛？"颉利开始左右踱步。黑狼确定完自己不是目标之后，开始冷笑，而颉利每一次转身都换来淮南的惊叫。

"我原本只想收回你的兵权。"颉利说道，"让你做一个体面的小可汗，但现在看来，你还是喜欢伤疤。"颉利转身，从后面的架上抽出马鞭走向突利。

"不许你！"淮南抗议，可只得到萧美娘的呵斥，"你的夫君是个叛徒，可汗只是在行家法！"

"可汗……"可敦开口，语气软绵无力，这是我今天听到她第一次开口，宇文士及想到。

颉利用挥手拒绝可敦的劝告，他停在突利的面前，高高举起鞭子，"这一鞭替腾格里惩戒你！"薄薄的织锦夏装裂开，血痕凝现。突利放弃了辩解，唯用火红的目光瞪视着自己的叔父，颉利用更为用力的一鞭回应这样的目光。

淮南在哭泣，我要不要去劝解一下？刚冒出这个念头，宇文士及就立刻否定。我还是不要把大家的注意力引到我的身上，做个隐形人永远都是合适的。宇文士及想着，又往后小挪了一步，耳边传来一声尖叫声，这不是突利的！

"淮南！"萧后大喊。

宇文士及抬头，原本抓着淮南的妇人握脚大喊，淮南避过一个附离的双手，试图朝夫君的方向奔去。"不要，"突利同样在喝止她。她在做徒劳的挣扎，宇文士及叹息，很勇敢也很愚蠢，她怎么救得了自己的丈夫？不！或者她可以，宇文士及两眼放光。

附离纷纷靠向颉利可汗，而淮南忽然转身，短剑出鞘，剑光在可敦的脖子上闪烁着寒光。

“她是你的姑母!”萧后呵斥，“你在干什么，快放下剑。”

“我要救我的夫君!”淮南回以悲鸣，“放开我的夫君，我就还他们的可敦!”

颉利停下挥鞭，显得有些措手不及，宇文士及甚至注意到他向萧后那里望了两眼。

“娘娘……”

“不要放!”萧后断然回绝，“我的女儿没有杀人的胆量，尤其是她可笑地把刀架在自己的姑母身上。”

颉利似乎得到了鼓舞，他抽出腰刀，指向突利:“放开剑，不然，你就要成为一名寡妇!”

“那你会成为一名鳏夫。”淮南坚定，剑朝可敦的脖子又近了数分。

一个念头在宇文士及的脑海里转过，他猛地跳将起来，撞开了可敦，却踩住了自己的长袍险些摔倒，等他转过身来，却发现自己替代了可敦的位置，唯有淮南似乎愣在那里。

“挟持我！我比可敦更有价值!”宇文士及低声喝令这个有些不知所措的姑娘。

城门在身后关闭，没有人追出来，也没有人放冷箭，骑出半里地，城楼完全隐藏在夜色中。淮南坐在他的后面，依旧把剑抵着他的喉咙。

“你可以把剑放下来了，黑灯瞎火的，你要一不小心我可能真要为你们夫妇送命了。”宇文士及说道，淮南连忙放下短剑，又跳了下来。突利伸出手，将妻子拉到自己的马背上。

“谢谢。”淮南坐定，对宇文士及说道，突利困惑不已。

“宇文公救了我们，他让我挟持他……”淮南转而向丈夫解释。

该说谢谢的是我，宇文士及在心里说，要不是你，我此时还困在城里。

“你怎么知道他们一定会放我?”突利终于明白眼前的一切，却依旧问道。

“劫掠可敦没有用，隋朝一亡，隋朝的公主毫无用处，大唐的使臣就不一样。”宇文士及擦去额头上的汗，不愿告诉对方自己是在拿他的性命冒险，对方或许会放，或许不会，赌博就是这样，只是这次运气站到了我们一边。

“有什么不一样，”突利并不满意他的解释，“你曾被我们当作人质。”

“扣押使臣是一回事，杀死使臣是另一回事!”宇文士及尽量让语气显得随意，“我想你们的颉利可汗还没有准备好为此跟我们大唐开战，所以，算你好运，你不是被鞭打，而是在这里骑马看夜景。”

“可是……”

“不要可是!”宇文士及打断突利的话，“我们得抓紧时间，趁他们醒悟过来前走远一点。”

突利点头同意，策马向东而去。

“你要去哪儿?”宇文士及挡住他。

“还能回哪儿？回幽北!”

“你不能朝那里走!”

“为什么？那是我的家。”

“幽北离这里千里之遥，你逃得了这么远？你要朝那里走，只怕连雁门关都过不去，更何况，你那位仁慈的可汗已经在半路上布下兵马等你。”

突利勒住了马，他知道我说的是真的，但他未必知道我接下来要说的，李靖这个浑蛋，他让我往死亡之路上前行，我还要给他送大礼。

“我们只能往南走。”

“往南走?”突利明白过来，“你在让我叛国?!”

“我让你叛国?!”宇文士及冷笑，“你已经是一个叛国者，刚才你的可汗亲口宣布的，还需要我指使?”

白狼终于沉默，如同这夜色一般。

“你要往幽北走，还是跟我往南，随便你。”宇文士及说道，“不过我得提醒你，幽北之路是条死路，你死不足惜，只是你的妻子倒不会结束性命，按你们的习俗，她是不是会嫁给你的晚辈？我看那位郁射设会很有兴趣。”

“夫君……”淮南从后面抱着突利，言语里透着慌乱。

“走吧，突利可汗，不用走多久，我们就能获得安全。”宇文士及用脚踢着马肚，脸上带着笑容，他听到身后的马蹄声初始犹豫继而坚定地紧随而来。

第七十八章　叛逃可汗

“火烧云……”李世勣说着，他望向天空，夕阳将边云燃烧。

这是大战来临之前的预兆？李靖颇为兴奋，眼旁这个年轻人对胜利的渴望甚至超过我，但对方却话锋一转。

“药师，你不会真的要去打定襄吧？”

“兵已至此，如箭在弦上。”李靖回答。

“但我不是跟你来打定襄的，我只是想吓唬一下我们的宇文阁老。”李世勣回过头来，说出让李靖失望的话，“陛下没有进攻的旨意，我不会跟你去攻打定襄！”

“陛下也没有说不能打。”

“可我们才跟突厥在渭桥刑马为盟。”

“用武力威胁达成的结盟自然可以用武力去打破它，当年刘邦也曾与齐国结盟，不也一样兵袭齐国？结盟只是手段，突厥人明白这一点。”

“你说得没错，我们迟早要发兵都斤山，但不是现在，陛下初登基，绝不会大举用兵。”

他在揣测上意，李靖失望地想到，他什么时候开始学会揣测上意？随即他露出苦笑，他什么时候不是在揣测上意？李靖仿佛看到另一个李孝恭。

“现在就是机会，你们想不到，突厥人更想不到，他们正安枕于金帛之上。他们在渭河边就接近瓦解，你看到过的，颉利的金箭矢已经失去魔力，更不用提他跟突利之间的嫌隙。”

“我相信你的判断。”

“你相信我，就该跟我去定襄验证这个判断。等定襄城破，突厥在雁门之南再无据点，我们还可以挥师出关，马踏都斤山，甚至可以将他们逐到阴山以西。”李靖盯着这个拥有数百骑的将领，试图打动他，“你要错过这样的机会吗？多少军将究其一生都得不到这样的机会。”

“得到陛下许可的才叫机会。”李世勣回避着李靖的眼神，“否则无异于玩火。”李世勣放低声音，“擅自用兵是将之大忌，我劝你也不要轻易发兵，胜了未必有功，败了……”

“多谢你的建议。”李靖忍不住打断他，他变了，谁能想到这是长江上那位穷追辅公祏的人。为什么我的身边只有小心谨慎的人？地位，是地位改变了他，并州大总管，他已经满足这样的高位，甚至在抗拒更高的尊位。李靖想到，“等我们拿下定襄，上意就会改变。”

“或许会，但除了圣意难测，我们也无法用兵，宇文士及还在城内，虽然我也不喜欢这个人，但他毕竟是大唐的中书令。”

“宇文士及？”李靖说道，“他跟郦食其比起来如何？”

“那当然没法比，郦食其是汉初杰才，这位狂生仅凭一张舌头就能瓦解三军，汉与齐的结盟就是其一手促成的。”

“这就是了，当初韩信灭齐时，郦食其还在齐国游说，韩信何曾管得了郦食其身在敌营。”李靖记起史书的内容，韩信兵发之时，郦食其被丢进油锅烹炸，但愿定襄城内没有这么大的锅，不然宇文士及就只有自求多福了，李靖狠下心，“连郦食其这样的大才尚要为大军让路，何况一个宇文士及？他要死在定襄，只是他的荣耀。”

“我可不敢将大唐的中书令送进油锅！”李世勣微笑起来。

这是李世勣最后的决定，他带着自己的五百骑兵离开，不过一会儿的工夫，他同他的那面黑旗消失得无踪，像它来时一样，悄无声息。

滑头！望着并州总管离去的背影，李靖唯有用这个词来形容他的辞别。他明知我是对的，却不愿押上自己的前程。五百骑兵，或许会决定最终的胜负，可他却选择了离开。

我还有三千骑兵，你们不愿意尝试的，我可以去冒险。李靖掉转马头朝大营走去。营门外，薛万彻面带大惑不解的表情。

“李世勣就这样走了？”

“走了，他还有要事。”李靖尽量语气平静，眼前的这位大将对进攻定襄同样持有怀疑，他可不想再失去一位得力助手，“但他或许能及时赶回来。”李靖补上一句。我骗了他，但他终究会感激我。我们要来一场冒险，但冒险的只会是我，如果失败，他可以用我来逃避圣怒。尽管他明白薛万彻不会躲避责罚，但李靖依旧用这个理由来说服自己。

“军队集结完了？”李靖望向营内，营帐已经收起装在马车上，夕阳吻向远山，该是生火做晚饭的时候了，营里没有炊烟，只有马煽动鼻翼的声音，骑兵列在马旁，不交战则不得骑马，李靖给自己的骑兵立下军规，这不仅仅是为了节省马力，人在马上总是容易冲动且做出错误的选择。

我现在是在做出错误的选择吗？李靖又一次在心里问自己，同样无法给自己一个肯定的回答。

“我们随时可以出发。”薛万彻回答，语气中却带着疑虑。

“我们必须趁夜色出发，避开突厥人的耳目。”李靖解释，“我们出现得越突然，就越接近成功，探路的人呢？”

“已经先行出发了。”

李靖点头，但愿突厥人此刻正沉浸在劫掠成功的喜悦里。饿狼是难缠的野兽，饱食之狼则如绵羊。

“那我们走吧，万彻你去探路，但愿天亮之时，我们就能攻开定襄的城门。”

薛万彻上马离开，营门被打开，骑兵牵马鱼贯而出，他们的左手提着长长的陌刀。长刀是骑兵的克星，如果再配以长枪兵就更好了。李靖向薛万彻望去，他的长林兵跟我的江淮陌刀兵已经证明过合力的威力，可长林兵已经不复存在，陛下提升薛万彻的军职，却将长林兵悉数解散，他领回了天节兵，可陛下转手将天节兵交给了秦叔宝。但他还有机会拥有自己的大军，军功就是最好的证明，或许到那个时候，没有嫡系的兵马会更好。李靖又想起李孝恭那张脸，他要是知道我此刻正领兵扑向定襄，一定会死命拉住我吧。

太阳终于坠落，黑色主宰着一切。大军避开驿道，沿着山脚潜行，李靖走在最前面，他认得夜色掩盖下的这些小道。在这里任郡丞时，他走过多次，经定襄、过朔州，在雁门外驰骋，晚上则在沙碛地上裹着皮毯度过孤独的一夜。这里的每一处山坡、每一处河流转向的弯地、每一片丛林，李靖一一察看过，思索着某处是否曾留下她的足迹？

今天我不止孤身一人，我有雄兵三千。听着马蹄踏着泥路，铠甲时时传出哗哗的声音，我不再孤独，可我是否应该将他们带上血腥之路？急行军的脚步声里，李靖听到嘚嘚的马蹄声，这个声音却不是来自背后，李靖挥手叫停大军，声音并未停止。

突厥人？

一个喊声解释了他的疑惑。“前面可是李药师李总管？”一个火把像是从夜空中冒出一般，照亮了数名骑兵。

“霍国公！”李靖欣喜地叫出声，“是我李靖！”

柴绍穿着锁甲，肩负一把青色长弓，骑一匹栗色马从对面过来。火光照亮了他略微干枯的脸，马三宝则如同影子一样在他身后。

“霍国公怎么在这里？”

“李总管，”柴绍面带笑意，眼圈处露出黑晕，“我也奇怪你为什么在这里。”

“我奉上意，送突厥人出关。”

“我奉上意，镇边城，巡边疆。”

“我记得霍国公的边城在朔州，怎么巡到这定襄城外来了？”

“李总管既然是送人出关，怎么衔枚夜行，杀气腾天，我老远都感觉到了。”

两人对视一会儿，齐齐大笑起来。

“你要袭定襄城?！”柴绍突然停住笑容，“我在路上碰到了李世勣。”

“他跟你说了？那你来得正好，让你碰上算捡便宜了。李世勣想跟我袭定襄都被我支走了。”李靖往他的身后望去，“你带了多少兵马？”

“支走？你真要支走对方，就不会问我有多少兵马了。”柴绍一语道破他的心机，“我说了我只是巡视边疆，只有我们数骑。”

数骑？巡边？李靖无法相信，可黑夜里一片宁静，闻不到大军的气息，“你真的只有数骑？”

“真的。”马三宝在后面替他回答。

“马将军说话我自然相信。”李靖话锋一转，“马将军，但你们真的只是巡边到此？”

马三宝回以沉默，而柴绍露出奇怪的笑容，似乎给李靖出了一个难解的谜题。

他一定是在找什么？就像我一样，在寻找失去的人，而这里也有什么东西吸引着他远离自己的朔州，不惜犯险来到了这里，李靖想到了那个传言。

“你也要袭击突厥人？”李靖问道，柴绍没有否认，“那太好了，跟我一起去吧，天亮之后，我们就能抵达定襄城下。”

“没错，我也要袭击突厥人，可我没有你这么大胆，我只想埋伏在半路……”

“然后袭击突利可汗。”李靖替他说完。

柴绍点头承认，“我没有你这样的自信去攻击整个突厥大军，但既然听李世勣说起你的事，我想我最好过来看看，帮忙我倒没准备，但说不定突利会从定襄城里跑出来，这样我就不用守在雁门关死等。”

“你想捡现成的兔子，起码也得吆喝两声吧，你真的只有这些人？我看你的信心比我更大啊，想凭数人就擒拿突利？”

“当然不止有这些。”柴绍回应，“我也会帮你吆喝的。”

我为了活着的人，他为了死去的人，到底谁的心更急切？李靖在等他说出大军所在，却被一阵马蹄声打断，他朝柴绍看去，对方同样还以困惑。“不是我的人。”柴绍说道。那更不会是我的，我的人不会纵马。思索间，两个骑兵的身形从黑影里显现，最先那人却是薛万彻。

“霍国公怎么来了？”薛万彻下马，略有些吃惊。

“我是来凑热闹的！”柴绍回答。

“打探到消息了？”李靖问。

“前面抓了两个突厥人。”薛万彻回答，后面的骑兵靠了上来，“还有一个汉人！我们在前面抓住他们，穿得不错，应该是突厥的达官。”

李靖跟薛万彻交换了一个眼神。

“走，去看看！”

走过一个山坡，有一座破旧的民居立在路边，如同一块岩石。

门倒在一边，一半被削去，大概成了取暖的工具，守卫让开身子，薛万彻打着火把先进去，满是灰尘的气息，一张油得发黑的桌子上点着一盏枯灯，发黄的灯头如同摇摆的黄豆，微弱的光芒无法照亮房间的每一处，一位略胖的人双手被缚，斜坐在凳子上，身体大概因为愤怒而在发抖，要不是嘴里被塞进了一块碎布，李靖毫不怀疑这人会喊出声来。另外两位蜷缩在角落的阴暗里，突厥达官？李靖意外发现一个身影来自某个女性，她瞪着眼睛，里面有怀疑、有恐惧甚至还有一些好奇，而另一个人则低着头，全然不顾外人进入这个房间，他身上的碎布零乱，但至少是上好的丝绢。

听到门外的声音，最前面的囚犯转过头，眼里的怒火至少胜过油灯。他该感到幸运，虽然这个狼狈的样子会成为笑话在长安口传数年，但至少比待在油锅里强，他是怎么跑出来的？李靖拔掉宇文士及嘴里的破布，随即扔到地上，毫不怀疑它原本呵护着某位大兵的脚丫子。

“李靖，你竟然纵容你的士兵欺凌朝廷命官！”宇文士及怒吼，李靖来不及解释，就被柴绍冰冷的声音吸引住了。

“突利可汗，想不到在这里碰上你！”

“柴绍，你想干什么?!”揉着手腕被反绑的地方，宇文士及厉色喝道，身上的浮尘被拍掉，中书令又恢复了正三品大员的底气。他站在门口，挡在柴绍前面，怒气更胜当囚徒时。

“我要斩杀这位白狼！”柴绍的手放在剑鞘上，“阁老最好让开，刀剑无眼，伤了你可不是好玩的。”

“你敢！”宇文士及的胡须像刚松开的弓弦般颤抖，“我费尽心机将他带回来，可不是为了让你报私仇的！李靖，你不拦着他?！你知道他对我大唐意味着什么，对你又意味着什么。”

我是该拦着柴绍，虽不情愿，但李靖明白这位平日百无一用的中书令立下了大功，一位叛逃的可汗将彻底分裂突厥。而只有他活着，才能最大限度地发挥作用。

“宇文阁老说得对，霍国公不要冲动。”薛万彻劝着，试图拉住对方，李靖用眼神阻止住他。“霍国公的军职比我还大，我哪里拦得住。”

李靖的这个回答得到宇文士及的冷笑，他转向马三宝，“马将军，要是陛下知道此事，雷霆之怒你也可以想象得到的。”

“姑爷……”马三宝迟疑着上前，却被柴绍用眼光逼退。

“好，好……”宇文士及怒极而笑，“你们都不管，好！那我管，柴绍，你要杀突利可以，踏着我的尸体过去！”

“那倒不会，我想一拳就可以让阁老好好睡上一觉。”柴绍向前一步，手中的长剑泛着红光。

他不会真的给这位阁老一击老拳吧，那更像是尉迟敬德干的事，而不应是贵族出身的柴绍所为，李靖暗想着是否该上去挡住柴绍的拳，如果他真的挥起手。

“你……”宇文士及已气极，过了一会了，他换上嘲讽的面孔，“柴绍，你别以为我们不知道你的那些事，你真的要为了一个歌伎误了我大唐的千秋基业，还要赔上你的前程?”

“她叫公孙三娘。”柴绍平静回答。气氛僵在那里，柴绍没有挥拳，也没有退去，总得有人让步。

里面有哭泣声传出。

“让那位霍国公进来！”里面传出突利的声音，哭泣声更盛。

“让他进去。”李靖说道，“仇恨就像麻线，纠缠得太深，也只有一剑才能解开。”

宇文士及瞪着他，仿若见到夜鬼，“我拼了老命救了突利出来，你说一剑？要是陛下怪罪下来，谁来承担责任?！”

“我来承担！”李靖脱口而出。

“药师！”薛万彻惊讶地望着他。

“行啊！李靖你自己说的，到时独柳树下问斩的时候，我会给你送行的。”宇文士及嘲讽着，终于让开身子，柴绍提剑前行，李靖一把抓住他。

“国公，你可以进去，你也可以随意处置里面的人，但我有两句话要说。”

“你说。”柴绍的眼神始终盯着这座废弃的小屋。

“第一，这不是沙场，他也不是披甲的敌人。第二，你有更好的办法，死对突利来说，太容易了，你想让他成为一个死去的突厥英雄，还是让他成为一个亡国可汗？”

柴绍没有回答，径直走进了小屋，但愿他尚未被感情冲昏头脑。而我呢，这一次的突袭是另一次感情用事吗？不是，或者一开始时是，但现在绝不是。李靖庆幸自己终于让内心归得平静。唯有心静，才是取胜之始。李靖不禁望向宇文士及，中书令犹在生气，并对李靖回以白眼。

我欠他一个感谢，或许这个感谢我永远不会说出来。

李靖把目光移向小屋，里面有低语声，夏风将它吹散，抽泣声不绝于耳。如果是我，我会挥剑吗？刚想到这个问题，李靖听到剑出鞘的金属擦戈声，尖叫声像剑一样将夜空刺穿，随即是一声断喝。宇文士及脸色苍白，而马三宝长叹着气，李靖冲进昏暗的房间，与执剑的柴绍擦肩而过，他似乎看到剑尖有红光，继而望向里面，油灯摇曳，照亮了突利灰白的脸，谢天谢地，他的脑袋还在他自己的肩膀上，而他的妻子紧抱着他，泪水打湿了精致的脸，眼里仍藏着不安，而桌子的一角已被削去。

李靖从房里出来时，柴绍已经骑在马上。

“你说得对，让他成为一个亡国可汗更适合。”柴绍手执着缰绳，“陛下只怕要准备一座豪华的囚房给他了。”

长安不缺少这样的大宅子，李靖说道：“这下你愿意去攻定襄了？你不会还说自己只有数骑吧。”

柴绍还以微笑，马三宝兴高采烈：“李总管，我们也有两千骑兵，就在朔州州境。”

“我现在就去将他们领过来，你会需要他们的。他们都是身经百战的关中兵。”

“朔州？那得来回一天？”薛万彻算道。

“是的。”柴绍回答，“李总管，你不会连一天都等不及了吧。”

答案是肯定的，时机永远都比兵数重要，“我等不了一天，此时的突厥人正在猜忌的旋涡里。”

“看来，我的两千大兵只能为李总管清扫战场了。”柴绍拱手，策马远去，身影最先消失在如墨的夜色里，紧接着，黑夜连马蹄声都吞没。

没有援兵，只有三千，我要用这三千兵去做三万兵马也未必敢尝试的事情。深吸一口气，李靖踏上返程，恶阳岭，我记得这片山坡的名字。三千大军如同一人等在原处，我要领他们去与定襄城的九头狼种血战，而要战胜狼，则要把他们先变成狼，血腥的气息可以唤醒兽性。

李靖站在上风处，让夏风把自己的声音传进每一个士兵的耳里。

“突厥人正在定襄城里欢庆，喝我们的美酒，吃我们的牛羊，抱着我们大唐的女人，马车上装满我们大唐府库的珍宝，现在我要跟你们踢开定襄的城门，翻上定襄的城楼，斩下突厥人的头颅，将原本属于我们的东西全部夺回来。”

“城破之后，许大掠三日！”李靖大声喊道，应声四起，将夜色搅动得如翻滚的海浪。

今夜让我们做狼，他人为羊。

第七十九章　归宿

【义成公主】

他当年要是有这一次这么坚决追我就好了。

这一天清晨，义成从梦中惊醒，梦中的人一会儿身着圆袍头戴儒帽，一会儿身披铠甲手持长剑。义成闻到他的气息在空气中飘荡，这是梦的遗漏，还是他真的就在附近？

就在附近义成也毫不奇怪，他总会站到我的面前，只是时间问题，甚至有一种感觉，义成认为这个会面会发生在定襄。

关于那一夜，义成犹觉得是昨天的事。她记得自己先是头晕，怎能不头晕，渭桥的重逢，别人喝着白马的腥血，而我被追忆击倒。从渭桥到定襄，大军满载而归，唯有义成感觉自己成为了一无所有的乞儿。一种无可名状的凄楚，混杂着恨与一丝的喜悦让她倍感沉重，自己如何进入定襄，如何坐在酒宴之上，她全然忘掉，仿佛躯体被另一个灵魂驱使，而自己的灵魂已经逃离，留在渭桥上未曾离去，就算可汗的突然发难、什钵苾的怒吼甚至淮南的哭泣声都没有完全唤回她，直到淮南的刀尖抵在她的喉间。

可怜的孩子，你有勇气，却无法看清形势，我同你一样，是婚姻的奴隶，劫持我帮助不了你的夫君，义成想劝告对方，又不愿将这残忍向她展现，却又暗地期待着一些东西。刀刃贴在脖子上，她觉得刀刃温暖，透着这刃，她感觉到淮南的手在颤抖，只需要轻轻地一划，我的一生就可以结束。随即她为这个想法感到羞耻，就算无法面对这个世界的变化，也不该让这孩子的手沾上亲人的血。

接下来的事情则让义成陷入云雾当中，自己突然离开了淮南的刀刃，替之以唐朝使者。颉利可汗放走了什钵苾，让他押着唐朝的使者出了定襄，除去擒拿什钵苾，这是那晚最愚蠢的决定。

看着唐朝使者的身影消失在殿外，义成突然猜到他们在串谋，却不愿说破。这仅仅是为了淮南，而数个时辰之后的军报证实了义成的猜测。

"唐军真的来了?"义成记得可汗那张惊慌失措的脸，什钵苾的脱逃让他失去方寸，更何况什钵苾刚逃走，唐军就至。得到斥候准确的回答后，可汗颓废于榻上，大嘴张开呆若木鸡。"这一定是什钵苾引来的兵马!"萧美娘大喊，义成从来没有那晚那样讨厌家嫂的声音，她不关心淮南的去向，就如父亲不关心我的一切。"未必是什钵苾，说不定是有人到处劫掠将唐军引了过来。"义成说道，这引来郁射设敌意的目光。让人生厌的年轻人，看上去愚笨的可汗，以及越来越无情冷漠的嫂子，我该有多讨厌站在这中间，跟他们在一起，义成在内心大喊。

"不要争了!"可汗打断他们，"大唐孤军至此，一定是倾国而来，我们还在争论这个有什么用?"

"可汗，唐军攻不破定襄城，我将它加固加高，还有护城河!"

义成记得萧后给出的答案，却遭到了可汗的断然拒绝。

"我们是奔狼，我们在奔袭中消灭敌人，也在移动中甩掉敌人，我们不是固守在羊圈里的羊。"颉利说道。我这个丈夫有着山一般的身体，却配着河流一般的嘴。

义成无法忘掉萧后死灰的脸，那张脸上似乎还有别的愤怒以及隐藏着一些小小的秘密，义成听过一些难堪的传言，她已下定决心不去深究。

在唐军抵达定襄城之前，可汗引着大军出城，萧后先是乞求，再而低声咒骂着一切，义成甚至听到她的嘴里冒出可汗的名字。但出城不过一里，萧后就领着部属从后面赶上来。

于是，定襄城拱手送给了唐军。

这似乎又是一个愚蠢的决定。出城之后，众部落各自奔散，可汗也无意聚集大军，或许他还指望四窜的部落能吸引住唐军的攻击。现在想来，窘境正是由当晚那一连串蠢行引起的，但根源似乎又更远，但到底在哪儿，义成不愿去想，那该是可汗的事，虽然可汗也无意检讨过失。

奔出定襄城时，义成试图往后望，想知道是谁率领着这支唐军，但只看到了黑暗。

床的另一半冰冷，义成早已习惯，可汗倒不是眷恋着别的被窝，他多半在某个达官的营帐里彻夜喝酒，醉了就倒在酒榻边呼呼大睡，再坚强的男人也经不起土崩式的失败，前一夜还在定襄城里庆祝胜利、享受胜利果实，一夜之后便成了丧家之犬，从定襄出来后，可汗领着大军北上，在朔州边境遇到唐朝霍国公的袭击。这更加坚定了可汗对敌人倾国而来的判断。匆匆交战之后，可汗丢弃伤员，领着精锐向南奔向了碛口。黄河水翻滚，如同义成肚中打翻的五味瓶。我是大隋的公主，我是突厥的可敦，但我……还是他的阿甜。

到达碛口，消息终于传来，夜袭定襄的正是唐将李靖，可汗为此大发雷霆，嘴里念叨着刑马之誓，诅咒上天将会降给唐朝恶雨天灾，神灵会惩罚背誓的大唐皇帝。背誓者最恨背誓者，义成将这句话吞在肚里。

义成披上衣衫，依旧将短剑挂在腰间，侍女倒上热水端上。“可汗在哪里？”义成擦完脸问道，侍女一脸茫然。谁也不知道他在哪里，他总在某个帐里。从碛口出来，可汗率领大军踏回大漠，希望风沙能阻拦唐军，可这个想法显然太过单纯。唐军不但没有放弃追击，反而越来越多的唐旗出现在后面，任城王李道宗、并州总管李世勣、霍国公柴绍，当然，还有他。软弱的狼会是草原上最受欢迎的猎物。越来越多的人加入到这场狩猎，我们也常有这样的活动，只不过这一次，我们才是猎物。

从那以后，可汗便从不在一个营帐里睡超过两夜，最可怕的敌人就是我们自己，可汗这样解释自己不停地变换营帐。义成并不奇怪，一路上，紧随大军的人越来越少，有一些是被俘虏，但更多的是半路开溜。在定襄鞭打什钵苾让他失掉了一半的部落，逃亡的路上失掉了另一半。到达铁山之前，郁射设不告而别，他是去向唐朝投降还是逃到了漠北？无论哪样，都让可汗足足痛骂了半天，可汗只剩下言语与酒两样兵器，前者用以惩罚敌人，后者用以麻醉自己，只是两者收效不分上下的微弱。沿路上，可汗向附近的部落送出金箭矢，多数人毫无反应，少数则回以讨伐书，呼风唤雨的金箭矢魔力不再，最后，可汗放弃了召唤草原之民的打算。眼睁睁看着大军被削弱，到达阴山之时，数十万的大军只剩下数万人。这里面还包括无法持刃的人，或许上风时劫掠是把好手，但面对唐骑的铁马陌刀，他们不过是待宰的羔羊。

“汉人的大军从来都没有越过这里。”抵达那天，可汗松了一口气，如此安慰着所剩不多的部众，“等来年草绿马肥，我们就回到漠北，那里仍有我们忠诚的部落，塞北之北也绝非唐人的马蹄可以踏足之处，他们不属于那里，等我们召集漠北的部众，那些背叛我们的人就会明白谁才是这片草原的主人！有的人会被处死，我保证。”到了此时，可汗还不想丢掉威胁这样无用的武器。义成却无法不怀疑可汗的保证，突厥人不过是唐王的棋子，唐王成为唐帝，棋局已终结，我们将成弃子。他们绝不会给我们重整部落的机会，我们都明白，却都不愿承认，至少没人敢说出口。

但可汗似乎胸有成竹。

安抚完部众，可汗召集心腹，说出了自己的计划，他将向唐朝称臣，以换取喘息之机。“唐人统治不了草原，他们只需要我们俯首给他们统御四方的满足感，隋帝就是如此，唐人也不会例外，我们给他想要的。”没有人反对，面对唐军的穷追猛打，尊严不是第一个要考虑的。事情的发展似乎验正着可汗的判断。数天前，一位唐朝使臣来到阴山脚下，带来了大唐皇帝的天恩，可汗展示着唐朝皇帝的诏书，大声念着里面的句子：纵尔部落叛尽，六畜皆死，朕终示以信，不妄讨之。

这样的言语似乎安慰了可汗，接下来数天，可汗天天设宴款待那位唐朝的使者，却没有叫义成出席。义成猜得到原因，称臣的一部分包括迎娶唐朝的公主，一个老去的可敦、一个前朝的公主自然不适合参与到这样的谈话当中。

义成想起自己曾经因为这个而愤怒，并为了让突厥出兵南侵而手染鲜血。原来无论做什么，我都改变不了自己的宿命。义成掀开帐帘，冷气扑面而来，这又会是一个严冬，三个还是四个之后的又一个，仅仅是入秋，便冷得让人打哆嗦。义成拉拢披肩，迈出营帐，虽然冷，空气却清新，泛黄的草场一直延伸到远处的铁山，阴山山脉北边一座褐黑如铁的高山，巨大的山体像横卧在原野上的怪兽，山尖白雪皑皑，山脚则浸在浓雾里。

它像一个巨大的铁棺材！初次见到眼前的大山时，义成在内心惊叹。

“这是狼的崛起之地，也是唐人无法企及之地。”那天，可汗指着群山说道，这不是安慰我，而是安慰他自己。突厥人从这里踏上征途，狼头旗飘扬在每一片草场，但草原没有永恒的主人，曾经是匈奴，继而是鲜卑，然后是柔然人，最后突厥人则雄踞这片草原将近一百年。起时像燃烧草原的烈火，倒下时更快，突厥人之后，必有别的马背民族宣称他们是草原的主人，不会是南人，而突厥的霸主生涯则接近终结，天神弃突厥人而去，九命狼种将消亡在大漠深处。义成毫不怀疑这一点。

这山如果真的如他们所说充满神性，此时它该在哭诉，它更看得清这一点，或者它已经见惯了战马的更迭，无力也不愿哭泣。

义成不禁凝视着远山，如今白雪覆盖，不再像棺材，但仍难说亲切。空气中飘荡着不安的气息，时有马嘶犬吠的声音。白雾在身边弥漫，太阳绵软无力，雾中出现了一个绿点，等秋风扫过，雾像轻纱一样摇摆，柳妍以近乎小跑的速度向义成走来。

秋霜打湿了柳妍的裙角，呼着大口大口的白气，她的脸被秋风冻红。

“公主，跟我走。”不由分说，柳妍拉住义成的手。

“去哪里？”

“不要问我，跟我走就是了，我们必须马上走，一刻也不能停留。”柳妍的语气中带着乞求，“等上路我再跟你说，娘娘说不能再等下去了。”

“娘娘？”义成站住，“告诉我，她要去哪里？不然我哪里也不去。”

柳妍焦急地望着她，终于妥协了，她四下望望，凑上来低声说道：“娘娘要去唐朝，她已经跟唐朝的使臣说好了，她会帮助唐朝使臣逃离，唐朝使臣则会为她说情。”

义成奇怪地发现自己听到这个消息并不奇怪，更不愤怒，她一向是这样的人，根据形势不断抛弃无用的人，先是宇文化及，再是李密、窦建德，现在可汗将成为她抛弃的另一棵树。

“这样也好，她终是南人，何必与我一样在这塞外流亡。”义成惊讶于自已心淡如此，“你也一样，阿妍，你不必受这风沙的苦。”纵有面脂滋润，柳妍的嘴上仍现出细纹，想来我的样子更糟糕。

“你也是！你不想回长安？我听娘娘说，你在长安有……”

“我不想回！”义成打断她，红晕却难以避免地浮现，早知道她是这样的大嘴，我该死守着自己的秘密，不忍看到柳妍失望的表情，她补充道，“我也回不去，阿妍，隋朝公主这个身份就足以让我在长安成为一个囚徒，更何况我还是突厥的可敦，这些年的南侵，有多少是我一手促成的？唐人不会不知道。”

“不会的。”柳妍急急说道，语气却不那么肯定。义成站着不动，她是自作主张来找我，还是我那位嫂嫂的仁爱？

看到义成不动，柳妍脸上急色更盛：“唐人不会将你当成囚犯！他们也没有那么恨你！”

“阿妍……”义成长叹，“你的好意我知道，可我跟唐朝的关系就像草原跟沙碛，不是我将它吞没，就是它将我掩埋。”

“公主！怎么会？”柳妍脱口而出，“他们还说要立你为唐朝公主！”

“唐朝公主？”义成觉得奇怪。

柳妍意识到自己说出了不该说出的东西，在义成的注视下，她喃喃说道：“你还记得宇文公吗？”

“记得，在定襄城，他帮助淮南逃脱了。”

“不是这次，更远那次，他到都斤山那次。”

义成想起来，那时突厥的可汗还是处罗可汗，她的前一任夫君，一个懦弱的好人。我亲手杀了他。

“那次他要带给突厥人一个唐朝公主。”义成回答，进而想取代我。

“娘娘欺骗了你。”柳妍深吸一口气，似乎在鼓足勇气，“唐朝不是要送给可汗一个新的公主，唐朝的皇帝要收你为义女！”

“收我为义女？”义成觉得天旋地转，铁山那只怪兽仿佛要倒压在她身上。

“是的，唐朝的皇帝会赐你唐朝国姓，以后你就是唐朝的公主。”

义成笑起来，笑容凄凉得如同这遍地的枯草：“唐朝公主？……上天多有趣……那我不叫杨甜了？我该叫……”

“李甜。”柳妍替她说出口。

“李甜……”义成重复着这个名字，就为了这个我杀了一位可汗。

“唐人不会为难你的。”柳妍向后张望，似乎后面有千军万马袭来，“跟我们走吧，公主，你还年轻，可以在长安度过余生，唐朝的使臣说淮南跟突利可汗现在就过得很好。”

与相爱的人在一起，囚笼也是天堂，与相爱的人分离，哪里都是囚笼，而我已经习惯了当一个囚徒。义成摇摇头，往事只堪回忆，而无法重蹈，“你们走吧，我要留在这里，很多年前我就决定把尸骨埋在这沙碛地里。”

“公主……”

一声尖锐的鸣嘀打断了柳妍的劝说，狗在狂叫，四下有人奔走，数名突厥的斥候从远处急奔而来。

“什么事?”义成叫住了对方，一人勒住马。

“可敦，唐军袭击了我们，趁着大雾，就在七里外，我要去向可汗汇报。”斥候奔走了，要去哪里汇报？谁能知道可汗在哪里？或许不用汇报了，一声鸣嘀足以让所有的人开始逃命。

“公主，我们快走，等可汗知道唐军来袭，唐朝的使臣就逃不掉了，我们也走不了了。”柳妍脸色苍白，身子止不住地发抖。

义成推开抓住自己的手，“你走吧，快走！谢谢你，但我说了，我不走。你走，政道还在等你。”最后一句终于让柳妍放手，她盯着义成，仿佛要将她刻在在脑海里，“那公主多多保重。”她转身离开，步履凌乱，好几次，义成以为她会摔倒在草地上，但她终究走远，消失在白雾里。替我呼吸长安的空气，望过长安的槐树，等杏花开的时候，替我去曲江嗅它的芳香。

一阵急促的马鸣声引起了义成的注意，一匹青色大马从一座大帐后奔出，马上坐着颉利可汗，他朝义成这边望了一眼，义成想喊出声，但声音终是没出来，可汗似乎要奔过来，但他停在原地，怔了一会儿，扬起马鞭朝相反的方向急奔而去。

这样也好，不必说那些尴尬的分别话，义成迈开脚步，朝汗帐走去。

帐帘尚未掀开，义成就知道他来了，来到塞外的二十多年，她似乎一直在等着这样的时刻。

“药师……”她唤道。

那个魁梧的身材跟秋阳一同进入帐内。

“阿甜，我来晚了。”他说道，分离之后，二十多年他的第一句。

“怎么会？”义成微笑，从榻上站起来向他走去，他身着发亮的铠甲，手执利剑，在车轮滚过雁门关时，我就幻想着见到这样的他拦在马车之前，迟了这么多年，这算梦想成真吗？义成只觉得幸福将自己包围。

他张开臂膀，将义成拥在怀里，有的味道是岁月冲刷不走的啊，义成想着，将情人紧紧拥抱，似有千言万语诉说，又觉得拥抱已经说出一切。

“我要带你回家。”他说道，语气肯定得连外面的神山都无法阻止。

我最爱这一句了，义成靠在对方的胸前。她拔出腰间的短剑，等对方发现时，血染红了衣袍。

“阿甜……”泪在他脸上成河，他是我的药师，不会问我原因，他知道我这样做的原因。

义成依旧靠回他的怀抱，听他哭泣，听他的心跳。

能死在爱人的怀里，原来上天对我还不算太薄。义成闭上眼睛，尽情感受着这个臂弯传递过来的温暖，直至坠入没有恐惧、无畏错误的世界，被爱拥抱的感觉如此之好，义成最后想到。

【尾声】

抱着义成渐渐冰冷的身躯，李靖走出汗帐，金头狼旗倒在地上，任由风沙掩埋。冲天黑烟下，烈火舞动着贪婪的红舌，吞噬着任何靠近它们的东西，汗帐倒塌，巨幕成灰。人间的争斗就如这火焰一般薪火相传，永不停息，留下的唯有层叠的灰烬。

李靖拖动着脚步，举目四望，神山沉默，唯有草原的远处传来欢呼声，有军士兴奋朝他跑来：“抓住突厥人的可汗了！抓住了！”

不重要了，一切都不重要了。李靖对自己说道，秋风萧瑟，它卷动枯草，敲打铁甲，扇动旗幡，还夹杂着未名人的低唱。

失我祁连山，任我六畜不蕃息；失我焉支山，使我嫁妇无颜色。

附录 《诸王的游戏》人物关系图

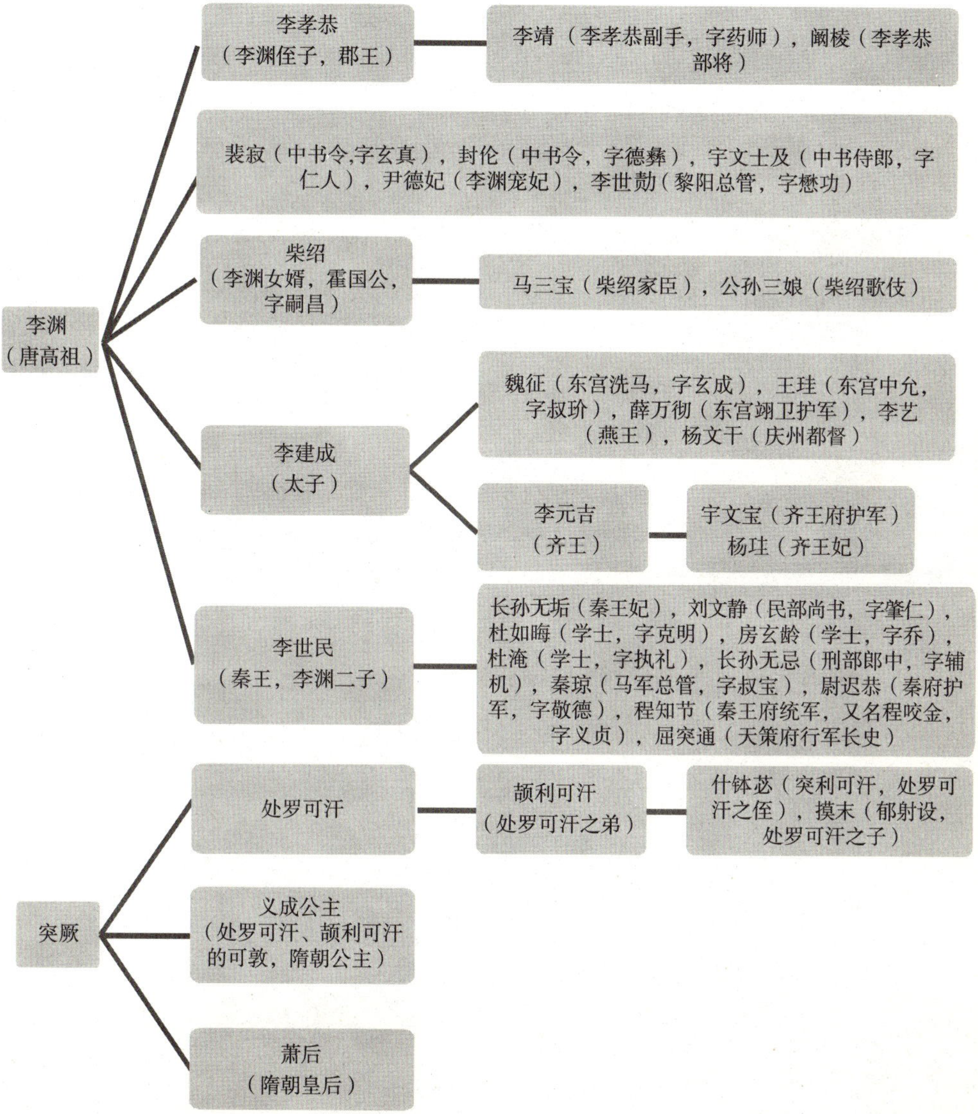